케이티
Katie

시빌라
Sybilla
러셀
Russell

에미
Emmy
자넷
Janet
빈스
Vince

이 직업을 받은 날 이후부터,
세상에 축복받은 듯한 고양감이 든다.
나의 새로운 시작의 하루.
그리고— 옆에는
뼈 붙은 고기를 우걱우걱 먹고 있는
절세의 은발 유감 미녀.

흑여우의 성자

넘치는 마력으로 어둠마법의 궁극에 도달한다 ~

~ 추방당한 회복술사는

마사미티 지음
이코모치 일러스트
이경인 옮김

Contents

제1장

제2장

Saint of Black Kite
The banished healer masters dark magic with abundant magical power.

제1장

01 할 일이 없어진 자는 파티에서 제명당한다

"러셀. 너는 이제 우리와 함께하는 건 무리야."

정면에 앉은, 줄곧 함께해왔던 소꿉친구 남자가 한 말의 의미를 순간 이해할 수 없었다.

"이유는, 알고 있지?"

"……뭐, 그렇지."

아니, 알고는 있었다. 언젠가는 이런 날이 올 거라고.

철이 들 무렵부터 나는 고아였다. 그 고아원에는 또래인 고아가 나 말고도 세 명. 우리 네 명은 소꿉친구였고, 언제나 함께였다.

어느 날, 처음으로 내게 함께 놀자고 권유했던 소년이 정면에 있는 남자다. 활발한 성격이 드러나는 적발의 남자, 빈스.

매일 질리지도 않고 나뭇가지를 맞부딪히며 성장해왔다. 나뭇가지가 모의전용으로 깎은 목검으로 바뀐 무렵에는 검을 휘두르는 법에 익숙해졌고, 키가 큰 빈스에게서 승리하는 일도 늘어났다.

어느 날을 경계로 나와 빈스 사이에 끼게 된 에미는 나뭇가지를 찾아와서는 금발 틈새로 엿보이는 푸른 눈을 반짝이며

우리 사이에 들어왔다. 에미는 의외로 검의 재능이 있어서 서로 검을 부딪치는 모의전에서도 좋은 승부를 할 수 있었다.

나른한 눈을 푸른 머리로 감추고 있는 자넷은 책을 한 손에 들고 우리의 싸움을 관전했다. 과묵하지만 결코 어두운 아이는 아니어서, 어드바이스를 주거나 부상을 치료해주기도 한다.

언제부턴가 네 사람은 어떤 때에도 함께 있는 것이 당연해졌다.

그래서 『여신의 선정식』에 불려가기 전에, 함께 던전 모험가 파티를 맺자고 약속하게 된 것도 자연스러운 흐름이었다.

『여신의 선정식』. 그것은 16세가 된 자가 교회에서 여신으로부터 『직업(잡)』이라는 특수한 능력을 하나 받는 의식. 각각이 받는 직업 능력은 강하고, 디메리트는 전혀 없다.

노력으로 익힐 수 있는 능력에 여신님이 직접 선택지를 늘려주는, 그런 의식.

우리도 예외 없이 여신님에게 능력을 받았다.

【용사】 빈스. 【성기사】 에미. 【현자】 자넷. 그리고 【성자】 러셀.

시골 마을 출신 젊은이 네 사람이 받기에는 너무나도 임팩트가 큰 직업이 줄줄이 나왔다. 성자라는 직업…… 아니, 역할(롤)을 여신에게 받은 나는 파티의 핵심으로 모두를 받쳐주는 역할을 받았다. 받았을 터였다.

다시 말하자. 각각이 받은 직업 자체에 디메리트는 없다.

이미 잔류를 포기한 나와 빈스의 대화에 에미가 끼어들었다.

"기, 기다려 빈스! 러셀을 쫓아낸다니……!"

"그럼 에미에게 반대로 묻겠는데, 【신관】인 러셀이 요즘 활약을 했었던가? 그 회복마법, 언제 썼는지 말할 수 있겠어?"

"으……."

빈스는 일부러 하위 직업으로 고쳐 말하며 비아냥거렸다. 그러나…… 나를 옹호해주려던 에미조차도 그 신랄한 말에 눈살을 찌푸리면서도 입을 굳게 다물었다.

그렇다. 내가 가진 【성자】로서의 회복마법은, 결과적으로 말해서 전혀 도움이 되지 못했다.

이유는 무척 간단하고, 잔혹한 일이다.

우리는, 모두가 강했다. 그 결과…… 누구도 큰 부상을 입지 않았다. 그래서 검을 들지 않는 회복술사(힐러)인 나는 필연적으로 빈스나 에미에게 밀려났다. 그래도 【성자】라는 이름의 지팡이를 든 평범한 전사로서 상층까지는 어찌어찌 활약할 수 있었다.

그러나 던전 중층에 들어가기 전, 내 운명을 크게 바꾸는 사태가 일어난다.

【용사】, 【성기사】, 【현자】. 이 셋은 무척 우수한 직업이다. 만능이고, 파티의 어떤 상황에서도 도움이 된다. 설령 누군가가 부상을 입었을 때나 자신이 부상을 입었을 때라도.

그렇다. 【용사】, 【성기사】, 【현자】. 이 모든 직업이 회복마법

《힐》을 익힐 수 있었다. 공격마법의 엘리트인 【현자】 자넷이 처음으로 회복마법을 익혔을 때, 마치 자신의 발밑이 무너지는 듯했던 감각은 지금도 기억한다.

그 이후로 부상도 위험도 없는 파티에서 나는 도움이 되지 못했다. 이른바 『공격』할 때를 위한 마법이 전혀 없으니까. 레벨도 점점 차이가 벌어졌다.

이 파티에서 회복마법밖에 쓸 수 없는 나는 역할이 없다. 나는 빈스와 같은 영웅담의 주역(영웅)이 될 수 없다……. 이 직업으로는 영원히, 조역으로 끝이다.

빈스가 에미를 설득하려는 듯이, 오늘 던전에서 걸림돌이 되었던 순간을 말했다.

"오늘도 에미가 감싼 탓에, 에미 네가 조금 위험했었으니까. ……에미. 이 이상 이 녀석이 끼어있으면 아마 어딘가에서 죽을 거야."

"……."

"아마 이제 러셀은 에미와도 전혀 상대가 되지 못하는 것 아닐까. 마물이 아니라 에미하고 부딪혀서 다친다거나—."

지금까지는 묵묵히 듣고 있었지만, 아무리 그래도 그 말은 잠자코 넘길 수 없었다.

내게도, 한참 어린 시절부터 목검을 부딪쳐서 이겨왔던 자존심이 있으니까.

"……아무리 그래도 어른과 아이도 아니고, 다치는 건 말도 안 돼.”

“흐응, 그러냐? 그럼 시험해보는 게 어때? 그러다 다치게 된다면 이제 이것저것 다 포기하고 마을로 돌아가도록 해. 다치지 않는다면 잔류하는 걸로.”

“잘도 말하네.”

“자넷도 이러면 되겠지?”

“……그래. 아무리 그래도 부딪힌 걸로 다치지는 않을 테니까. 만약 러셀이 그걸로 다칠 정도로 약하다면, 나도 안 될 거라고 생각해.”

그때까지 묵묵히 듣기만 하던 자넷도 빈스가 묻자 시선을 돌리며 긍정을 표했다. ……그런가. 자넷도 굳이 따지자면 쫓아내자는 쪽이었나.

내가 방해된다고 생각하는 건지, 걱정하는 건지, 저 표정에서는 읽을 수가 없지만…….

“에미, 방패를 들어줘. 빗맞지는 않을 테니까.”

나는 가까이에 세워둔, 최근에는 빈스와 에미밖에 쓰지 않게 된 목검을 들고 에미를 바라봤다. 에미는 곤혹감을 보이면서도 자주 쓰지 않는 왼손 하나로 방패를 들었다.

“응, 그건 나도 신경 쓰지 않지만…… 너무 무리하면 안 돼?”

그 말은, 분명 진심으로 나를 걱정해준 말이리라. 그러나 그 말은…… 완전히 나를 아래로 깔보는 것 같아서, 냉정함을 잃어버리기에는 충분했다.

“간다……!”

대답을 듣기도 전에 크게 파고들어서 양손으로 잡은 목검을 상단으로 힘차게 후려쳤다.

근력에 체중과 목검의 무게를 실은 일격이다. 평범한 여자아이라면 양손으로 방패를 들어도 휘청거릴 정도의 기세였다.

에미의 얼굴이 가까워지고, 서로 눈이 마주쳤다. 근처에 있는 방패가 빛을 발하는 것을 확인하면서도, 나는 다른 생각을 하고 있었다.

이렇게 가까이에서 보는 건 오랜만일지도 모른다. 커다란 눈, 단정한 얼굴. 말괄량이였던 에미도 무척 성장했구나—.

—눈을 뜨자, 밤이었다.

창밖에서 들어오는 달빛을 의지하여 방을 보자, 우리 네 사람이 사용하던 익숙한 방 안은, 텅텅 비어있었다.

지금까지, 자고…… 아니, 그게 아니다.

기절, 한 건가……?

몸에 덮고 있던 모포를 치우고 근처에 있는 1인분의 짐과 그럭저럭 생활할 수 있는 양의 금화 주머니를 발견했다. 그것 말고는 모든 것이 사라졌다.

목검도, 전리품도, 소꿉친구 세 명도.

나는, 자신이 파티에서 제명당했다는 것을 깨달았다.

◇

결국 그날 나는 아무도 없는 여관에서 하룻밤을 보내고 아침을 맞이했다. 마음은 흐릿하건만, 하늘은 밉살스러울 정도로 쾌청했다.

어제까지의 흐름을 떠올렸다.

『다치게 된다면 이제 이것저것 다 포기하고 마을로 돌아가도록 해.』

……나 참. 자기 자신이 싫어진다. 확실히 빈스의 말이 옳다.

에미는 왼손 하나로 방패를 들었을 뿐. 무기도 없거니와 반격도 하지 않았다. 그 에미를 공격했던 나는 아마 모종의 스킬 — 그 직업 고유의 기술— 에 당해 날아간 것이리라.

그대로 기절했으니…… 뭐, 어이가 없어졌겠지. 특히 에미를 볼 낯이 없다. 다정한 녀석이니까, 위로하는 말을 고르기도 곤란했을 거다.

언젠가 이렇게 되리라고는 어렴풋이 알고 있었다. 그게 어제였을 뿐이다.

미간에 주름을 잡으며 사람이 많은 거리를 걸었다. 여전히 어울리지 않는 것 같은 하얀 로브를 휘날리며 문득 자신의 가슴팍을 매만졌다. 그곳에 있던, 파티의 일원이라는 것을 나타내는 태그가 없어졌다.

남문으로 가다가 교회 앞을 지났다. 생각해보면, 여기서 선정식을 했었지.

『이, 이거 어마어마한 것을 받으셨군요……!』

담당하던 신관도 놀랐었다. 우리의 직업은 그 정도로 특별했다.

『설마 【성자】까지 나올 줄이야……! 이거 정말 경사스러운 일입니다!』

신관은 내 머리털을 살짝 보고 한쪽 눈썹을 내리면서도 내용을 보며 고개를 끄덕였다.

나보다 이전, 20년 전에는 【성녀】가 활약하고 있었다. 상당한 유명인이라, 나도 그런 존재가 되었다는 건 자랑스러운 이야기……였다.

교회에 들어가 볼까 생각해봤지만, 문 윗부분에 크게 만들어진 스테인드글라스를 본 나는 말없이 그 자리를 떠났다.

—스테인드글라스에는, 여신의 모습이 그려져 있었다.

전지공예처럼 색상이 다양해서 세부까지는 모르지만, 하얀 키톤을 입은 긴 금발의 여성이라는 걸 알 수 있는 형상이 태양을 받아 형형색색의 빛이 되어 교회 내부에 비치고 있었다.

여신은 어째서 검을 든 내게 【성자】라는 직업을 준 걸까?

만약 에미가 처음에 나뭇가지를 들지 않고 자넷과 함께 책을 읽고 있었다면, 나와 에미의 직업은 서로 바뀌지 않았을까.

……이런 생각을 해본들, 변덕스러운 여신의 마음은 전혀 알 수 없다. 스테인드글라스로 된 여신에게 물어봤자 대답은 돌아오지 않을 테고, 교회 안에 그럴싸한 금발 여성이 있다고

해서 직업 선정 이유를 들을 수는 없다.

자신이 필요한지 아닌지에 대한 대답 같은 건, 알 수 없다.

교회는 여신과 함께 묵묵히 그 자리에 있을 뿐. 다만 내 안에서 하나 변한 것이 있다.

나는, 여신이 싫어졌다.

여행 갈 짐을 조금 구입한 뒤에는 도시 하몬드 남문을 지나 고향 마을 아드리아로 향했다. 그러고 보니, 도시로 오고 나서 한 번도 마을로 돌아간 적이 없었다.

나무들이 우거진 길을 걷고 있는데, 길 한구석에서 웅크리고 있는 아이를 발견했다. 저건…… 마을에 있던 콩밭 기르던 집의 딸인가? 이렇게 마을에서 떨어진 곳에 혼자 있다니 위험한데.

"무슨 일이냐. 미아가 됐어?"

말을 걸자, 여자아이는 눈물 젖은 얼굴로 나를 올려다봤다.

"엄마가, 엄마가……."

거기까지 말하고는 다시 울음을 터뜨렸다. 무슨 말인지 모르겠고, 이야기를 들어줄 친분도 없지만…… 어쩔 수 없지. 서두를 볼일 같은 건 하나도 없다. 잠시 이야기를 들어보자.

몇 분 뒤, 겨우 진정된 아이는 나를 알아보고 고개를 숙였다.

"미, 미안해. 기다리게 해서……."

"상관없어. 그보다도 무슨 일이야?"

진정한 소녀는 조금씩 사정을 이야기하기 시작했다. 아무래도 소녀의 어머니가 병에 걸린 모양이다. 누군가에게 도움을 요청하기 위해 혼자 문지기의 눈을 피해서 나온 것이다.

……일단 마을 문지기는 나중에 두들겨 패기로 하고.

"아버지는 뭐 하고 있어?"

"아빠는, 없어……."

원인 불명의 병인 데다, 모녀 가정인 소녀의 집은 신관을 부를 돈도 없겠지.

그렇군. 그래서 누구라도 좋으니 도움을 요청하려고 혼자서 아무런 계획도 없이 나온 건가.

"나는 아드리아 사람이고, 너도 그렇지? 마을로 돌아가는 겸사겸사 나를 안내해줄 수 있을까?"

"어, 저기, 낫게 해줄 수 있어?"

"모르지. 하지만 일단 회복마법은 쓸 수 있어. 아무것도 안 하는 것보단 낫겠지."

"……돈, 없어."

"그런 건 알 수 있을 만큼 고생했나 보군. 없는 걸 보챌 생각은 없고, 꼬마가 돈 걱정 같은 걸 하지는 마."

치료 신관을 고용하려면 그에 맞는 돈이 든다. 신관에게도 생활이 있으니까. 그래서 치료를 무료로 해주는 일은 기본적으로 없다고 봐도 된다.

내가 말하기는 좀 그렇지만, 나의 내면은 뒤틀려 있다. 그러나…… 이미 알게 되었다. 아무리 그래도 같은 마을에서 자란 사람을 죽게 내버려 둔 채 고향 땅을 밟을 만큼 차갑지는 않다.

게다가 【성자】의 마법도 가끔은 써주지 않으면 실력이 녹슬게 되니까.

나는 자신의 행동 방침을 정하고는 소녀를 데리고 마을로 걸어갔다.

최저한의 정보 교환은 끝냈다. 아무래도 이 아이는 브렌다라는 이름인 모양이다.

멀리서 얼굴을 본 적은 있어도, 대화를 나눈 적은 없다 오늘 처음 대화를 나눴다.

"러셀은, 왜 마을에 가?"

"……오랫동안 돌아가지 않았어. 일단 얼굴만이라도 내비칠까 해서."

"그렇, 구나."

짧게 대답하자, 대화가 끊어졌다. 소녀는 어떻게 대화를 이어가야 좋을지 조금 고민하는 모양이었다. 그 얼굴을 옆에서 보면서 앞으로의 일을 고민했다.

스스로 치료를 제안한 건 좋지만, 그리 높지 않은 레벨로 사용하는 회복마법이다. 그러니 치료가 된다면 치료한다. 치료하지 못하더라도 그건 내가 신경 쓸 일은 아니다……. 그럴 거다.

그나저나, 용케 이렇게 먼 거리를 걸어왔군. 이미 도시 바로 근처인데.

"하몬드로 가고 있었겠지? 도착한 뒤에는 어쩔 셈이었어?"

"누군가, 도와줄 사람을, 찾을 생각이었어."
"그러냐."
역시, 그렇게 깊이 생각하고 한 행동은 아니었던 모양이다. 무모하다고 할 수도 있지만, 그 결과 이렇게 내가 붙들게 되었으니 이 녀석에게는 충분한 성과라고 볼 수도 있다.
……활약할 자리가 없었던 나를 선택한 것이 정답인지는 모르겠지만.

◇

아드리아는 작은 마을이며, 비교적 커다란 도시인 하몬드로 이어지는 길에는 문지기가 있다. 고아원에서 지내던 무렵에는 바깥에 나가지 말라고 엄한 지도를 받았다. 『태양의 여신교』 사람이 보기에는 마치 밤과 같은 흑발을 가진 내가 거북했는지, 별로 신경을 써준 기억은 없다. 그런 생각을 하면서 주변 경치를 보자 슬슬 도착하리라는 것을 깨달았다. 우리가 마을에 도착할 무렵에는 이미 해가 기울기 시작했다.
……문 주변이 떠들썩하다. 뭔가 말다툼을 하는 모양이다.
"이 주변에는 없었어!"
"아직 못 찾은 거냐. ……이제 어두워지는데."
"나는 수색을 끝낼 생각은 없어……. 앗, 이봐."
대화 도중에 문 앞에 있던 한 명이 나를 눈치챘다.
"너, 러셀이냐?! 브렌다도 있어! 러셀이 찾아준 거냐!"

"찾았다……기보다는, 도시 근처에서 우연히 만났을 뿐이야. 그보다도."

나는 기억 그대로의 문지기에게 다가가서 있는 힘껏 머리를 후려쳤다. 내 주먹에 맞은 통증에 머리를 누른 그 녀석에게 일단 확인해둬야 하는 게 있다.

"마을에는 높은 울타리가 있고, 밤에는 문도 닫혀있어. 경보기도 있을 텐데……. 문 옆의 관리 오두막에 있으면서도 브렌다가 빠져나갔다는 건, 너 경비에 소홀했지?"

"윽……."

역시 그랬나. 당번을 교대할 때 교대 요원이 오기 전 놀러 갔던 모양이다. 그래서 소동이 벌어져서 안 해도 될 수색에 노동을 할애하게 되었으니 어이가 없을 뿐이다.

"일단 나는 용건이 있으니 이제 가지만, 다음에는 확실히 닫아두라고."

오랜만에 고향에 왔는데 첫 인사가 엉망이지만…… 화려한 개선은 아니니까. 게다가 지금은 우선순위를 착각해서는 안 된다. 병이라는 건 언제 급변할지 모르니까.

나는 브렌다를 데리고 병마에 시달리는 어머니의 곁으로 서둘러 향했다.

하늘이 주홍빛으로 물들 무렵, 무사히 브렌다의 어머니가 있는 집까지 왔다.

"다녀왔어!"

"……앗! 브렌다…… 어디에, 갔었니……!"

꽤 몸이 안 좋다고 들었는데, 어머니는 침대가 아니라 현관 근처에서 대기하고 있었다. 안색이 나쁘고, 서 있는 것도 힘들어 보인다. ……역시 꽤 걱정했나 보다.

"이 아이를 꾸짖는 건 나중에 하자고. 네 몸 상태, 꽤 안 좋잖아?"

"당신은…… 확실히, 고아였던 아이, 구나. 빈스와 함께 있던……."

"……러셀이다."

이 사람도 그 녀석의 이름은 알고 있구나. 내게도 말을 걸었던 만큼 교우 관계가 넓다. 나는 다른 누군가에게 말을 건 적이 거의 없었는데.

그보다도, 이 사람의 몸 상태가 신경 쓰인다. 당장에라도 쓰러질 듯한 분위기니까.

"먼저 방으로 돌아가자. 통할지 어떨지는 모르지만, 회복마법을 쓰겠어."

"자, 잠깐만……! 러셀, 우리 집은…… 치료비로 낼, 돈이……."

"없어도 상관없고, 낼 마음이 있다면 나중에 줘도 돼. 나는 레벨도 낮아서 아무 효과도 없을지도 모르니까."

그렇게 설득하고는 우선 침대에 눕혔다. 굉장히 무리했는지, 누운 순간 땀이 확 뿜어져 나왔다. 안색이 단숨에 변하고, 호흡이 가늘어졌다.

"이건 중증인데. 왜 이렇게 될 때까지 무리한 거지? 도시의 신관이 오더라도 네가 죽는다면 의미가 없잖아."
"하지만, 브렌다가, 사라져서……."
"으으, 엄마. 잘못했어……."
역시 브렌다의 실종은 마을 전체의 소란으로 발전했던 모양이다. 자기가 한 일의 무게를 알게 되었는지, 브렌다가 미안한 듯이 고개를 숙였다.
"일단, 낌새를 볼까. 《큐어》."
독을 빼기 위한 간단한 치료마법. 내가 레벨 2 시절부터 쓸 수 있게 된 마법. ……그리고, 【현자】 자넷이 《힐》을 습득한 후에 익히게 된 마법이다.
마법을 쓰는 감각도 오랜만이다. 파티에서는 처음 한 번 시험 삼아 사용한 이후 써본 적이 없으니까……. 너무 거창한 치료마법은 쓸 수 없다. 그래서 위안 정도로 써봤을 뿐, 과연 어떻게 되려나 궁금했는데— 변화는 바로 찾아왔다.
"……어라."
브렌다의 어머니는 자연스럽게 일어났다. 자신의 상태를 확인하듯이 몸을 움직였다.
"낫고, 있네……."
"그런가. 무거운 병인 줄 알았는데, 아무래도 하위 마법으로도 낫는 독이었던 모양이야."
"그럴 리가—."
"으아아앙! 엄마아아아!"
브렌다가 펑펑 울면서 어머니에게 달려들었다. 그 기세에 어머니가 뒤로 쓰러져서 다시 침대가 삐걱거렸다. 어머니도 딸의 반응을 보고 얼마나 걱정했는지 알게 된 것이리라. 브렌다를 안아주면서 「미안, 미안해」라며 눈물을 흘렸다.

"브렌다. 그 사람의 체력은 아직 돌아오지 않았어. 너무 무리하게 하지 마라."

"앗, 응! 미안, 엄마."

"괜찮아……. 저기, 러셀. 고마워. 뭐라 답례를 해야 할지……."

"정말로 별 볼 일 없는 마법이야. 신경 쓰지 않는데……. 뭐, 꼭 답례를 하고 싶다면 뭔가 식사라도 한 끼 대접해주기만 하면 돼."

"그걸로 괜찮다면, 당장!"

아직 몸 상태가 만전은 아니겠지만, 그래도 조금 전과는 비교도 되지 않았다.

명료한 목소리로 대답한 어머니는 다부진 발걸음으로 부엌으로 향했다.

평상시에는 활약하지 못했던 파티에서의 회복마법이나 치료마법. 그건 결코 내가 문제였던 것도, 그 녀석들의 문제였던 것도 아니다.

그저, 조합이 너무나도 안 좋았다. 그뿐이다.

웃고 있는 브렌다를 보게 되자 뒤틀렸던 마음도 조금은 진정됐다. 이 마을의 신관으로 지내는 것도 나쁘지 않을지도 모른다.

기운을 차린 어머니가 이웃에 있는 사람에게 받았다는 말린 고기를 사용한 요리를 만들어줬다. 이래서 몸이 안 좋았는데도 먹고살 수 있었던 건가.

"굉장한 회복마법이었네. 러셀은 뭔가 특수한 직업을 얻었니?"

그래. 화제가 된 직업을 받았다는 건 여기까진 퍼지지 않았나.

"……일반적인 회복마법사야. 함께 검을 휘둘렀던, 【용사】인 빈스와는 다르게, 그야말로 조역 같은 직업이지."

"그렇지는……."

"……아니, 괜찮아. 신경 쓰지 마. 아무도 다치지 않는다면 【신관】은 나설 기회가 없어. 나설 기회는 없는 게 낫지."

비굴하게 말했지만, 딱히 부정해주기를 바란 건 아니다. 그저 당연하게, 【용사】와 비교하면 단역이라는 사실을 재인식했을 뿐이다.

그래, 언제든 그 녀석은 주역이었다. 그래서 이렇게 마을 중심에서 떨어진 집의 미망인조차도 이름을 알고 있는 거다.

"그나저나, 어째서 이렇게 무거운 증세였던 걸까."

"짐작 가는 건 없는 건가?"

별생각 없이 의문을 꺼냈다. 그리고 나는 질문의 답을 들은 순간, 시간이 멈춘 듯한 감각을 느꼈다. 차분해졌던 마음이 다시 폭발할 것만 같다.

이것도 여신이 정한 운명이라는 건가. 그럼…… 역시 여신은 정말 싫은 녀석이다.

"마을 근처에 갑자기 던전이 나타났거든. 그리고 나는 낌새를 보러 갔을 때 다쳐서. 몸이 안 좋아진 건 그 다음 날이야."

던전 탐색에서 활약하지 못했던 내가 모험가 파티에서 쫓겨나 오랜만에 돌아온 고향. 그곳에서 기다리던 것은…… 새로운 던전이었다.

평범한, 소란과는 동떨어진 마을. 그런 마을에 던전이라니, 대체 무슨 농담이지?

"……왜 그러니? 러셀."

"아아, 아니. 아무것도 아니야."

내가 던전 탐색에서 도움이 되지 못해 파티에서 쫓겨났고, 하몬드에서 나와서 아드리아로 돌아왔다는 과거를 이 사람들이 알 리는 없다.

적당히 이야기를 얼버무리고 이 자리를 끝내기로 할까.

"고아원에도 가보겠어. 브렌다의 이야기를 듣고 맨 먼저 이리로 왔으니까."

"앗, 그건 그렇지! 미안해, 우리 모녀가 폐를 끼쳐서……."

"괜찮아. 잘 먹었어."

한 끼를 받은 감사를 표하고 자리에서 일어나자, 두 사람도 배웅하려고 일어났다. 브렌다가 로브를 손가락으로 당기면서 나를 살짝 올려다봤다.

"또 만날 수 있어?"

"아마도. 일단 이 주변에 살 생각이긴 하지만, 아직은 몰라."

"꼭 여기서 살아!"

브렌다의 머리를 말없이 툭툭 두들겨주자, 그녀는 안심한 듯이 웃으며 손을 떼어놓았다. 아무리 던전이 있다고 해도, 다시 다른 마을로 갈 생각은 들지 않았다. 이 마을 말고는 살 곳이 없는 데다, 다른 마을에 던전이 없다는 보장도 없으니까.

집에서 나와 고아원으로 향했다. 주변은 주홍빛으로 물들고 있지만, 아직 아이들은 놀고 있을 터. 그러나 새까매지지도 않았건만 나는 이상하게도 아무도 보지 못했다.

그나저나, 고향 아드리아까지 돌아왔는데도 또 던전인가.

탐색에서 벗어나 장소를 옮겼는데, 이것도 운명일까— 그런 생각을 하면서 고아원에 도착한 무렵에는 경치도 완전히 붉은색에서 푸르게, 그리고 어두워졌다.

—해가 저물고, 아직 별이 나오지 않은 잠깐의 시간.

예전에 자넷에게 배웠는데, 이런 시간을 뭐라고 말했더라…….

떠올리지 못하더라도 상관은 없나. 나는 몇 번 노크를 하고, 대답을 기다리지 않은 채 거침없이 열었다.

"잠깐! 대답을 할 때까지 기다렸다가 여는 게 당연한 일 아니니!"

"언제 정한 거냐? 꽤나 엄중한데."

"……러셀이냐?!"

"다녀왔어, 젬마 할머니."

고아원에서 아이들을 돌보던 젬마 할머니가 내 얼굴을 보더니 놀란 표정을 지었다.

여기서 모두를 돌봐주고 있는, 아직도 정정한 할머니다.

"돌아올 거였으면 연락 정도는 줬어야지. 프레데리카는 지금 나갔고, 먹을 수 있는 것도 준비하지 못했는데. 빈스나 다른 애들은?"

"먹고 돌아왔으니까 필요 없고, 돌아온 건 나 혼자야."

"……뭔가 분위기, 변한 것 같은데?"

"그럴지도."

질문은 얼버무렸지만, 분위기가 바뀐 것 정도는 젬마 할머니라면 알 수 있겠지. ……작별 인사조차 없었다. 밝은 표정을 보일 수 있을 리가 없다.

"그보다도, 왜 이렇게 조용해? 저녁인데도 아이가 아무도 놀지 않던데."

"아아, 그건 말이지. 밤이 되면 마물이 나오거든. ……참 곤란하다니까."

이 마을에 마물이라니, 놀랐다……. 이야기에 따르면, 박쥐형 마물이 마을 하늘에서 몇 마리 발견되었고, 실제로 습격을 받은 아이도 있다고 한다. 도시 쪽에는 아직 정보가 나돌지 않았다.

"시기는? 형태는 알겠어?"

"보름 전…… 던전이 생긴 무렵이지. 가장 가까이서 봤을 때는 빨간색이었어. 조금 크고, 날개를 펼치면 내 몸 정도더구나."

"던전 스칼렛 배트인가……."

던전 내부에 있는 마물 중 하나로, 좀처럼 밖에 나오지 않는 타입이다.

"그나저나, 왜 혼자 온 거니?"

"……뭐, 할머니라면 상관없나. 조금 긴 이야기가 되는데—."

나는 어제 있었던 일을 이야기했다. 물론 그에 이르기까지의 흐름도 전부.

젬마 할머니는 내가 이야기하는 동안 줄곧 묵묵히 들어주었다. 말허리를 끊지 않아서 생각보다 긴 이야기가 되지 않고 끝났다.

"—그래서, 오늘 돌아왔지."

얼추 이야기를 끝내자, 젬마 할머니는「하아……」하고 커다란 한숨을 내쉬었다.

"그, 마을의 자랑이었던 4인조가 그렇게 됐을 줄이야."

그리고 내 어깨에 손을 올렸다.

"네가 변한 이유도 알겠구나. 하지만, 이 말은 해야겠어. ……용케 자포자기하지 않고 돌아와 줬구나. 그것만으로도 나는 기뻐."

그리고는 기쁜 듯이…… 하지만 조금 힘들게 내 어깨를 두드렸다. ……어느새 할머니도 무척 작아졌다.

"그나저나, 빈스는 조금 걱정했었는데 그렇게 됐을 줄이야."

"……빈스를, 걱정했다고?"

"그래. 러셀은 순수한 아이였으니까 모르겠지만."

뭔가 의미심장한 말이었다. 할머니는 떠올랐다는 듯이 하늘을 노려보면서 팔짱을 끼고 신음했다. 아무래도 젬마 할머니는 내가 모르는 빈스를 알고 있는 모양이다.

"빈스는 말이지. 여자라면 사족을 못 쓰는 아이란다."

"……뭐?"

뜻밖의 방향의 이야기가 시작되자, 무심코 얼빠진 목소리가 나오고 말았다.

"말 그대로란다. 빈스는 에미와 자넷은 물론이고, 프레데리카에게도 언제나 시선을 보내고 있었거든. 얼굴이 아니라 몸에 말이야."

"……."

"러셀 너는 보일 것 같으면 시선을 돌렸잖니. 그런 건 여자 아이는 바로 알아채는 법이란다. 그래서 프레데리카는 러셀을 귀엽다며 마음에 들어 했고, 빈스는 어린 시절부터 남자라면서 경계했었지. 능숙하게 해왔는지, 남자에게는 별로 들키지 않더구나."

그랬, 었나. 나는 빈스를 잘 알고 있다고 생각했지만, 그런 면은 거의 몰랐었구나.

"그렇다고 나를 쫓아내는 이유가 되지는 않을 텐데?"

"그럼 좋겠지만. 이런 건 남자와 여자의 평가가 전혀 달라지는 부분이니까, 머리 한구석에 염두에 두고 있으면 돼. 게다가 에미는 자기를 꼬시려던 빈스를 한 번 거절했었으니까."

"……처음 듣는데."

"어린 시절이란다. 그리고 거절당한 다음 날에는 자넷을 꼬드기고 있었지. 여기의 벽은 얇으니까. 히힛."

"마지막의 그걸 포함해서, 어느 것도 별로 알고 싶지 않았던 사실이야……."

의외로 옛날의 내가 떠들던 것도 할머니는 전부 들었을지도 모른다.

우리를 자주 보고 있었고, 감이 좋다고 생각하고 있었으니까. 과연, 전부 다 알고 있었던 건가. 그나저나 에미에게 거절당한 다음 날에 자넷이라니, 손이 빠르다는 레벨이 아니잖아. 나는 전혀 상상도 가지 않는다.

……아니, 잠깐. 그렇다면…….

"나를 쫓아낸 건……."

"진짜 이유는, 에미와 자넷에게 접근하고 싶은데 네가 방해됐기 때문이겠지."

할머니의 말을 듣자, 겨우 부자연스럽게 홀로 남게 된 것을 납득할 수 있었다.

그때는 너무나도 쇼크가 커서 이상하다고 생각할 여유가 없었는데……. 가능성 중 하나에 지나지 않는다고는 하지만, 정말이지…… 무사태평하기 짝이 없었다.

나 참. 이렇게나 얼빠진 자신이 한심할 따름이다.

"그리고, 러셀은 마지막에는 많이 이기지 않았니. 그래서 빈스는 러셀 네가 거북했을 거란다. 그 아이, 최고가 아니라면 굉장히 짜증을 내니까."

"……들은 적이 없는데."

"그야 너한테만 해주는 이야기니까. 약한 남자에게는 거만하게 굴었지만, 검 실력에서 지던 러셀에게는 그리 시비를 걸지 않았을 테지. 러셀에게 시비를 걸면 에미나 자넷에게 미움받기도 할 테고."

내가 모르는 곳에서, 내가 아닌 사람에게는 거만하게 굴었다. 그러나 내가 검에서 더 뛰어났으니까 그 분노를 부딪치지 않았을 뿐.

그런가, 빈스. 너는 그런 녀석이었나.

왠지 모르는 이야기밖에 없어서 아직 머리가 쫓아가지 못하고 있지만…… 다른 녀석이라면 모를까 젬마 할머니의 말이니까 거짓말일리는…….

하지만 그렇더라도…… 내가 그 자리에서 도움이 되었냐고 묻는다면, 그렇지는 않다.

의도된 흐름이었다고는 해도, 언젠가 나는 나가게 되었을 거다.

"에미와 자넷의 마음은 모르겠지만, 남아주지 않았다는 건 최종적으로는 빈스를 고른 거겠구나."

"그렇, 겠지. 그래, 그 말이 맞아. 두 사람 모두 결국 남지 않았어. 내가 여관에서 깨어날 때까지 기다려주지 않았으니까."

배신했다고 단언해도 될지는 잘 모르겠지만…… 적어도 세 사람은 내가 깨어나는 것을 기다리지 않고 나가버렸다. 그게 사실이다.

정말로, 자신의 어리석음이 싫어졌다.

"……너무 깊이 생각하지 말거라. 너는【성자】고, 원래대로라면 나나 프레데리카 같은 수녀는 바닥에 무릎을 꿇고 절해야 할 정도로 높은 사람이니까."

"마치 마귀할멈이 내게 예속된 듯한 말은 그만두라고. 등골이 서늘해지니까."

아마 농담으로 한 말이겠지만, 진짜 농담 하지 말라고 하고 싶다.

신세를 진 사람을 땅바닥에 꿇리고 기쁨에 젖을 만큼 썩어버리지는 않았다.

……하지만 덕분에 무척 마음이 편해졌다. 격려해준 것이리라. 이런 부분도 역시 나를 잘 알고 있다는 건가.

역시 길러준 부모나 다름없는 할머니다…… 아직은 당해낼 수 없다.

"—이 녀석! 까불지 말라고!"

갑자기 고아원 밖에서 여성의 외침이 들려왔다. 직후, 벽에 무언가가 부딪히는 커다란 소리와 함께 창문의 불투명 유리에 비치는 하늘을 나는 그림자. ……틀림없다, 마물의 습격이다.

나는 할머니 쪽을 보고는「물러나 있어!」라고 외치며 문 근처에 진을 쳤다.

"러셀! 이럴 때를 위해 그곳에 무기를 놔뒀단다!"

바라보니, 마침 어린이의 손에는 닿지 않는 높은 곳에 장검이 걸려있었다. 가까이 왔을 때 쫓아내기 위한 무기인가.

나는 망설이지 않고 검을 잡아서 무게를 확인했다. 나쁘지 않다.

오랜만에 잡은 검이고, 처음으로 실전에서 잡는 검이다. 마물을 베기 위해…… 검사로 활약하기 위해 단련해왔던 검술.

어린 시절에 동경해온 용사의 이야기. 줄곧 그 직업이 되기를 꿈꿨고— 아무런 근거 없이 자신이 세상의 주역이라고 순진하게 믿으며— 무아지경으로 단련했다.

충분히 활약할 힘을 얻었다고 자부했다. 그러나 여신이 내게 준 것은—.

—문에 다시 충격음과 진동이 전해졌다. 지금은 옛날 일을 생각할 때가 아니다.

각오를 다지고, 문을 열어서 검을 겨눴다.

"젠장, 여기서는 무슨 수를 써서든! 너…… 너는?"

놀랍게도, 바깥에 있던 건 젊은 여성이었다.

마을 주민 전원을 아는 건 아니지만, 그래도 한눈에 보고 『마을에서는 못 보던 얼굴』이라는 걸 알 수 있을 만큼 세련된 분위기의 여자다. 이런 여자가 있다면 바로 소문이 돌았을 거다.

누구인지는 모르겠지만, 싸워준다면 고마울 따름이다.

"이야기는 나중에 하자! 여기는 고아원, 안으로 들어와!"

나는 검을 든 여성에게 짧게 전달하고는 방금 이야기를 들었던 마물, 던전 스칼렛 배트를 시야에 넣었다.

이 던전 스칼렛 배트라는 마물은 결코 약한 상대가 아니다.

토벌이 아니라 전투 회피를 선택한 것이 그 증거다. 원래 던전이 없던 마을이다. 싸울 수 있는 사람은 한정되어 있다.

나는 장기전을 각오했지만, 눈앞의 배트에게는 썰린 상처가 많아서 꽤 약해진 상태였다. 이 여성이 했다면 꽤 실력이 좋은 것 같다.

사람은 외모만으로는 알 수 없는 법인가.

『끼에엑!』

거슬리는 외침이다. 그 소리를 다물게 만들고자, 배트의 팔을 이음매에서 잘라냈다. 배트가 몸을 가누지 못하고 떨어지자 검을 회수하면서 배를 갈랐다.

그때 상대의 손톱이 뺨을 스쳤지만, 다행히 상처는 얕다. 배트가 지면에 떨어지자, 몸 중심에 검을 꽂고 문을 닫았다. 출혈이 상당했다. 이후에는 멋대로 숨이 끊어지겠지.

한숨 돌리고는, 고아원에 숨은 여성을 봤다. 살짝 곱슬한 세미 롱 은발에 드세 보이는 붉은 눈동자가 인상적인 미녀다.

빈스가 아니더라도 이런 아름다운 여자가 있다면 모를 리가 없다.

여성은 나를 보더니, 어딘가 놀란 표정을 지었다.

"아마 일어설 수 없겠지. 이제 괜찮아."

나는 여성에게 짧게 전달했지만, 그녀는 표정을 바꾸지 않고 나를 빤히 보고 있었다.

"……왜 그러지? 괜찮은 거냐?"

여성은 마치 열에 들뜬 것처럼 말없이 휘청휘청 내게 다가 왔다.

가까이서 보니 정말로 아름다운 얼굴이다. 빨려 들어갈 정도로 아름다운, 비색의 눈동자.

사이가 좋았던, 아름답게 자란 소꿉친구 여자아이 두 명을 절친에게 배신당한 형태로 빼앗긴 다음 날.

내 눈앞에는 지금까지 본 적이 없을 정도의 미녀.

그렇게나 여신을 믿지 않겠다고 생각한 직후에 생긴, 어딘가 운명적인 만남.

과연 이 만남이 내게 무엇을 가져다줄까.

"……당신, 여신을 믿어?"

종교 권유였잖아.

02 수상하지 않다고 말하는 녀석을 수상해하지 않는 건 무리

—당신은 신을 믿으시나요?

예전에 도시 하몬드에서 그런 말과 함께 말을 걸어오던, 온통 빨간 수수께끼의 집단과 만난 적이 있다.

자넷이 묵묵히 앞으로 나가서, 삼각추 모양의 마술사 모자로 얼굴을 가리고는 선두에 있던 빈스를 잡아당겼다. 내성적인 그녀치고는 웬일로 강경한 행동이어서 나도 에미도 황급히 따라갔었다.

우리는 나중에 자넷에게, 그것이 여신의 종교에서 갈라진 파생이자 교리를 확대해석하고 오독과 곡해를 구사해서 분석한 음모론적인 신흥 종교라는 것을 들었다.

『……우리가 저것에 섣불리 대답했다가는, 「여신님은 좀 더 나중 일을 생각하고 계신다」, 「이 교리를 해석하면 진실이」 같은 소리를 들으며 다른 종교에 들어가게 됐을 거야.』

『들어가면 어떻게 되는데?』

『확실히 그 『붉은 구제회』는 새로운 교리를 믿게 만든 뒤에 『여신님은 상위직밖에 구제하지 않는다』는 이야기를 들먹일 거야.』

『상위직에 뭔가 문제가 있어 보이는 느낌인데…….』

『맞아. ……회비가 매달 은화 30닢, 그리고 추가로 헌금으로 내는 은화 한 닢당 랭크를 매겨…… 낼 수 없는 금액이 아닌 게 음흉해.』

실로 쪼잔한 종교다. 그리고 그런 사기에 속을 뻔했던 우리는 미리 지식을 가지고 있던 자넷에게 감사했다—.

—그런 추억을 기억 속 깊은 속에서 끄집어낸 뒤, 눈앞의 미녀를 봤다.

정말이지, 대체 이게 무슨 꼴이야. 새로운 만남이다 했더니만 종교권유라니, 이 세상의 운명은 쓰레기다. 이 여자도 부모에게 받은 저 미모로 참 많이도 뜯어냈겠지. 아까부터 기대하는 눈으로 대답을 기다리고 있다.

그러나 자넷에게 배운 나는 그런 수법에는 넘어가지 않는다.

힘껏, 예상하지 못한 방향으로 대답해주마.

"—나는, 여신이, 싫어."

단호하게 말했다.

여자가 놀라서 눈을 크게 떴고, 나는 다음 말이 나오기 전에 당장 고아원 안으로 돌아갔다. 스쳐 지나갈 때 뭐라 말하고 싶은 듯한 젬마 할머니의 얼굴이 보였지만, 이미 사정을 이야기해서 그런지 딱히 뭐라 더 말하지는 않았다. ……그러고 보니 당연하지만 할머니도 여신교의 수녀였지.

저 여자가 이후에 어떻게 할지는 모르겠지만, 나는 여기의 책임자가 아니다. 나중 일은 젬마 할머니가 처리해주겠지. 단,

할머니가 받아들일지 어떨지는 모른다.

……그나저나, 오늘은 지쳤다. 생각해보면 마음고생이 심한 상태로 하루 종일 걸은 데다, 익숙하지 않은 아이 상대를 하거나 마법을 오랜만에 사용했다. 그야 피곤하겠지.

안에 들어가서 빨리 자기 위해 아이를 깨우지 않게 조심하며 빈방으로 들어가자, 피로가 단번에 찾아와서 그대로 잠들었다.

◆

소꿉친구 세 사람의 모습. 세 사람은 나란히 걸어가…… 아니, 그게 아니다.

나란히 걷는 건, 네 사람이다. 모르는 여자가 늘었다.

굉장한 미인이 빈번하게 주변을 돌아봤다.

뒤에서 걷는 나와 눈이 마주쳤지만, 딱히 염두에 두지도 않았다.

그대로 찾는 것을 그만둔 여자는 빈스의 옆에 섰다—.

◆

눈을 살짝 뜨자, 바깥의 빛을 반사한 벽이 눈을 자극했다. 그건…… 꿈, 인가.

미련이라도 있는 건가. 그 녀석들의 꿈을 꾸다니……. 뭐, 빈스 녀석이 이제 와서 여자를 세 명으로 늘리든 네 명으로 늘리든 나하고는 상관없는 일이다.

먼저 식당으로 발을 옮겼다. 고기를 굽는 소리가 들려서 식당으로 발을 들이자—.

"겨우 일어났네. 확실히, 러셀……이라고 했지? 좋은 아침."

—어제의 그 여자가 아이들을 쓰다듬으면서 당당히 앉아있었다.

"……무척이나 잘 녹아들고 있는데."

"딱히 내가 여기서 뭘 하든 상관없잖아? 그리고 아이는 좋아하거든."

예의 바르게 다리를 꼬아서 손을 흔들듯이 포크를 흔들며 남자아이의 머리를 마구 쓰다듬었다. 그 모습이 열 받을 만큼 잘 어울린다.

그나저나 이건 대체 무슨 상황이지? 젬마 할머니는 사정을 알고 있나? 이건 한번 확실히 말해두는 편이 좋을지도 모른다.

"너 그거지? 『붉은 구제회』니 뭐니 하는 녀석들과 한패잖아."

내가 따지자, 여자는 미간을 찡그리더니 어이없다는 듯 한숨을 내쉬었다.

"……무슨 소리야? 너는 이 내가 『적회(赤會)』로 보여?"

그러면서 양팔을 벌려 몸을 과시하는 포즈를 취했다.

위는 검은색을 기조로 한 옷이고, 세련된 가죽 재킷을 걸쳤다. 꼬고 있는 기다란 다리가 노출되어 있고, 검은 니 하이 삭스와 쇼트 팬츠 사이의 피부는 병적일 만큼 하얗게 비친다.

……아, 그런가. 언동이 완전히 종교권유라서 『붉은 구제회』

에서 제일 중요한 부분을 완전히 놓치고 있었다. —이 여자는 누가 어디를 봐도 빨갛지 않다.

"미안, 전혀 그렇게는 안 보이네."

"응. 사과한다면 나쁜 녀석은 아니네, 용서할게. 뭐, 나도 그 할머니한테 네가 『도시에서 돌아왔다』고 들었으니까 이유는 이해해. 그 녀석들 끈질기니까."

이 여자도 그쪽 사정은 아는 모양이다. 그렇다면, 적어도 도시에는 있었던 인간이다. 하지만 그렇게 되면, 그와 흡사한 수상쩍은 질문을 한 이유가 신경 쓰인다.

"왜 나에게 그런 질문을?"

"잠깐 물어보고 싶었을 뿐이야. 딱히 이상하지는 않잖아?"

내가 당연한 의문을 떠올리며 묻자, 어이없을 정도로 간단히 얼버무렸다.

일반적으로 그런 걸 잠깐 묻고 싶어지나? 이상하고, 수상한데…… 그런 생각을 하기 전에 여자가 「그보다도 너도 앉아」라고 말하며 일어섰다.

뭘 하려나 했는데, 부엌에 서서 당연한 듯이 고기를 굽기 시작했다.

"네가 요리하는 거냐?"

"시빌라."

"뭐?"

"너가 아니야."

순간 무슨 말을 한 건지 알 수 없었지만, 그러고 보니 이름을 듣지 못했었다.

종교권유를 한 게 아닌 상대를 계속 『너』라고 부르면 확실히 싫어하겠지.

시빌라…… 시빌라라.

“알았다, 시빌라.”

“응.”

만족스럽게 끄덕인 여자, 아니 시빌라는 붉은 고기에 소금을 뿌리기 시작했다.

“용케 고기를 그렇게 많이 얻었네.”

“밖에 있었잖아. 어제 가공해둔 거야.”

“아, 이 녀석은 던전 스칼렛 배트인가.”

“맞아. 이후에는 바깥에 볼일이 있던 젬마 씨에게 직접 입후보해서 이렇게 신세를 진 만큼 도와주고 있는 거지.”

그녀는 다 구워진 고기를 접시에 옮겨서 「자, 먹어봐」라며 탁자에 올려놨다. 접시는 두 개 있었고, 다른 하나를 내 정면 자리에 두고 그곳에 앉은 시빌라는 묵묵히 먹기 시작했다.

……아이들에게 먼저 먹이고, 너는 지금부터 먹는 건가?

떠오른 의문을 입에 담기 전에, 질문이 날아왔다.

“그런데 너, 오늘은 뭘 할 거야?”

“나 말인가? 글쎄…… 일단 던전 탐색을 생각하고 있는데.”

던전 탐색에는 좋은 추억이 없다. 그러나 역시 그런 게 생긴 데다 부상자까지 나온 이상, 무시할 수는 없다.

이번에는 혼자다. 자신의 힘을 의지하여 힘내보려고 했다.

"그럼, 나도 따라갈게."

시빌라는 내 말을 듣자, 아무 거리낌 없이 그렇게 대답했다.

◇

……지금, 나는 마을의 간이 길드에 있다. 간이 길드라고 해도 마법을 써서 왕도에 보관된 리스트를 인용하기에 내용은 도시와 별반 차이가 없다.

내가 자신의 『단독(솔로)』이라는, 파티에서 나온 것을 명확하게 알려주는 글자를 바라보자, 카운터 옆에 손을 대고 몸을 내민 여자의 옆얼굴이 보였다.

시빌라는 거절하리라고는 조금도 상상하지 않는다는 것처럼 당연한 듯이 나를 따라왔다. 실제로 거절할 생각은 없었지만…… 대체 뭐가 그렇게 마음에 든 건지 모르겠다.

기껏해야 내가 『여신이 싫다』고 말한 정도인데, 애초에 종교 권유가 아니었던 데다 그 질문에 대답한 것이 대체 무슨 심금을 울린 건지 전혀 이해할 수 없었다.

새롭게 받은 태그에 마력을 주입하자, 내가 인생을 살며 쌓아온 여신의 직업 숙련도가 수치화되어 나타났다. 그곳에 적혀있는 건, 역시 변하지 않는 글자.

"레벨 5라니 낮네. ……【성자】? 너, 신관이 아니라 성자야?"

"……그래."

어제 발언과 표시된 직업. 그 의미를 설명할 필요는 없으리

라. 여신교에서 신관의 정점에 선 직업을 받았는데도, 나도 참 어제는 대담한 발언을 했던 것 같다. 경건한 신도였다면 신고했을 텐데—.

"재미있네. 너, 마음에 들었어."

—시빌라는 오히려 내 얼굴을 보면서 고양이처럼 씨익 웃었다. 뭐가 어떻게 되어야 그런 결론에 도달하는 걸까. 진심으로 이 여자는 모르겠다. 설마 무교인가?

……그런데 앞서 말했듯이, 마을 사람들은 흑발인 나를 멀리하고 있다. 『태양의 여신교』의 밝고 눈부신 것이 올바르다는 풍조 때문인지는 모르겠지만, 어두운 색상의 머리는 그리 좋은 반응을 보이지 않는 경향이 있다……고 생각한다. 우수한 최상위직을 얻었기에 축하를 받기는 했지만, 모두가 나 개인에게 호의적인 건 아니다. 그런 데다 오늘은 은발이 눈부신 미녀를 데리고 있으니까. 접수대의 남자는 노골적으로 미간을 찌푸리며 혀를 찼다.

……아니, 너는 모르겠지만 『여신교 최상위직인 성자』와 『여신이 싫다고 말한 성자』라면 인상이 전혀 달라진단 말이지. 너는 전자여서 마음에 들어 하는 거라고 생각하고 있겠지만, 시빌라는 후자여서 내게 흥미를 보이는 거다.

"나도 러셀과 함께 갈 테니까, 잘 부탁해."

"아, 아아, 네. 알겠습니다."

갑자기 미녀가 말을 걸어와서 허둥대는 접수대 남자를 바라보던 와중에, 시빌라의 스테이터스가 눈에 들어왔다. ……【마도사】이고, 레벨 8. 나쁘지 않다.

"나는 상관없지만, 식재료 같은 건 알아서 챙겨."

"그렇게 돈이 없지는 않거든."

그럼 상관없나. 이후에는…… 함께 간다면 이름을 정해야겠지.

"파티의 이름은 정해놨어!"

빠르잖아, 생각해두고 있었던 건가? 내가 그렇게 말하기도 전에 시빌라가 바로 선언했다.

"『어스름의 서약』이야."

그녀는 의기양양하게 허리에 손을 대고는 가슴을 폈다. 즉답했다는 건, 미리 생각해뒀던 건가.

"이름에 뭔가 의미가 있는 건가?"

"없어. 왠지 모르게 암흑이나 어둠 같은 게 멋있잖아."

설마 하던, 왠지 모르게 선언. 게다가 당당하게 어둠이 멋있다고 단언하다니.

만족스러운 표정으로 당당하게 나를 보는 드센 눈동자는 자신감으로 흘러넘쳤다. 아무래도 정말로 기분 따라 정한 모양이다. 내가 어이없어할 틈도 없다.

왜 그렇게 자신만만하고 즐거워 보이는지 모르겠지만, 선입관을 제외한다면—.

"—뭐, 딱히 상관없지."

"그렇지!"

시빌라는 팔짱을 끼고 응응 만족스럽게 끄덕였다. ……어스름의 서약, 이라.

"리더는 러셀, 너에게 맡길게."
"원래 탐색하자는 말을 꺼낸 건 나지만, 괜찮은 거냐?"
"아무리 레벨이 높다지만 【성자】 보유자 위에 설 만큼 배짱 있지는 않아. 게다가……."
"게다가?"
"……뭐라 말해야 할지 까먹었어."
이 여자, 무슨 소리를 했는지 일일이 생각하고 이야기를 듣는 게 피곤해질 만큼 기분파로군…….
미녀라서 긴장하지 않을까 했는데, 전혀 그렇지 않았다. 움직이기 쉬운 패션과 마찬가지로, 그녀 자신의 내면도 활발한 느낌을 풍기고 있다.
"……다음 목적지가 정해졌어."
"응, 던전 아냐?"
"아니, 다음에 갈 곳은—."

다음에 온 곳은 마을 북문 근처다. 목적은 하나. 이곳에는 무기점이 있다.
"어서 오세요…… 아니, 러셀이잖아. 어제 돌아왔다는 게 정말이었구나."
"그래, 오랜만이야."
나를 피하지 않은 몇 안 되는 사람 중 한 명이다. 무기점 점주 아줌마에게 가볍게 인사하고 가게 안으로 들어갔다.
내가 묵묵히 목적한 물건을 찾는 동안에도 점주가 내게 말을 걸어왔다.

"그나저나, 커지면 빈스나 에미와 같이 장을 보러 올 줄로만 알았는데, 설마 【성자】가 될 줄은 몰랐지 뭐야."

점주의 이야기를 들으면서 가게의 물건을 들었다. 어린 시절에는 동경과 함께 양손에 무거움을 느끼며 살짝 들어 올렸던 대검도 지금은 일단 한 손으로 들 수 있게 됐다. 그렇지만, 이런 무겁고 큰 무기를 던전 안에서 휘두를 생각은 들지 않았다.

"장을 보러 와줄지도 모른다고 생각하긴 했지만, 사줄 사람이 한 명 줄어서 유감이었지."

"……그런가. 그럼."

나는 찾고 있던 가벼운 검을 들고 점주 앞에 놓았다.

"그때의 몫이라 치고, 이걸 사겠어."

"……【성자】인데?"

이 사람은 우리의 직업 수여 이야기를 알고 있다.

그로 인해 내가 검을 들지 못하게 된 것도.

"【성자】지만, 사겠어. 옆에 있는 이 녀석…… 【마도사】인데도 이런 차림으로 검을 쓰고 있으니까."

"오오, 예쁜 애잖아."

"언니도 보는 눈이 있네! 나를 좀 더 칭찬하라고!"

칭찬하지 마, 이 녀석은 바로 우쭐대니까.

"러셀도 얕볼 수 없네. 당신이 검을 추천한 거야?"

"이야~, 정말 러셀은 행복한 사람이라니까! 그리고 검을 든 내가 마도사라는 걸 알자마자 러셀도 바로 여기로 온 거야."

"그렇구나. 【성자】인데 검이라……. 좋지 않을까? 가게로서도 기쁘네."

"그래. 이제 누구에게도 사양할 필요가 없으니까."

이제는 전위에 선 검사를 배려해서 지팡이만 든다는 생각은 하지 않아도 된다.

시빌라처럼 형태에 사로잡히지 않고 자유롭게, 가장 내게 잘 맞고 우수한 무기를 들면 된다.

그래. 스스로 말하지 않았나. 각자가 받은 능력은 디메리트가 아니다. 선택지가 늘어난 것에 지나지 않는다.

그 선택지를 좁히고 있던 게 용사 파티였다는 건 참 얄궂은 이야기지만.

"지금부터는 회복마법을 사용하는 검사로 싸우겠어."

"응, 좋네. 러셀은 【성자】보다 【검사】로 쌓아 올린 시간이 길었으니까, 그쪽도 확실히 이용해야지."

점주에게 고개를 끄덕이고는, 파티에서 추방당했을 때 남은 금을 왕창 써서 강철 검을 샀다.

빈스 일행의 꿍꿍이대로 평온한 여생을 보내줄 것 같으냐. 나는 지금부터 번 돈으로 다시 모험가를 계속할 거다.

……그나저나, 그 녀석들은 지금쯤 뭘 하고 있을까?

"왜 그래? 러셀."

"아아, 아니. 아무것도 아니야. 이번에야말로 던전에 가자."

"좋았어, 드디어 가게 됐네."

지금은 그 녀석들을 생각하는 건 그만두자. 우연이지만 시빌라라는 원거리 공격 가능한 협력자도 얻었다.

오늘부터 나의 새로운 한 걸음…… 아니, 진짜 자신으로서 최초의 한 걸음을 내디딘다.

마을에 우연히 나타난 수수께끼의 던전. 어떤 곳인지 보도록 할까.

막간 에미 : 잃어버린 것은, 어째서 잃어버리기 전에 좀 더 소중히 여기자고 의식하지 못하는 걸까?

눈앞에서, 러셀이 벽에 부딪혀 머리에서 피를 흘리고 있다.

웬일로 자넷이 허둥대며 회복마법을 사용했다.

나는 그 모습을 마치 남 일처럼 멍하니 보고 있었다.

가장 이루어지기를 바라지 않았던 미래가 더욱 나빠진 듯한 비참한 결과. 너무나도 싫은 결과여서, 무의식적으로 손가락이 떨렸다.

왼손에 든 방패가 소리를 내며 떨어졌다. 믿을 수 없다. 믿고 싶지 않다. 하지만 정말로 싫은 건— 무엇보다도, 이 결과를 만든 것이 자신이라는 것.

예전부터 파티 안에서 느꼈던 것…… 러셀이 활약하지 못하고 있다는 문제. 하지만 결코 러셀의 문제는 아니고, 그의 능력이 낮은 것도 아니다.

그래서 나는 러셀과 헤어진다는 건 전혀 생각하지 않고 있었다. 왜냐하면 언제나 함께 자랐으니까. 언제나 함께여서, 옆에 있는 게 당연했다.

러셀은 말괄량이였던 내가 잃어버린 물건이나 떨어뜨린 물건을 자주 찾아주었다.

잃어버린 것이 나중에 무척 소중한 것이었다는 걸 깨달았을 때, 어렸던 나는 엉엉 울고 말았다. 언제나 찾는 게 서툴러서, 러셀이 찾아줄 때까지 스스로는 전혀 찾지를 못했다.

그래서 러셀이 울고 있는 나를 보고 곤란한 표정을 지으면서 내 손에 올려주는 것을 언제나 봐왔다. ……안심하라는 듯이 마지막에 한 마디를 얹으면서.

러셀은 재치가 있어서 언제나 나를 도와줬다. 앞으로도 계속 도와주리라 생각했다. 네 사람은 줄곧 함께 있을 줄 알았다.

……그렇게 생각했던 건, 나뿐이었던 것 같지만.

"이봐, 에미. 러셀, 슬슬 무리 아닐까?"

"요즘은 힘들어 보이더라. 【성기사】로서 제대로 지켜내야 해."

"아니, 그게 아니고. 이제 같이 가는 건 무리가 아닌가 하는 얘기야."

빈스에게 나온 말을 이해하는 데 조금 시간이 걸렸다. 그리고 빈스가 러셀을, 우리 파티에서 쫓아내려고 한다는 실감이 슬금슬금 솟구쳤다.

"진심이야? 자넷한테는 말했어?"

"그래. 자넷은 동의했다고."

그렇, 구나……. 그러나 최근의 러셀이 위태로웠던 건 확실했다.

모두 굉장한 직업이고, 러셀은 특히 기대를 받고 있었다. 전설의 【성녀】가 재림했다면서.

그래서 러셀이 얼마나 활약할 수 있을지 기다리고 있었다.

결과만 말하면, 러셀은 【성자】의 능력을 한 번도 발휘하지 못했다.

다들 무척 강하다. 그건 물론 나쁜 일이 아니고, 다치지 않는 건 좋은 일이다.

하지만…… 어느 날 자넷이 회복마법을 익혔다. 나는 반사적으로 러셀을 보고 말았다. 그는 뭔가 봐서는 안 되는 것을 본 듯한, 심각한 표정이었다.

그리고 나도 회복마법 《힐》을 익히고 말았다. 마법직도 아닌 전사인 내가 회복술사와 같은 마법을 쓸 수 있었다. 그럼 회복술사는 무엇을 위해 있는 걸까.

러셀은 내가 회복마법을 익혔다는 것을 알자 필설로 다할 수 없는, 보기만 해도 안타까워지는 미소를 지으며 방에 틀어박혔고…… 그날 이후, 그가 내게 건네는 대화는 제로나 다름없어졌다.

—솔직히 말하자면 이때만큼 자신의 직업이 우수하다는 것을 저주한 적이 없다.

그리고 오늘. 러셀의 레벨이 낮은 것을 알아챈 중층의 소머리 마물 블러드 타우로스가 러셀을 노리고 덮쳐왔다.

나는 원래부터 성기사로서 누군가를 지키는 게 특기였다.

그래서 러셀을 감싼 결과, 팔을 약간 다치고 말았다.

다친 동시에 회복마법을 썼으니까 아프기는 했어도 큰 부상은 아니었고, 오히려 지켜냈다는 안심감이 더 앞섰을 정도다.

하지만 빈스는 그것을 도저히 용납할 수 없었던 모양이었다.

나는 함께 모험하지 못하게 되는 정도라고 생각했다.

그런데 아니었다. 빈스는 애초부터 러셀을 파티에서 내쫓을 작정이었다.

그리고 말다툼 같은 형태로 판단 방법이 정해졌고, 러셀이 검을 상단에 들고 나를 향해 검을 휘둘러서, 지금에 이른다.

자넷의 회복마법을 받아서 상처는 사라졌지만, 힘없이 쓰러진 채 일어나지 못하는 러셀을 본 빈스는 진심으로 하찮다는 듯이 내뱉었다.

"핫, 결정됐군. 러셀은 이제 파티에는 필요 없어."

"—윽! 아, 아니야! 아까 그건 어딜 봐도 이상해! 나, 이상한 스킬이 발동했어. 이런 생각은!"

"……나는 러셀이 말한 걸 똑똑히 들었다고. 설마 『러셀은 다치면 나간다고 말했는데, 건드리기만 했는데도 일격에 기절해버렸지만 너는 잘못이 없으니까 계속 함께하자』고 말하려는 거야?"

"……으."

"애초에 이건 에미가 한 일이잖아?"

반박할 수 없었다. 그랬다. 내가…… 내가 한 일이다.

"게다가, 러셀이 일어난 뒤에 에미를 어떻게 생각할까?"

"그, 건……."

내가 그걸 깨닫고 처음으로 생각한 것. 생각하고 만 것.

—무섭다.

러셀이, 나를 어떻게 생각할지.

나뭇가지로 칼싸움 놀이를 하고, 모두 사이좋게 지냈지만, 그래도 남자아이에게는 전혀 당해낼 수 없었다.

빈스에 비해서 러셀은 한 발짝 물러선 부드러운 분위기고, 다정했었다.

그래도 남자아이다운 자존심은 있어서.

점점 러셀은 빈스에게서 승리를 거둘 정도로 강해졌다.

몸집도 커지고. 아까 오랜만에 가까이서 봤을 때는 굉장히 남자다워져서…….

……그렇게 수없이 노력해왔던 그가, 내가 여신에게 받았을 뿐인 직업 하나로 인해 기절했다.

어떻게 생각할까?

이미 러셀은 회복마법을 쓸 수 있는 나에게 열등감이 있다. 나는 중층 마물의 공격이 직격하더라도 공포 같은 건 전혀 느끼지 않지만…… 러셀에게 기피당하는 게 더 무서웠다.

너무나도 제멋대로인, 이기적인 공포.

"……알았어."

우리는 파티의 짐을 모았다. 그의 소지품을 제외한 모든 것이 방에서 사라지는 데 시간은 걸리지 않았다.

러셀의 태그는 빈스가 빠르게 회수했다. 이제 파티 멤버가 아니게 된다, 내일부터는 함께 있을 수 없다고 생각하니 눈물이 나올 것 같았다.

어째서 우리는 이렇게 되어버린 걸까.

마을에서 나올 때는 세계 제일의 파티가 되자고 정했었는데.

어째서 우리는 이렇게 되어버린 걸까. 옛날에는 그렇게 사이좋았는데.

빈스는 돌아보지 않고 빠르게 방에서 나왔다.

자넷은 자신의 주머니에서 은화를 꺼내 러셀의 주머니에 넣고 한 번 돌아보고는 방을 나섰다.

마지막은, 나.

"……나를, 원망해도 되니까……."

나는 완전한 자기만족으로, 기절한 러셀에게 말을 걸었다. 그리고 돌아올 리가 없는 대답에서 도망치듯이, 마지막까지 자기중심적인 심경으로 그가 있는 방을 나왔다.

앞을 걷는 빈스는 자넷 쪽을…… 아니, 자넷의 가슴을 힐끔힐끔 쳐다봤다. 자넷은 입으면 말라 보이니까.

러셀이 탈퇴한 지 얼마 되지도 않았는데, 무슨 생각일까.

자넷은 말이 없다. 하지만 러셀에게 건네준 돈의 양은 상당한 액수였을 거다.

러셀은 책의 화제도 따라갈 수 있었으니까 자넷과의 교우도 많았다. 분명 자넷 자신도 미안하다고 생각하고 있으리라는 것을 왠지 모르게 알 수 있었다.

나는…… 왠지 마음에 구멍이 뻥 뚫린 듯한 기분이다.

그러고 보니 대화를 하지 않게 되어서 말이 없어졌을 때도 언제나 앞에 있는 두 사람은 빈스와 자넷, 뒤에 있는 두 사람은 나와 러셀이었다.

지금, 옆에는 아무도 없다.

두 사람의 등을 보면서, 이 세 명 중에서 러셀이 차지하는 비율이 제일 큰 건 나였다는 것을 새삼스레 느꼈다. 정말 나는…… 잃어버리지 않으면 그게 얼마나 소중했었는지 모르는구나…….

……그래도, 이제.

어린 시절처럼 펑펑 울어도, 잃어버린 것을 찾아주던 다정한 소년은…… 내 곁으로 오지 않는다.

파티의 새로운 여관을 빌린 다음 날, 우리는 길드에 태그를 반납하며 러셀 탈퇴를 전달했다. 그것만으로도 마음이 괴로워졌다. 오늘의 용건은 이걸로 전부 끝내면 되겠지. 점심을 먹고 멍하니 거리를 걸었다.

러셀을 우연히 만나지 않을까, 러셀을 우연히 만나면 거북할 텐데, 그런 것만 생각하고 있었다.

문득 직업을 받은 교회 앞을 지나갔다.

아무렇지도 않게 시선을 돌린 나는, 그 교회 안에서 금발이 반짝반짝 빛나는 여성을 발견했다. 멀리 있었지만, 스테인드글라스의 빛을 받으며 반짝반짝 빛나고 있어서 굉장히 눈에 잘 띄었다. 저런 예쁜 사람이 현실에도 있구나…….

그런 생각을 하고 있었는데…… 그 미녀가 우리와 눈을 마주치더니 똑바로 다가왔다. 빈스는 다가오는 여성을 보며 군침을 삼켰고, 나도 여성의 동향을 살폈다.

태양 밑으로 나온 여성은 더욱 광채가 늘어난 것처럼 아름다웠다.

그 미녀는 머리털과 똑같을 정도로 반짝이는 금색의 눈으로 빈스를 바라보며 허리를 앞으로 숙이고는, 노골적으로 색기로 유혹하는 포즈로 말을 걸었다.

"당신들은 이 주변에서 유명한 용사 파티죠? 기왕 이렇게 만났으니, 잠깐 함께해도 될까요~?"

그 여성의 미모와 나락처럼 깊은 계곡으로 시선을 왕복하던 빈스를 바라보면서, 나는 — 그리고 분명 자넷도 — 생각했다. 분명 거절하지 않을 거라고.

하아…… 러셀은 지금쯤 뭘 하고 있을까…….

03 혼자라서 알 수 있는 것도, 분명 많다

"절호의 탐색 날씨네!"

"던전 안으로 들어가면 기후 같은 건 상관없어."

"너 말이야. 돌아오면서 피곤할 때 비라도 쏟아지면 진짜로 기분 최악이거든. 알기나 해?"

나는 시빌라를 데리고 마을 남쪽 — 던전이 있는 곳 — 까지 찾아왔다. 검을 산 나는 그 길로 방어구도 고르려고 했지만, 거기서 시빌라가 말렸다.

『그 옷 바꾸려고? 아마 필요 없을 거야.』

『어째서지? 좀 더 움직이기 쉬운 게 나을 텐데.』

나는 하얀 천에 검은 자수가 들어간 로브를 입고 있다. 이건【성자】가 되고 나서 모두와 정해서 산 것이다. ……좋은 추억만 있는 건 아니다.

『얼핏 봐서는 그렇지만. 그 로브는 가볍고 튼튼한 데다, 마법 내성까지 있는 꽤 좋은 물건이야. 섣불리 경장으로 바꾸는 것보다는 그대로 놔두는 게 무난할 거야.』

『그런 거였나.』

이 로브는 확실히 고가이기는 하지만, 왠지 지금의 모습으로 검을 든 자신을 이미지할 수가 없다— 그렇게 말하자, 오히려 코웃음을 쳤다.

『왜 로브 차림의 녀석이 검을 들면 안 되는데.』

『시빌라는 경장이잖아.』

『로브가 더 우수하면 로브를 입을 거고, 지팡이가 더 강하면 검을 버리고 부츠로 발차기를 날리면서 지팡이로 때렸을 거고, 마법을 발동할 수 있는 마구(魔具)가 더 강하면 내 마법은 안 썼을 거야.』

처음에는 의심스러웠지만, 논지를 듣자 납득이 갔다. ……그렇군. 나는 아직도 이상한 이미지에 사로잡혀 있었던 모양이다.

검과 지팡이, 갑옷과 로브, 그런 장비를 고르는 데 직업은 전혀 관련이 없다.

물론【검사】에게는 검이 어울린다는 그런 측면은 있지만, 그런 걸 포함해서 최종적으로 우수한 결과를 남길 수 있는 방향을 자유롭게 고르면 되는 거다.

나는 다시금 도시, 아니 성 아랫마을보다도 선진적인 생각을 하는 이 시빌라라는 녀석의 유연성에 감탄했다. ……뭐, 칭찬하면 바로 우쭐댈 테니까 말하지는 않겠지만.

"나를 굉장하다고 생각했지? 벌써 반한 걸까~~~ 아얏?!"

나는 시빌라의 머리에 거침없이 손날치기를 먹이고는 바로 앞을 걸었다.

보라고. 말하기가 무섭게 이러잖아.

"잠깐! 여자아이는 다정하게 대해줘야지!"

딱히 사양할 필요가 없는 성격이라는 것이 너의 제일 마음에 드는 구석인데 말이지.

맑은 하늘의 햇살을 가로막기 위해 머리에 손을 올리고 남쪽 산을 바라봤다.

"어제의 그 박쥐 자식은 저쪽에서 온 거구나. 자, 여기서도 보여."

시빌라가 가리킨 방향을 보자, 산의 나무들이 일부 크게 잘려있었다.

그리고 그 벗겨진 경사면 중심부에 커다란 구멍이 뻥 뚫려 있다.

"정말로 이런 게 나오다니……."

"너는 여기 태생이라며. 이런 일이 지금까지 없었어?"

"모르는데. 적어도 내 유년기부터 지금까지 이 마을은 비교적 평온했었어."

그래서 마을도 던전이 갑자기 나타난 것에 대처하지 못했던 것이다. 정말로 막 나왔으니까, 도시에서 일부러 미지의 던전 탐색을 하러 오는 사람도 없다.

던전이 생기면 미리 위기도를 조사한다. 아직 추정이 완료되지 않았다면, 이 던전은 잠정적으로 위험도가 높은 던전으로 인식된다.

미지의 존재이므로, 나쁜 쪽으로 상정하는 게 자연스러운 감각이다.

게다가 위험이 있다는 것 말고도 『보수가 될 만한 마물이 거의 없다』나 『보물이 없는 던전일 가능성도 있다』는 것도 문제다.

즉, 식량을 사서 야영하면서 장기간에 걸쳐 던전 탐색을 했다가 돈 될 것을 전혀 얻지 못하고 돌아오는 패턴도 있다는 거다.

그래서 다들 어지간히 여유가 넘치지 않는 한 미조사 던전에 들어가지 않는다.

그런 리스크를 감수할 필요 없이, 던전은 세계 각지에 많으니까.

"이 던전에 관해서는 전혀 정보가 없어. 콩밭의 모녀가 독에 당한 정도야. 우리끼리 이 던전을 파악할 수밖에 없겠어."

"흐응, 몸이 근질거리네."

"너는 공포가 없는 거냐?"

어찌 보면 무모하다고밖에 볼 수 없는 발언. 미지의 던전 앞에서 명백하게 여유를 보이는 태도. 나름대로 레벨이 높긴 하지만, 아무리 그래도 레벨 8 정도가 이렇게 여유작작한 건 철부지로 보인다.

그러나, 내 의문에 대한 시빌라의 답은 뜻밖이었다.

"무슨 소리야. 당연히 무섭지. 아무리 쉬운 던전이라도 죽을 때는 죽고, 모르는 함정은 몰라. 특히 미지의 던전은 더더욱 무서워."

오늘은 회복술사가 있으니까 무척 마음이 편하다는 말을 덧붙인 시빌라는 던전 안으로 들어갔다.

……그러고 보니 나는 이러니저러니 해도 강한 파티의 일원

으로 계속 활동해왔다.

전위의 강함과 직업의 우수함은 틀림없이 세계에서 손꼽힐 정도였고, 적의 숫자가 많은 게 아니라면 나에게까지 공격이 닿는 일도 없었다.

그러나 시빌라는 솔로 마도사였다.

원래 후위직인 시빌라가 근접 무기를 든 시점에서 알아채야 했지만, 그녀는 협력자 없이 지금까지 살아온 것이다.

저 미모를 보면 아마 권유는 많았겠지. 그걸 모두 거절했다는 게 간단히 상상된다.

시빌라는 줄곧 혼자서 해왔다. 그래서 위험한 일에 대한 인식이 다른 것이리라. 어느 의미로는 이런 파티에서의 선배다.

그리고 나도 지금은 파티 멤버가 없다. 그래서 예전보다 진지하게 던전과 마주해야 하는 상황이 되었다는 것을 겨우 실감할 수 있었다.

건방지고, 까불거리는. 신원 불명인 수상한 여자지만, 얼마간 대화를 해보고 알게 된 것은 있다. —아마 이 녀석은 그렇게 나쁜 녀석은 아니다.

지혜와 지식, 그리고 경험이 있다. 그리고 인정할 때는 인정하고, 안 될 때는 안 된다고 말한다.

"……믿고 있겠어. 솔로 선배."

나는 시빌라의 등을 향해 작은 목소리로 중얼거리고는 그 뒤를 쫓았다.

그래도 초심자는 아닌지라, 던전 탐색은 익숙하다. 아무리 솔로로 해왔다고는 해도 마도사인 시빌라에게 전위를 맡길 수는 없으니까.

막 구입한 칼자루에 왼손을 올리고, 시빌라의 옆에 섰다.

"내가 앞에 나가겠어."

"어머, 회복 담당이 앞에 나가도 돼?"

"공격마법사가 앞에 나가는 게 더 말도 안 되지 않나?"

"으음, 회복 담당이 제일 안전한 곳에 있어야 하는 게 정석이야. ……그래도, 확실히 검을 샀으니까. 네가 앞에 나간다면 서로 경계하면서 같이 나란히 있는 게 어떨까?"

그 제안에 수긍하고는 시빌라 옆에 나란히 서서 걸었다.

던전은 신기하게도 벽에 마력광이 있어서 어두운 곳은 아니다. 옆에 길은 없지만, 그래도 주의 깊게 관찰했다. 자칫 배후에서 습격을 받으면 지금의 후위직 두 명으로는 버틸 수 없을 테니까.

그럭저럭 걸었을 무렵이다.

"아무래도 마물은 제대로 있나 보네."

시빌라가 던전 안을 가리키자, 어렴풋이 그림자가 보였다. 저건, 고블린이군.

"먼저 기본적인 게 나왔네~. 그럼— 이얍."

시빌라는 왼손을 앞으로 내밀고는 손에서 불덩이를 날렸다. ……지금, 말없이 쏘지 않았나?

『캬악.』

그 불덩이를 안면에 얻어맞은 고블린은 살짝 비명을 지르고는 움직이지 않게 되었다.

"……지금 그건?"

"무영창 파이어 볼이야. 본 적 없어? 무영창. 뭐, 집중하지 않으면 잘 발동하지 않고, 막 익힌 상위 마법으로는 못하니까 아는 사람만 아는 약간의 비기야."

"그런 게 가능한 건가……."

파티가 위기에 빠진 적이 없는지라, 속공이 필요해지는 국면이 없었다.

자넷은 【현자】답게 강력한 마법을 언제나 멀리서 선제공격으로 날렸으니까.

"후후후, 공격마법. 부러워?"

"……뭐, 그렇지."

"그래. ……힘이, 필요한가?"

"뜬금없이 뭐냐."

힘이 필요한가, 라니. 역시 뭔가 수상한 종교권유 같잖아.

"마물을 쓰러뜨릴, 압도적인 힘이 필요한가……?"

뭐야, 그걸 계속하려고? 이 까불이 마도사, 묘하게 끈질기게 물어보는데.

나는 어이없어하면서 손날치기 준비를 했다.

슬슬 머리가 딱 좋은 위치로 온다. 이번에는 혹이라도 만들어—.

"원한을 풀고, 복수할 힘이 필요한가?"

—뭣?!

순간, 반응이 늦어졌다. 『복수』……생각하지 않도록, 생각하지 않도록 노력하고 있었는데…… 하지만, 전혀 생각하지 않았던 건 아니다. 정신이 들자, 시빌라의 머리가 바로 근처에 있었다.

힘이, 필요하냐니.

그야…… 그야, 당연히 필요하다.

활약하지 못했던 자신을 향한 실망. 똑같이 성장했건만 공격의 힘을 가진 절친.

압도적인 힘. 공격하기 위한, 힘. 내게도, 힘이 있었다면.

용사 빈스와 부딪히더라도 지지 않을 정도의 힘.

……시빌라, 너는…….

"필요한가……. ……필요한가, 한가…… 한가해지면 오징어 먹고 싶네."

"흐읍!"

"아야앗~!"

은근히 강하게 머리에 손날치기. 순간 긴장이 풀렸다. 지금 그 멍청한 말은 대체 뭐야.

내가 진지하게 트라우마를 떠올리던 것이 정말로 바보 같아졌다. 아니, 바보 그 자체였다…….

이거야 원, 이 녀석에 대해 진지하게 고민하는 건 그만두자.

……그나저나, 무영창 마법이라.

"그렇다면, 나도 무영창을……."

"아야야……. 뭐, 너도 힐 정도라면 가능하지 않을까? 【성자】라는 게 어느 정도인지는 모르겠지만, 3이 되니까 익힐 수 있었거든."

시빌라는 고블린 근처로 다가가서 보라색 귀를 자르며 대답했다.

"회복마법은 레벨 1 때 익혔으니까, 가능할 것 같네."

고블린의 귀를 한 손에 든 채로 우뚝, 굳어진 시빌라가 이쪽을 바라봤다.

"레벨, 1에, 힐?"

"【신관】계라면 그 정도는 일반적이지 않나? 그러지 않으면 도움이 안 될 텐데."

"……내가 아까 그 파이어 볼을 익힌 거, 레벨 2야. 1부터 직업 특성을 발휘해서 활약한다는 이야기는 못 들었는데……."

"그랬, 었나."

비교 대상이 없어서 전혀 모르겠다. 굳이 따지자면, 마법은 자넷인가.

……아니, 【현자】여서는 의미가 없나. 그 녀석은 레벨 1부터 공격마법을 사용했었다.

"그렇구나…… 이게 성자네. 그럼 나아가자."

시빌라는 가방에 귀를 넣으면서 가볍게 흘려버리고는 다시 걸었다. 조금 마음에 걸리는 말이었지만, 나도 시빌라와 나란히 걸었다.

거의 앞으로 나가지 못했는데 새로운 마물이 있었다. 전신이 검은색이라 잘 안 보이지만, 무기가 반짝여서 찾기는 어렵지 않았다. 잘 보니, 색상 말고는 조금 전의 마물과 같았다.

"……검은색이잖아. 갑자기 성가신 던전이라는 예감이 드네."

"고블린인데. 검으면 강한 거냐?"

"일반적인 녀석보다는 꽤 강해. 너도 기합을 넣으라고."

그 말을 들으면서 검을 칼집에서 뽑아서 겨두자, 시빌라가 왼손을 앞으로 내밀었다.

"《파이어 애로우》!"

조금 전보다 상위 마법이겠지. 손에서 나온 불화살이 검은 고블린에게 직진했다.

나는 쓰러뜨렸다고 낙관했지만, 놀랍게도 검은 고블린은 마법의 직격을 피하고는 시빌라를 향해 고속으로 접근해왔다. 검은 고블린의 손에 작은 나이프가 빛난다.

"시빌라!"

나는 시빌라를 노리는 고블린의 옆으로 가서 재빨리 목을 찔렀다. 계속 휘둘러왔던 검 실력은 녹슬지 않은 모양이라, 새로운 검으로 싸우는 것에도 바로 익숙해졌다.

그러나, 지금은 그런 달성감에 젖을 심경은 아니었다.

"칫, 당했네……."

시빌라가 밉살스럽다는 듯 상처를 바라봤다. 하얀 허벅지에 붉은 피가 흘렀다.

아까까지의 여유로운 표정과 달리 괴로워 보인다. 서둘러 회복마법을 써야겠다.

맞다. 전투 때도 치료할 수 있게끔 무영창 마법을 연습하는 게 좋겠다.

'……《힐》.'

이렇게, 하는 건가. 머릿속에서 마법을 사용할 때와 같은 감각으로 염원하자, 시빌라의 허벅지에 있던 상처가 바로 사라졌다. 그녀는 자신의 허벅지를 살짝 매만지고는 놀라서 눈을 깜빡이며 나를 바라봤다.

"지금, 사용했지? 꽤 깊은 자상이었는데…… 이렇게 단숨에 낫다니. 역시 【성자】님이네. 감사를 표할게. ……그래도 이 이상의 탐색은 무리네."

"……응? 어째서지? 보아하니 이제 다친 데는 없는데……."

시빌라는 검은 고블린이 쥔 나이프를 발끝으로 걷어찼다.

"검은 고블린의 나이프, 독이야. 아마 조금 지나면 내 몸 상태가 많이 나빠질 거야. 나 참, 해독제는 준비했지만 검은 놈이 나올 줄이야…… 다친 데가 나아도 이래서는……."

독……. 그런가. 브렌다의 어머니를 습격한 건 이 녀석인가.

던전의 마물을 쫓아냈는데, 그 후에 자리에 눕게 되었다고 했었다. 용케 격퇴했거나, 도주한 모양이다. 의외로 그 어머니는 강한 사람일지도 모른다. 과연, 그렇다면…….

'《큐어》.'

독 치료마법을 마찬가지로 무영창으로 사용했다. 내가 마법을 사용하자, 시빌라는 뭔가를 눈치챈 듯이 손을 쥐거나 다리를 드는 등 몸 상태를 확인하듯이 움직였다.

"……응? 으응? 러셀, 지금 너 나한테……."

"이야기했을 텐데, 콩밭의 모녀. 어제 큐어로 치료했으니까, 같은 독이라면 나으리라 생각했을 뿐이야."

했던 일을 이야기하자…… 시빌라는 지금까지 중에서 제일 놀란 듯이 눈도 입도 크게 떴다.

"……큐어가, 무영창? 너 레벨 5였잖아…… 익힌 건 언제야?"

"레벨 2 때인데."

그걸 듣자, 시빌라는 뭔가 고민하는 모습을 보이더니 한숨을 내쉬었다.

"……일단, 고마워. 너와 함께하게 돼서 다행이야."

"그런가, 나도 시빌라에게는 도움을 받았다고 실감하고 있으니까."

"역시 반했어?"

"때린다."

또 우쭐대려는 것 같아서 가볍게 흘려버린 나는 앞으로 걸었다.

"……이거, 저질러버린 건가……?"

시빌라가 뒤에서 뭐라 말하고 있었지만, 이미 이 녀석에게 일일이 어울려줄 의미가 없다는 걸 학습한 나는 혼잣말을 무시하고 나아가기로 했다.

던전 탐색은 순조……롭다고는 말할 수 없었다.

"다음, 검은 놈이 둘 보여."

"알았어. 내가 오른쪽을 상대하지."

"응!"

적의 강함이 심상치 않았다. 이 던전은 처음의 보라색 잔챙이 고블린을 제외하면, 본격적으로 나오는 고블린이 검은색으로 구성되어 있었다.

결코 쓰러뜨릴 수 없는 건 아니지만, 시빌라가 강하다고 말한 검은 고블린이 상층의 베이스가 된 던전…… 틀림없이 공략 난이도가 상당히 높은 던전이다.

한 손에 곤봉을 들고 사이드 스텝을 밟으며 이리로 뛰어든 검은 고블린. 그 공격이 닿기 전에 거리를 벌리고 회피하면서 베어버렸다.

색상이 다르고 강하더라도 신장차가 있다. 내 머리를 노리고 공격하려면 반드시 뛰어올라야 하는데, 공중에서는 궤도 수정을 할 수 없다. 그래서 그 순간에는 아무리 상대가 강하더라도 움직임이 단조롭다.

쓰러뜨린 직후에는 반드시 시빌라를 봤다.

한 번 독 나이프로 공격을 당해서 그런지 꽤 신중하게 싸우고 있었다.

왼팔 앞쪽에 붙인 방패로 공격을 막고, 검을 견제하면서 파이어 볼을 상대에게 꽂아 넣었다. 그래도 검은 고블린의 힘은 강했는지, 상대를 쓰러뜨린 뒤에 방패를 든 팔을 아픈 듯이 눌렀다.
"크으…… 정말이지. 이 녀석들, 꼬맹이 주제에 힘이 빌어먹게 세단 말이야."
여자아이가 빌어먹게 세다고 말하지 마……. 그런 생각이 들었지만, 어차피 이 녀석에게 말해봤자 안 들을 테고, 오히려 이런 말투가 자연스러운 느낌조차 든다.
'《힐》.'
일단 시빌라가 다친 부분을 곁눈질하며 치료한 뒤, 나의 피로도 살짝 치료했다.
"다음이 왔다!"
"어, 진짜로?! 우와아, 진짜잖아. 아아, 이제 알았어!"
아마 감사를 표하고 싶은 거겠지만, 먼저 눈앞의 마물을 상대하는 걸 우선한 모양이다. 다음은 다시 나이프 타입. 세 마리가 왔기에 포위당하지 않게 이번에는 선제로 공격했다.
『캬아…….』
돌발적인 공격에는 약한지, 회피당하기 전에 공격이 맞았다.
역시 거금을 쏟아부어서 그런지, 좋은 검을 샀다.
잽싸게 상대 두 명의 바깥쪽에 진을 치면서, 앞쪽에 남은 검은 고블린을 봤다.
역시 조금 전의 선제공격을 봤는지 이 녀석도 꽤 경계하고 있었다.
검은 고블린이 젖은 나이프 칼끝을 이쪽을 향해 흔들었다.
……나도 시빌라처럼 방패를 사는 게 나았을까. 그렇게 생각

해봤지만, 어차피 사태는 호전되지 않는다.

내가 한 발짝 파고들어서 검은 고블린에게 찌르기를 날리자, 놀랍게도 이 녀석은 나이프를 던졌다. 이 녀석, 공멸을 각오했나!

검은 고블린의 목을 관통한 동시에 머릿속에 목소리가 들렸다.

—【성자】 레벨 6《윈드 배리어》—

언제 들어도 갑작스러운 레벨 업 음성. 그 목소리에 정신이 팔리지 않게 조심하며 눈앞에 집중했다. 곧바로 왼손으로 나이프를 막았지만, 당연히 나이프 끝이 닿아서 손이 베였다. 그와 동시에 수면 부족일 때와 흡사한 불쾌한 감각이 살짝 덮쳐왔다.

……그래, 이게 독인가. 시간 경과와 함께 증세가 더욱 무거워지겠지.

마침 시빌라도 상대를 쓰러뜨리고 이쪽을 보고 있었다.

저쪽에서도 던졌는지, 방패로 미처 막지 못해서 손목 주변에 상처를 입었다. 피를 흘리는 손목을 누르면서도 나의 다친 손바닥을 보고는『아차~』같은 표정을 짓고 있었다. ……자기도 다쳐놓고서 그 반응은 뭐야.

나는 무영창으로 큐어를 두 번, 힐을 두 번 사용했다.

……좋아. 나른하던 몸도, 피로도 풀렸다. 익숙해지면 영창하며 쓰는 것보다 훨씬 편하군.

시빌라가 내 손을 보고는 눈썹을 치켜든 직후, 자기 손목에 시선을 돌렸다. 그리고 몇 번 움켜쥐더니 고개를 갸웃했다.

……뭔가 이상한가?

일단 나는 그보다도 먼저 확인해야 하는 게 있었다.

“《윈드 배리어》.”

성자 레벨 6 마법을 시험해봤다.

내 주변에 거의 무색투명하지만 어렴풋이 인식할 수 있는 막이 생겨난 것을 알 수 있었다.

내 마법을 본 시빌라가 눈을 크게 뜨며 가리켰다.

“너, 너. 그거 윈드 배리어 아니야?”

“알고 있나?”

“화살을 막는 마법이야. 그 밖에도 마법을 일부 튕겨내고, 약한 마법은 닿기 힘들게 만들 거야. 파티 멤버라면, 아마 이렇게…….”

시빌라는 가죽 장갑 끝으로 막을 만져서 저항이 없다는 것을 확인하고는 손바닥을 넣거나 뺐다.

“이거 봐, 자유롭게 들어올 수 있어.”

“그렇군. 이걸로 다소는 주변의 마물과도 싸우기 쉬워지겠어.”

지금 상황에서는 고맙다. 검은 고블린이 독 나이프를 던지는 수단을 취하는 이상, 뒤에서 노릴 가능성도 고려해야만 하기 때문이다.

이런 마법이 있다면 이전 파티에서도 조금은 활약을…… 아니, 이 정도로는 활약할 차례는 없었겠지.

내가 자신의 마법을 확인하는 사이, 시빌라는 팔짱을 끼고는 나를 게슴츠레 바라봤다.

"……너 말이야. 그런 걸 쓸 수 있다면 먼저 말해줬어야지."

"아니, 이건 레벨 6이 되었을 때 익혔어. 검은 고블린의 경험치가 높군."

"익혔다……니, 그러고 보니 너는 레벨 5였었지."

그리고 시빌라는 다시 팔짱을 끼고 신음하고는 머리를 손으로 누르면서 자기 손가락을 굽혀 뭔가 숫자를 세었다.

"난 아까 의문이 들었는데……. 너는 클린이라는 마법, 익혔어?"

"아니, 모르는데."

"그럼 리프레시라는 마법은?"

"그것도 익히지 않았어."

"스태미나 차지."

"……모르는데."

뭐지? 그것들은 보통 익히는 건가?

설마 이 녀석. 내가 모르는【성자】의 결함이라도 지적할 셈인가?

"……그럼, 너. 엑스트라 힐은?"

"그건 레벨 4 때 익혔지. 《엑스트라 힐》."

나는 시험 삼아 시빌라가 쓰러뜨린 검은 고블린에게 마법을 사용했다. 죽은 자를 소생시킬 수는 없어서 여전히 죽어 있지만, 화상이나 상처가 모두 나았다.

"…………뭐어?! 아니아니, 너 말이야! 딱히 하라고 했던 건 아니거든! 이게 무슨 낭비야! 절약이라는 개념을 익히라고!"

"회복마법 같은 건 딱히 마력을 크게 소비하지 않으니까 마구 써도 상관없잖아."

"그럼 앞으로 몇 번 쓸 수 있는데!"

"100번은 가능한데, 그 이후는 몰라. 정확한 횟수는 모르더라도 오차 수준이지, 오차."

예전에 자넷이 웬일로 책을 한 손에 들고 내게 가르쳐준 것 중 하나다.

그 책에 적혀있는 대용을 대충 정리해보면, 주변의 자연에서 마력을 빌리는 걸 의식하며 마법을 사용하면 마력을 대폭 절약할 수 있다는 것이었다. 그 이론과의 상성이 좋았는지, 나는 마법을 쓸 뿐이라면 얼마든지 쓸 수 있었다.

그렇지만 그 회복마법이 나설 차례 자체가 없었기에, 횟수를 늘려본들 아무 의미도 없었다. 그래서 솔직히 지금까지 잊고 있었다.

내 설명을 들은 시빌라는 꺼림칙한 걸 본다는 표정으로 뒷걸음질 쳤다.

너는 그렇게 내심이 바로 드러나는 걸 고치는 편이 좋아…… 어딘가에서 트러블을 일으킬 것 같으니까.

"저기…… 이렇게나 검을 잘 쓰고, 무영창으로 치료마법을 연발하고…… 아니, 정말. 내 상상을 뛰어넘을 정도로 편해서 좋긴 하지만. 왜 넌, 저기…… 혼자인 건데."

"……쓸모가 없어서 쫓겨났으니까."

"거짓말이지?"

나는 시빌라의 말에 대답하지 않고 묵묵히 걸어갔다.

"자, 잠깐만!"

조조해하는 소리에도 멈추지 않고, 마음속에 남은 씁쓸한 감정을 떠올렸다. 그게 입에서 튀어나오지 않도록, 시빌라를 보지 않고 사실만 담담하게 말했다.

"주역이라는 녀석이 지나가는 왕도에는, 나처럼 다쳤을 때 말고는 나설 차례가 없는 마법은 필요 없었어. 그것뿐이야."

묵묵히 앞을 걸었다. 숨을 삼키는 기척이 났지만, 말을 걸어오지는 않았다.

……그래. 나는 결국 어디를 가더라도 회복술사에 지나지 않는다.

오늘은 속박에서 벗어난 첫걸음. 검을 쥔 손은 영웅을 동경한 어린 시절의 기억을 아직 기억하고 있다. 스스로 껍질을 깨고, 처음으로 자신에게 부족한 것을 인식할 수 있었다.

혼자라도 충분히 싸울 수 있다. 겨우 나는 자신이라는 존재를 이해할 수 있었다.

문득 옆에 나란히 걷는 시빌라의 얼굴을 봤다.

"……뭔데."

"아니, 딱히. 조금 더 가볼 텐데, 괜찮을까?"

"괜찮아. 어이없을 만큼 마력 고갈의 걱정이 없다는 걸 알았으니까."

양어깨를 으쓱하며 웃는 시빌라의 모습은 오랫동안 함께한

동반자(버디) 같은, 묘하게 익숙한 분위기다. 바로 어제 만났는데, 신기한 여자다.

줄곧 정체되어 있던 나의 시간. 조역이라고 생각했던 자신이라는 존재.

이유도 확증도 없지만…… 이 여자와 함께라면 그런 자신의 역할에서 벗어날 수 있지 않을까, 그런 느낌이 들었다.

막간 에미 : 자신이 최상위직 본인이라고 해서 제일 잘 안다고는 단정할 수 없다

금색으로 빛나는 수수께끼의 미녀가 권유하자 빈스는 두말할 것 없이 수락했다. 그 여성은 내가 봐도 눈부실 정도로 환한 미소를 지으며 빈스 옆으로 다가갔다.

빈스는 아까까지 자넷에게 해왔던 것과 완전히 똑같은 시선 운동을 금발 미녀에게 보이고 있었다. ……크긴 하네. 뭘 먹어야 저렇게 되는 걸까.

미녀에게 옆을 양보한 자넷이 내 옆에 나란히 섰다. 자넷은 나를 보면서 무표정하게 조금 어이없다는 듯이 어깨를 으쓱했다.

이거야 원, 이라는 건가. 그래도 평소 이상으로 표정이 없어서 무슨 생각인지 모르겠다. 어쩌면…… 이건 『아무것도 생각하고 싶지 않다』는 얼굴인지도 모른다.

그런 생각을 하고 있는데, 앞을 걷던 여성이 몸을 빙글 돌려서 이쪽을 바라봤다.

"아, 미안해요. 으~음, 【용사】 씨하고, 보아하니 이쪽이 【마도사】 씨 같으니까, 【성기사】 씨가 당신인가요!"

"어, 아. 저기, 네."

"후후, 방패를 든 수호직이 여자아이라니, 무척 근사하네요. 멋있어요! 당신과는 한번 이야기를 해보고 싶었거든요."

"네? 어, 어라. 저 말인가요? 그게, 저기…… 감사합니다……."

"어라어라, 참. 【성기사】는 권위가 강하니까 고압적인 사람도 적지 않은데, 그렇게 빨개지다니 풋풋해서 귀엽네요. 마음에 들었어요."

"아우……."

여성은 나를 마구 칭찬하면서 즐거운 듯이 활짝 웃었다. ……바로 『이상한 역헌팅』 아닌가 싶었지만, 그런 선입관으로 보는 건 문제였을까.

여성은 갑자기 뭔가를 눈치챈 표정으로 손을 탁 두드렸다.

"갑자기 들이닥쳤는데 자기소개를 아직 하지 않았었네요. 저는 케이티. 잘 부탁해요."

수수께끼의 미녀, 아니 케이티 씨는 자기소개를 끝내고는 방긋 웃으며 고개를 갸웃했다.

역시 미인이네. 나나 자넷과는 다른, 굉장히 반짝거리는 타입의 사람이다.

"나는 빈스. 이쪽은 에미와 자넷이야. 헤헷…… 잘 부탁해. 케이티."

"잘 부탁해요. 케이티 씨."

"……안녕하세요. 그리고 전, 【현자】예요. 회복마법도 쓸 수 있으니까요."

"어라?! 당신도 최고위직이었나 보네요. 실례했어요~!"

"음, 신경 쓰지 않아요."

빈스는 허리를 안을 기세로 접근하더니 갑자기 반말로 나왔다. ……뭐, 그게 허락되는 게 용사니까. 함께 있는 사람으로서는, 이렇게 마구 들이대는 건 여자아이에게는 제일 부끄러운 패턴이니까 하지 말았으면 하지만…….

한편 자넷은 살짝 정정하는 식으로 인사했다.

"좋아, 밥이라도 먹자고. 마침 1인분 여유가 있으니까, 케이티에게는 사줄게."

"어머, 기쁘네요!"

그건 대체 무슨 뜻— 아니, 케이티 씨 앞에서 말할 수는 없었다.

우리가 줄곧 친하게 지내던 또 한 명의 최상위직 사람을 쫓아낸 문제 있는 파티라는 걸 알려서는 안 되겠지. 빈스는 정말로 신경 쓰지 않는 것 같지만…….

빈스는 거리 안에서도 고급 노선으로 유명한 레스토랑을 골랐다.

주변에서 남자들의 시선이 꽂힌다…… 아무튼 케이티 씨가 눈부시니까. 마치 태양처럼 있기만 해도 주변에 밝은 빛을 뿌리고 다닌다. 남자들을 보니 원망스러운 시선도 많다. 뭐, 옆에서 보기에는 하렘이니까. 아니, 이건 완전히 하렘이다.

……설마 빈스는 그걸 위해? 아, 아니아니 설마…… 그도 그럴 게, 그렇게나 오랫동안 같이 보내왔잖아. 그런 이유로 쫓아내다니…….

"저기, 주문을 여쭤봐도 될까요?"

"어, 앗…… 죄송합니다. 그럼 A코스로."

"알겠습니다."

이런, 이상한 생각을 하다가 주위를 보지 못했다.

케이티 씨는 나를 들여다보며 싱글벙글 웃고 있다. ……으으, 부끄러워…….

레스토랑 안에 있는 다른 자리에서 떨어진 테이블에 코스 요리를 나르는 모습을 보며, 나는 수수께끼의 여성 케이티 씨를 살짝 떠봤다.

"그런데, 케이티 씨는 어떤 이야기를 듣고 싶으신 건가요?"

"네! 용사 파티는 지금 어떤 활약을 하고 있고, 어디까지 진행했나 해서요. 아, 이상한 정보 수집 같은 건 아니에요. 저는 레벨 10의 마도사에 지나지 않으니까요."

자신의 설명을 하며 태그를 표시했다.

『하몬드』— 이 마을에 사는, 케이티. 【마도사】 레벨 10.

"의심하는 것처럼 물어봐서 죄송해요."

"괜찮아요~. 타인을 쉽게 믿지 않는 똑 부러진 사람이라는 걸 알게 돼서 기쁘네요."

으으, 케이티 씨는 미모를 질투할 틈도 없을 만큼 무척 좋은 사람 같지만. 어제 소꿉친구를 쫓아낸 성격 최악인 내게는 그 미소가 너무 눈부셨다.

빈스는 대화에 참가하고 싶은지 직원이 가져온 포타주 수프를 빠르게 들이키고는 케이티 씨에게 몸을 내밀었다.

"우리는 들어간 지 반년 정도지만, 지금 하몬드 던전 제8층까지 진행했어."

"어머나, 벌써 8층까지! 그럼 중층이고, 마물은 타우로스인가요?"

"오, 잘 아네! 에미는 그야말로 그 타우로스의 공격을 막을 수도 있는 녀석이야."

빈스가 내게 화제를 던지자, 케이티 씨가 나를 반짝반짝한 눈으로 바라봤다.

그렇다, 그 블러드 타우로스다.

"굉장하네요! 타우로스의 공격을 한 번이라도 막을 수 있다니."

"【성기사】 레벨이 지금 23이라서, 몇 번은 괜찮아요. 방패를 양손으로 들면 조금 아픈 정도니까요."

"정말로 멋있네요, 에미 씨. 전위에서 남자에게도 지지 않는 여성이라니, 역시 앞으로의 시대에서는 좀 더 나왔으면 좋겠어요. 모두의 동경의 대상이니까요."

"아하하. 그 정도는 아니에요……."

……정말, 그 정도는 아니다. 나는 오히려 블러드 타우로스를 상처 없이 이기지 못했던 자기 자신을 두들겨 패주고 싶을 정도다.

그런 곳에서, 수호직인 내가 걱정을 끼칠 정도의 부상만 입지 않았다면.

나는 던전 심층에 제일 가까운 최상위직이다. 아무리 직업을 받고 나서 얼마 되지 않았다지만, 중층 마물에 고생할 상황은 아닌데.

나는, 약하다.
“그런데.”
문득, 케이티 씨가 근처에 있는 생선 요리에 식기를 놓고는 우리 한 명 한 명과 시선을 스르륵 마주 보더니 고개를 갸웃했다.
“—왜 이 파티에는【신관】이 없나요?”
……갑작스러운 말이라, 나는 순간적으로 심장이 조여드는 감각을 느꼈다.
신관. 회복술사.
숨을 쉬기가, 힘들다.
그 직업에 관해서 자넷이 뭐라 대답하기 전에, 빈스가 큰소리로 가로막았다.
“하하하, 들어봐. 케이티! 우리는 다들 회복마법을 쓸 수 있다고! 용사도, 성기사도, 현자도! 그러니 회복술사 같은 건 필요 없어!”
크고 경박한 소리여서, 나는 고개를 돌리며 눈살을 찌푸렸다. 자넷은 무표정하다.
……케이티 씨는 뭐라 반응할까?『어머나아! 그러면 회복술사 같은 건 필요 없겠네요~!』라고 말할까?
제삼자가 그렇게 단호하게 말하면…… 나는, 견딜 수 있을까…….
“어머나아.”
케이티 씨는 근처에 있는 생선에 포크를 꽂았다.

러셀에게 사형선고가 떨어질 것처럼, 긴장감이 높아졌다—.

"그건, 뭐 조금 편리하긴 하겠네요~."

—어, 라?

뭐, 지? 이 반응. 생각보다 반응이 약하다.

딱히 흥미도 없다는 듯이 생선 요리를 입에 옮기고 있다. 「으음~, 맛있는 가게네요~」라고 하는 것이, 이미 우리 세 사람의 회복마법은 근처에 있는 생선 요리에 밀려버린 것 같다.

아까까지 우리의 활약을 기뻐하던 모습과 비교하면 명백하게 흥미가 없어 보인다. 그런 케이티 씨의 예상 밖의 행동을 본 빈스가 목소리를 높이며 다시 말했다.

"어이어이! 우리는 전원이 회복술사나 다름없다고?! 성…… 신관 같은 건 없어도 충분, 아니 오히려 공격 수단이 없는 회복술사 같은 건 방해만 되는 밥벌레잖아!"

"빈스. 다른 손님이 보고 있어."

"윽…… 아, 미안."

큰소리를 낸 빈스에게 내가 딱딱한 목소리로 주의를 주자, 빈스는 일어서려던 허리를 내렸다. 나는 지금 발언을 듣자 빈스를 바라볼 수가 없어서 고개를 돌렸다.

……지금 이건, 뭐야?

그 『신관』이라는 단어는. 그 『회복술사』라는 단어는.

전부, 『성자』와 『러셀』을 빗대서 한, 말이야?

자넷은 무표정하게 생선을 테이블에서 접시 구석으로 가져갔다. ……떨어뜨렸나?

어쩌면 자넷도 내심은 평온하지 않은 걸지도 모른다.

“글쎄요…… 현자 씨. 으음, 자넷 씨. 큐어는 익히셨나요?”

“저 말인가요? 그 마법은 현자 레벨 15에 익혔는데요. 지금의 저는 레벨 26이고요.”

“참고로, 파이어 볼은?”

“그쪽은 1부터.”

“그렇겠죠. 『마경(魔卿)에 가까운 현자』니까요.”

……어? 이야기 도중에 갑자기 모르는 단어가 나와서, 나는 무심코 되묻고 말았다.

“어라, 마경을 모르시나요? 【현자】는 【신관】과 【마도사】의 마법을 양쪽 다 쓸 수 있어요. 하지만 굳이 따지자면 【성녀】와 【마경】의 중간이죠.”

“……중, 간?”

“네. 【성녀】가 신관의 궁극계, 【마경】이 마도사의 궁극계. 현자는 그 양쪽의 마법을 쓸 수 있어요. 마도사가 레벨 2에 익힐 수 있는 파이어 볼을 레벨 1에 쓸 수 있으니, 틀림없이 마경에 가깝겠네요. 회복에 관해서는 신관보다 아래지만, 자넷 씨의 【현자】는 마경과 거의 같은 능력을 가지고 회복마법도 사용하는, 정말로 우수한 직업이에요.”

우수, 라는 단어를 들어도 내 머릿속은 빙글빙글 종잡을 수 없는 사고에 사로잡혀 있었다. ……현자는, 신관을 대신할 수 없다? 회복술사로서는, 신관보다 아래?

같은 의문을 가졌을 자넷이 나를 대신해서 질문했다.

"……참고로 【신관】은 큐어를 언제 익히죠?"

"레벨 10이에요. 직업을 얻는 절대수가 적은 데다, 회복 전문인 【신관】이 10이 되는 건 힘들지만, 거기까지 가면 신관은 일단락되죠. 큐어는 마력을 많이 사용하지만, 그 큐어를 써서 헌금을 받는 신관이 각지에 있잖아요?"

물론 모험가를 계속하는 사람도 있고요, 라며 마지막으로 덧붙인 케이티 씨는 말을 끝냈다.

빈스는 그 이야기를 억지로 궤도 수정하려는 듯이 그래도 자기들은 회복마법을 쓸 수 있다고 계속 강조했다. 그러나 케이티 씨 쪽은 오히려 그걸 부정하지 않고 태연하게 「쓸 수 있는 건 굉장한 일이에요~」라며 칭찬했다.

칭찬하고는 있지만…… 인식이 달라졌다는 생각은 도저히 들지 않을 만큼, 어딘가 가볍다.

나는 케이티 씨의 싱글벙글 웃는 얼굴을 보면서, 파티에 뭔가 암운이 감돌고 있다는 착각을 느꼈다.

【마경】과 대극을 이루는 【성녀】.

【마경에 가까운 현자】보다 회복마법이 우수한 【신관】.

—그럼, 【성녀】와 동등한 【성자】는?

나는 그 질문의 대답을 아는 것이 무서워서, 결국 물어볼 수가 없었다.

04 자연스레 해왔던 일일수록, 하지 않게 되었을 때 눈치채지 못한다

윈드 배리어를 습득하고 나서는 상상 이상으로 순조로웠다.

검은 고블린의 투척 나이프 공격 같은 예상 밖의 공격을 거의 모두 막아준다. 갑자기 접근하더라도 마주칠 때까지 잠깐의 시간을 벌 수 있다. 내 사고 바깥쪽에서 덮쳐오는 위기가 없어진 것만으로도 이렇게나 긴장감이 완화될 줄이야.

또한 사람이 네 명 들어가더라도 여유로울 만큼 범위가 넓은 이 마법은 시빌라와 둘이서 사용해도 상당히 여유가 있다.

덕분에 시빌라는 이동 중에도 항상 윈드 배리어 안에 들어와 있다. 근처에 있으면 다쳤을 때 알아채기 쉽다. 공격을 받을 때마다 「아얏」, 「칫」이라고 말하니까.

나는 그 목소리를 들을 때마다 거의 확인하지 않고 힐과 큐어를 사용한다.

성자는 완전 회복(엑스트라 힐)을 써도 마력이 고갈되지 않는다. 그러니 일반적인 힐을 절약할 이유가 없다.

상당한 숫자를 토벌했다— 그렇게 생각한 타이밍에 검은 고블린에 이어서 마을을 덮친 던전 스칼렛 배트도 출몰했다.

고블린 둘은 배트를 먼저 보내려는 듯이 피하고는 이쪽을 보면서 무기를 들었다.

“아직 계단도 보이지 않는데, 이 부근에서 이미 이 녀석이 나오는 건가…… 성가신데.”

제1층에 있는 이 녀석들을 근절하지 않으면 고아원 아이들이 마음 놓고 놀 수가 없다. 시빌라가 배트를 보면서 방패를 앞에 들었다.

“나왔네. 이 던전이 어째서 생긴 건지는 모르겠지만, 이런 밖으로 나가는 타입은 거의 자연 발생하지 않을 거야. 그러니까 1층의 이 녀석들을 전부 쓰러뜨리면 뭐, 당분간은 꼬마들도 젬마 씨도 안심할 수 있어.”

“그런가. 그럼 철저하게 해야겠군.”

“놓치지 말라고.”

“잘도 말하는군.”

건방진 마도사에게 반박했지만, 나는 시빌라처럼 원거리 마법을 쓸 수 있는 게 아니다. 특히 배트를 놓치는 건 어떻게든 피하고 싶다.

검은 고블린은 서로의 위치를 확인하면서 배트와 동시 공격을 가했다. 시빌라가 무영창으로 불덩이를 던지면서 방패를 앞에 내밀어 방어 중시의 전법을 보였다.

“칫…… 검은 녀석이 꽤 머리가 돌아가네. 건방지단 말이야. 《파이어 재블린》!”

이쪽의 전법을 상담하기 전에, 시빌라가 커다란 마법을 사용했다. 조금 전까지 주력이었던 파이어 애로우보다 예리한 마법이 배트의 몸 중심에 깨끗하게 들어가서 꿰어버렸다.

나는 그 마법을 보고 순간 발을 멈춘 고블린의 눈앞으로 파고들어서 목을 날려버렸다.

또 하나가 반응, 뒤로 물러나며 이쪽에 나이프를 투척하며 도망쳤다. 과연, 머리가 잘 돌아간다는 건 사실인 모양이다. 꽤 판단이 빠르다.

추격하려고 했는데, 심장에 마법이 꽂혔다. 저건 파이어 애로우인가.

……아니, 잠깐. 바로 전에…….

"좋았어, 나쁘지 않네!"

"이봐, 시빌라."

"응? 뭔데."

나는 검은 고블린의 귀를 잘라내며 이쪽을 본 시빌라에게 의문을 던졌다.

"파이어 애로우, 무영창으로 쏠 수 있으면 빨리 했어야지. 그리고 지금 그 파이어 재블린이라는 마법을 썼으면 처음에 위기에 빠질 일도 없었을 텐데."

그 의문을 듣자, 시빌라는 팔짱을 끼며 의기양양한 표정을 지었다.

"흐흥~, 아까 네가 레벨 업했듯이 나도 레벨 업했거든. 마도사 레벨 10의 마법! 어때?"

아아, 그렇군…… 내가 레벨 업을 했으니, 시빌라도 당연히 하겠지.

"……나는 6 그대로인데, 시빌라가 두 개나 올라간 건 납득이 안 가는데."

"그야 공격마법을 가지고 있으니까. 역시 공격할 수 있는 녀석이 제일 강해지는 법이야."

시빌라의 대답. 그건 정말로…… 정말로 당연한 대답이었다.

생각해보면 용사 파티의 레벨도 빈스, 자넷, 에미, 나 순서였다.

에미는 전위에 서는 검사지만, 【성기사】라는 건 주로 방어하는 스킬이 많다. 그래서 에미는 앞으로 나가서 가장 몬스터 가까이에 있지만, 레벨은 후위인 자넷보다 떨어진다. 같은 후위직이라도 시빌라와 나라면 이렇게 되는 것이 당연한 일이다.

"……이, 있잖아. 러셀."

시빌라는 뭔가 미안한 듯이 눈을 살짝 치켜뜨면서 말을 쥐어 짜냈다.

"……알고 있겠지만, 【신관】이라는 직업은 인원수 자체가 적어서 파티에서는 초반에 소중히 육성하는 게 정석이야. 근데 넌 어째서인지 【성자】 같은 걸 받았는데도 영문 모를 정도로 강하니까, 나도 좀 울컥해서."

"시빌라, 너……."

"사실은 나 같은 마도사는 마무리를 양보했어야 했어. ……잠자코 있어서 미안."

그런가…… 그랬었나. 나조차도 이렇건만, 성자보다 뒤떨어지는 신관이 일반적인 파티에서 대체 어떻게 활약하고 있는지 전혀 이해할 수가 없었다.

그러나 별것 아니었다. 활약하지 못하더라도 배려해주는 것이 당연했던 거다. ……뭐, 그렇다고 해서 내 역할이 있는 건 아니었겠지만. 그래도 조금은 개운해졌다.

"사과할 필요는 없어."

"어?"

"시빌라의 잘못은 아니고, 우수하다고 생각해준다면 그걸로 충분해. 쓰러뜨리지 못한 것도 전부 내 책임이야. 애초에 네가 사과라니 안 어울려. 좀 더 당당하게 있으라고."

내가 하고 싶은 말을 하자, 시빌라는 당황한 듯이 눈을 깜빡이면서 조금 상체를 돌리고는, 눈을 감고 뭔가 고민하는 듯이 침묵했다. 그리고 깊은 한숨을 내쉬고는 다시 눈을 뜨고 평소의 표정으로 돌아갔다.

다시 팔짱을 끼고 웃으면서 어깨를 으쓱했다. 역시 시빌라는 이쪽이 어울린다.

"그럴까. 그럼 사양하지 않고, 지금처럼 하겠어."

"그래. 맡기겠어. ……아, 그리고."

"응?"

"너 고블린의 귀를 든 채로 팔짱을 껴서, 재킷 안쪽에 피가 묻었는데."

"꺄아?!"

경장 차림으로 각 잡힌 멋진 포즈를 취하다가 눈을 깜빡이며 비명을 지르는 미녀. 참으로 한심한 모습이지만, 이런 너무나도 허당 같은 모습도 시빌라라는 여자를 형성하고 있다.

보고 있으면 질리지 않고, 긴장하지 않을 수 있다.

"……훗."

나는 울상을 지으며 재킷의 피를 닦은 시빌라를 보면서 살짝 웃었다.

그리고 몇 초 후, 문득 깨달았다.

—자연스레 웃게 된 게 얼마만일까.

"아아, 정말. 나중에 닦아야……. 응? 왜 그래?"

"아무것도 아니야."

자신이 용사 파티를 나오기 전부터 전혀 웃지 않게 되었다는 것을 지금까지 깨닫지 못하고 있었다.

그만큼 내 안에 여유가 없었다는 건가.

그렇다고 이 까불이에게 그런 걸 들키는 건 아니꼽기에 대충 대답했다.

시빌라는 고개를 갸웃했지만, 추궁할 생각은 없었는지 바로 배트 쪽으로 고개를 돌렸다.

마도사 시빌라. 우연히 함께하게 되었지만, 생각이 유연하고 마도사로도 충분히 강해서, 정말로 왜 솔로로 하고 있는지 전혀 모르겠다.

남성 관계 트러블이라면 있을 법한 이야기지만, 그러면 나와 함께 온 이유를 더더욱 알 수가 없다.

뭐, 다소의 트러블을 가지고 있더라도 이만큼 협력해준다면 충분하다.

마을의 위협을 제거할 때까지는 확실하게 협력하자. 한동안

이 녀석과 함께하는 것도 나쁘지는 않을지도 모른다.

시빌라는 재주 좋게 배트를 해체하고는 불마법을 구사해서 고기를 굽기 시작했다.

"역시 고기라니까~."

다리를 벌려서 던전 바닥에 앉은 시빌라가 갓 구운 고기를 씹었다. 원래 미인이 하기에는 조금 기품 없는 모습이지만, 이 녀석은 그게 묘하게 잘 어울린다.

나도 시빌라의 재촉을 받아 고기를 먹었다. 간은 소금뿐이지만, 그래도 충분히 맛있다.

"건조 휴대식량, 비싼 데다 맛이 없으니까 다행이야. 너도 먹을래?"

"그래. 토벌 증명 부위는 이빨이었던가?"

"응. 아, 맞다. 떠올랐어. 너한테 건네줘야지."

시빌라는 주머니 안에서 내게 이빨을 보여줬다.

그건 보수를 나누자는 말이나 다름없었다.

"……그건 시빌라가 쓰러뜨린 걸 텐데. 나는 상관없으니까 가지고 있어."

"하하, 너 그거 웃기려고 하는 소리지?"

"뭐라고?"

시빌라는 그 이빨을 내게 던졌다. 공중에서 잡자, 손에 있는 이빨은 말라 있었다.

"……그래. 어제 거였나."

"그런 거야."

고아원 입구 앞에서 시체가 되었을 던전 스칼렛 배트. 그 녀석을 해체해서 고기를 아침에 구운 것이 이 여자다.

그러나 쓰러뜨린 건 틀림없이 나. 과연, 확실히 웃긴 이야기였다.

나는 잊어버리고 있던 보수도 확실히 나눠준 시빌라를 차분히 바라봤다. 정작 시빌라는 내가 바라보고 있다는 걸 알아채자 히죽히죽 미소를 지었다.

"시빌라는 참 다정하지?"

"그러네."

"오?! 우후후~, 역시 반했어?"

"왜 너는 솔로인 거냐?"

그렇다. 이 여자는 외모 정보가 없더라도 그 이외의 부분에서 충분히 파티에 들어가기 쉬운 능력을 가졌다. 이런 여자가 솔로로 활동하고 있다는 건 부자연스럽다.

내가 그걸 묻자, 시빌라는 조금 전까지의 까불까불한 분위기에서 돌변해서 시선을 돌리며 슬금슬금 물러났다.

"……너, 그걸 물어보는 거야?"

"나는 내 이야기를 했으니까. 하지만 네가 이야기하고 싶지 않다면 딱히 상관없어."

"그럼 비밀."

이, 이 녀석……!

"……뭐, 대단한 이유는 아니야. 회복술사를 찾고 있는데, 그 이외의 남자들만 몰려들었을 뿐이지."

"우연히 만나지 못했던 건가? 신관이라면 도시에 가면 얼마든지 있을 것 같은데……."

"절대수가 적다고 했잖아. 애초에 여신 녀석은 성격에 맞는 천직을 떠넘긴다고. 그래서 나 같은 세계 제일의 미녀에게는 가슴과 엉덩이만 보는 남자밖에 다가오지 않는다니까. 어느 정도라면 몰라도, 지나친 녀석은 【신관】이 될 수 없어."

자기가 자기를 세계 제일의 미녀라고 단언하다니……. 뭐, 실제로 세계 제일의 미녀라고 해도 지장이 없는 얼굴을 가지고 있어서 무척 열 받기는 하지만.

……그리고 지금, 확실히 시빌라는 여신을 『여신 녀석』이라고 말했다.

역시 이 녀석은 다른 녀석에 비해 명백하게 여신에 대한 신앙심이 옅다. 첫날 대화와, 그걸로 흥미가 생겼다는 오늘 아침을 생각하면 납득도 가지만.

"뭐, 그런 건 아무래도 좋아."

"그런가…… 그것도 그렇지."

뭐, 나도 여신을 믿지 않는다. 신앙심이 부족한 파티인 셈이다.

나는 시빌라에게 질문하는 걸 포기하고 다음 장소로 향했다.

어느 정도 마물 토벌을 끝내자, 내 레벨이 올라갔다. 검은 고블린 자체가 경험치가 높은 마물이어서 생각 이상으로 바로 레벨이 올라서 놀랐다.

"좋아, 새로운 마법을 익혔어."

"잘됐네. 레벨 7의 성자는 뭘 쓸 수 있는데?"

"다음은 이거군. 《엑스트라 힐 링크》."

내가 마법을 사용하자, 엑스트라 힐이 발동.

이름으로 추측하건대, 파티 전원에게 동시에 걸리는 엑스트라 힐이라는 건가.

"……수수하군."

"수수하지 않아—!"

"우왓!? 갑자기 크게 외치지 마."

지금까지 중에서 제일 큰소리로 가까이에서 외치는 바람에 역시 좀 놀랐다. 귀를 향한 공격은 귀마개라도 하지 않으면 방어구로 막을 수 없다. 갑자기 그런 기습을 하지는 말았으면 좋겠다.

"엑스트라 힐의 링크?! 터무니없는 대마법이잖아?!"

"무영창으로 엑스트라 힐을 두 번 쓰는 것과 별 차이 없잖아."

"무슨 소리야! 그럴 리가…… 으음. 화, 확실히 지금은 그렇긴 하지만?!"

대체 왜 그렇게 흥분하는지 전혀 모르겠지만, 시빌라에게는 대사건인 모양이다. 엑스트라 힐을 파티 전원에게 거는 마법이, 말인가?

"그렇게 굉장한 마법인 건가. 새로 익힌 것치고는 수수하기 그지없어 보이는데."

"넌 회복마법의 완성형을 대체 뭐라고 생각하는 거야! 일반적인 모험가는 무영창으로 쓸 수 없고, 파티 네 명이 단속적으로 대미지를 입을 때에는 보통 회복이 따라가지 못해서 큰 일인데…… 아니 잠깐만. 힐 링크는 쓸 수 있어?"

"레벨 3 마법 말이지? 확실히 짧고 쓰기 편하다는 생각은 드는군. 다음부터는 그쪽을 쓸까."

"아니아니, 잠깐만. 연비 나쁘지 않아?!"

"마력이 고갈되지는 않아."

"그러고 보니 너는 그런 녀석이었지……."

머리를 감싸 쥐고 한숨을 내쉰 시빌라가 살짝 중얼거렸다.

"……이건, 앞으로가 기대되네."

"그러고 보니 회복술사의 마법을 잘 아는 것 같은데, 시빌라는 그밖에 뭘 익힐 수 있는지 아는 거냐?"

"어……?! 아, 아~. 으음~, 그게~."

……그렇게 이상한 질문인가 싶었지만, 어째서인지 시빌라는 당황하기 시작했다.

"아, 이후가 기대된다는 건 같이 탐색하는 게 기대된다는 뜻이야!"

"결국 익힐 수 있는 마법은 모르는 거냐?"

"으음…… 전부 익히지 않았을까? 만약 있다고 해도, 남은 건 큐어 링크 정도밖에 상상이 안 가네."

나는 시빌라의 말을 듣고…… 머리를 망치로 얻어맞은 듯한 충격에 휩싸였다.

……이게, 전부?

이 전체 완전 회복마법과 전체 치료마법, 그리고 화살을 피하는 정도의 마법이…… 전부?

뭐야, 그럼 내가 그 용사 파티에 남아있었더라도 결국은 아무리 발버둥 쳐도 마지막까지 아무 도움도 되지 못했다는 건가?

성자라는 건 그렇게 별 볼 일 없는 직업인 거냐. 어떤 영웅담 안에서도【성녀】는【검성】이나【궁성】보다 중요하고 눈에 띄는 위치였는데.

이것뿐, 인가?

"……공격을 지원하는 강화마법 같은 건, 없는 건가?"

"강화마법은 속성 부여(인첸트)라면【마법기사】나【검성】이고, 신체강화라면 나 같은【마도사】의 역할. 공격용 마법은 치료를 전문으로 하는 사람이 익힐 여유가 없어."

"그럼…… 좀 더 유용한 방어마법은, 없는 거냐? 윈드 배리어를 익혔잖아. 부상이 없더라도 도움이 되는 마법이, 좀 더 있을 텐데."

"방어마법에는 프로텍션, 매직 코팅 두 개가 있어. 각자 물리와 마법에 대한 거고, 전신에 마력을 두르는 최상위 마법이야. 참고로 윈드 배리어는 예외 중의 예외,【신관】레벨 25에 익힐 수 있는 베테랑 전용 마법이야."

"프로텍션과 매직 코팅…… 그걸 익힌다면……."

내가 일말의 희망을 걸고 무의식적으로 중얼거렸다.

방어마법이라는 말을 듣자, 나는 나 대신 다쳤던 그때의 에미를 떠올렸다.

지금이라도 도움이 되고 싶다거나, 그런 건 아니다.

시빌라의 반응을 보면 【성자】가 얼마나 우수한지를 싫어도 알 수 있다.

그러나…… 그래도 나는, 용사 파티에서도 활약할 수 있는 것을 받는다는 희망 같은 것을 갖고 싶었다.

공격을 할 수 없더라도, 방패를 든 에미를 지킬 마법을 익힐 수 있다면, 이렇게까지 자신의 직업에 실망할 일도, 실망시킬 일도 없었을 테니까.

그러나, 내 질문에 대한 대답은…… 어느 의미로는 제일 잔혹한 것이었다.

"무리야. 왜냐하면—."

시빌라는 덤덤하게, 그 직업의 이름을 말했다.

"—양쪽 모두 【성기사】 전용 마법이니까."

◇

……그로부터 나는 제1층 마물을 모두 토벌했다. 대폭 줄어든 말수와, 거북해 보이는 시빌라의 옆얼굴. 그래도 덤덤히 토벌했다.

시빌라도 시빌라대로 상당한 양의 마력을 보유하고 있는지 고갈될 기색이 없다. 어느 정도 갈림길도 기억해서, 닥치는 대로 마물을 토벌했다.

"……아."

"왜, 왜 그래?"

그로부터 처음으로 내가 말을 꺼내자, 시빌라가 크게 반응했다.

나는 발밑에 굴러다니는 고블린의 머리를 밟고는 한숨을 내쉬며 지금 일어난 일을 이야기했다.

"레벨, 8. 익혔어."

"어?"

"《큐어 링크》."

내 몸이 어렴풋하게 빛난 뒤, 나와 시빌라에게 살짝 바람이 불었다.

당연히 아무 일도 일어나지 않았다. 나도 시빌라도, 아까부터 독을 전혀 맞지 않았으니까.

"이거, 역시 수수하잖아."

"……."

시빌라는 나를 가리키면서 뻐끔뻐끔 입을 열었다. 분명 놀라고 있다는 건 나도 알 수 있지만…….

"서, 설마 정말로 큐어 링크라는 마법이 존재했다니……!"

"네가 말했잖아. 애초에 엑스트라 힐의 링크가 있으니까, 엑스트라 힐보다 하위인 큐어 정도야 가능하겠지."

"너 말이야! 대미지용 회복마법을 복수화하는 것하고 상태이상용 치료마법을 복수화하는 건 전혀 다르거든?! 순수한 큐어의 복수화라니, 전략조차 뒤바꿀 수 있잖아!"

갑자기 시빌라가 마구 떠들어대자, 나는 하나 신경 쓰이는 단어를 주웠다.

“순수한 큐어, 라는 게 뭐지?”

“신관은 여러 큐어를 익힐 수 있어. 마비 치료(펄지 큐어), 최면 치료(히프노 큐어), 독 치료(포이즌 큐어) 다음에 완전 치료(큐어)를 익히는 거야. 그게 신관 레벨 10이라는, 신관에게는 하나의 벽이지. 이 레벨 10이 되면 헌금을 받을 수 있을 정도의 권리가 있다는 건 알고 있지?”

시빌라의 말에 수긍하면서, 내가 익힌 마법의 순서를 떠올렸다.

“……그렇다면, 내가 익히지 않은 마법은.”

“익힐 필요가 없어. 그야 넌 큐어만으로도 죄다 가능하잖아.”

“아까 말했던 스태미나 차지라는 건.”

“전부 힐이나 큐어 안에 포함되어 있어. 생각 좀 해봐. 보통 우리 같은 술사가 이런 바닥이 좋지 않은 던전에서 돌아다닌다면 진작에 다리가 마비됐을 거야.”

듣고 보니…… 확실히 힐을 쓰게 되면 별로 지치지 않는다.

“어느 의미로는 강화마법보다 훨씬 강해. 장기전을 벌여도 지치지 않으니까.”

“그런, 건가.”

“이전 파티, 너를 포함해서 아무도 눈치채지 못했나 보네.”

내가 자기 마법의 진가를 알게 되자, 시빌라가 다가왔다. 진지한 표정이다.

시빌라는 내 옆으로 오더니, 오른손을 크게 휘둘러서 내 등을 힘차게 찰싹 두드렸다.

순간 「윽」 하는 소리가 나올 정도의 충격이 몸 전체에 느껴졌다. 내 머릿속에 흐릿하게 낀 잡념을 날려버리려는 듯이.

“네 마음을 이해하지 못하는 건 아니지만…… 나는 네가 좀 더 자기 능력을 기뻐해도 된다고 생각해.”

“…….”

“링크는 말이지. 자신이 인식한 아군 전체에 효과가 걸려. 확실히 병에 걸리지 않는 상층에서는 실감이 가지 않겠지만, 이건 어디에서나 쓸 수 있어.”

“어디에서나? 무슨 뜻이지?”

“극단적으로 말해서, 『죽음의 병마가 덮쳐온 성 아랫마을』 같은 곳에서도 쓸 수 있다고. 마력이 고갈되지 않는다면, 그런 국가 위기 단위의 사건이라도 네 마법 한 방으로 치료할 수 있다는 거야.”

“그런 일이…….”

“나도 겨우 알게 됐어. 이게 마을을 구제했다는 『성녀 전설, 여신을 향한 기도의 장(章)』의 진실이라는 걸.”

성녀 전설, 여신을 향한 기도의 장.

그것은, 자애로 가득한 성녀님이 여신에게 기도를 바쳐서 마을을 감싼 『마에 침식된 독기』를 떨쳐냈다는, 성녀의 활약을 기록한 글이다.

자애로 가득한 마음씨 착한 성녀님의 기도, 그것이 여신에게 통해서 마을 전원이 즉시 완치.

그 대가로, 성녀님은 며칠을 드러누웠다—.

"—그런 게 아니었어. 큐어 링크를 몰래 마을 전체에 썼다가 마력 고갈로 드러누웠을 뿐이야. 뭐가 『여신과 비견되는 세상에서 제일 깨끗한 마음씨를 가진 소녀』라는 거야, 바~보. 이걸 숨기다니, 자애의 성녀라는 녀석도 터무니없네. 머릿속이 명예욕으로 꽉꽉 들어찼을 거야."

아아…… 그렇군. 내가 레벨 8에 익혔으니까, 예전의 성녀가 나보다 레벨이 높았다면 이미 무영창으로 쓸 수 있었더라도 이상하지 않다.

그리고 성녀는 자신이 치료마법을 쓴다는 걸 비밀로 하고 여신과 비견되는 자리로 올라간 건가.

이 사실, 굉장한데. 전설의 성녀님이 구축한 이미지의 근간이 무너져버렸다.

"어때? 전설 속 세상과 어깨를 나란히 하는 힘을 가지게 됐는데…… 그래도 강화마법이 없으니 불만이야?"

"……아니."

아무리 그래도 이렇게까지 말을 들었는데 불평할 만큼 썩어버리지는 않았다. 나도 시빌라가 설명한 능력이 얼마나 무지막지한지 정도는 알 수 있다.

모험가로서는 던전 탐색에서 활약할 수 없을지도 모른다. 그러나 이런 전설 속 비밀을 나이프로 파헤친 듯한 터무니없는 마법을 『수수하다』고 가볍게 흘려버리는 짓은 도저히 할 수 없다.

틀림없이 이 마법은 내가 전설과 비견된다는 증거다. 자신의 은총을 이렇게나 비굴하게 여긴다는 것이 무척이나 조그맣게 느껴진다.

나는 옆에서 허리에 손을 댄 참견쟁이 파티 동료를 바라봤다.

"여러모로, 고맙다."

"오, 츤 10할 남자가 데레를? 이걸로 나한테 완벽하게 반했네!"

나는 바로 으스대고 나선 시빌라의 머리에 가볍게 손날치기를 날렸다.

"꺄앙!"

"그 말을 하지 않았다면 그럴 수도 있었겠지. 그러니까 당분간은 반하지 않는다고 생각해라."

"끄에엑……."

쓴 음식을 먹은 아이 같은 표정으로 풀죽은 까불이 마도사를 바라보면서 입가의 힘을 풀었다.

……아아. 역시 나는 모르는 사이에 꽤 여유가 생겼구나.

"이대로 제1층 마물을 일단 전멸시키자. 마력은 충분하겠지?"

"흐흥, 여유롭지. 너보다 먼저 녹초가 될 일은 없어."

"좋아."

나는 시빌라와 함께 다시 제1층 탐색을 재개했다.

둘이서 한동안 탐색을 하면서, 겨우 제1층을 모두 파악한 게 아닌가 싶을 정도로 걸었다.

눈앞에는 아래로 가는 계단이 있다. 결과적으로 다음 계층을 파악할 때까지 얼추 토벌할 수 있었다.

"……던전 스칼렛 배트가 네 마리. 바깥 녀석을 포함해서 다섯 마리. 용케 지금까지 마을이 무사했군……."

"그렇게나 있었으니까 다시 나오더라도 이상하지 않았어. 이 정도면 확실히 통금을 당길 만했네."

"그래. 하지만 이걸로 고아원 아이들도 걱정 없이 밤에도 뜰에서 놀 수 있겠어."

내 말을 듣자, 시빌라는 입꼬리를 들고는 내 얼굴을 들여다봤다.

"너, 아이들에게는 다정하네."

"아이가 아니더라도 다정한데."

"나한테도 다정하게 대해주면 좋을 텐데~."

"충분히 다정하잖아."

"어느 입으로 그런 말을 하는 건지……."

나는 시빌라와 농담을 나누며 계단을 내려갔다.

겨우 제2층이다. 뭐, 제6층까지는 상층부, 어떻게든 되겠지—.

—제2층의 지면은, 보라색 일색이었다.

벽도 묘하게 깔끔하게 정비되어 있다. 눈앞은 넓은 공간.

"여기는 뭐지?"

던전은 보통 제1층에서 제5층까지는 일반적인 암반으로 되어있다.

여기가 제6층이라면 파랗게 된다. 그게 중층이라 불리는 곳. 던전에 익숙한 모험가를 위기에 빠뜨리는 강한 마물이 나오는 곳이다.

"거짓말, 이럴 수가……."

"시빌라? 여기는 아직 상층이 아닌 거냐?"

시빌라 쪽을 보니, 나와 눈을 맞추려 하지 않고 정면을 빤히 응시하며 식은땀을 흘리고 있었다. 나도 정면을 봤지만, 던전 안은 어둡다. 뭔가 보이는 건가?

"이봐, 시빌라!"

반응이 없어서 강하게 불렀다. 그러나 시빌라는 시선을 바꾸지 않았다.

"……던전은, 상층, 중층, 하층으로 나뉘어. 일반적으로는, 말이지."

"일반적으로, 라고?"

시빌라는 여전히 씁쓸한 표정으로 정면을 응시하면서 쥐어짜듯이 설명을 시작했다.

"중층은, 지면이 파래. 하층은, 빨갛고. 그리고…… 보라색은."

"보라색은?"

"……최하층. 다른 이름은 『마계』."

그리고 시빌라는, 방패를 들었다.

—또각, 또각.

발소리가, 들린다. 내가 그쪽을 보자…… 전신이 검은, 실루엣 같은 인간이 있었다. 눈 부분은 붉어서 보기만 해도 꺼림칙하다.

저런 마물이 있나? 아니…… 애초에 저건 마물인가?

"1층이 검은 고블린, 2층이 마계라니, 대체 이 던전은 얼마나 어처구니없는 거야!"

"시빌라, 저 녀석은 대체!"

내 초조한 목소리에 대답한 것은, 검은 그림자였다.

"흠, 나를 말하는 건가?"

꺼림칙한 실루엣이, 탁한 남자 같은 듣기 어려운 목소리를 냈다.

"그게, 내가 1층을 어렵게 만든답시고 너무 시간을 들여서 말이지. 나는 아직 2층밖에 만들지 않았는데, 설마 내 방을 만들기도 전에 손님이 오다니 꽤 우수하네."

"그래서, 너는 대체 누구냐?!"

수수께끼의 그림자가 너무나도 엉뚱한 혼잣말을 하는 꺼림칙함을 못 이기고 저도 모르게 거칠게 질문했다.

그림자는 「아아」 하고 대답하고는 손을 탁 두드렸다.

"어서 와라. 나는 이 『아드리아 던전』의 던전 메이커."

"던전 메이커……?"

내 중얼거림에 대답한 것은, 시빌라였다.

"뭐, 던전 메이커 같은 건 아마 모르겠지."

"시빌라는 아는 거야?"

나를 시선으로 살짝 쳐다보고는 가볍게 끄덕인 그녀는 다시 시선을 앞으로 돌렸다.

"최하층의 다른 이름은 『마계』, 던전 메이커의 다른 이름은—."

그리고, 그 이름을 말했다.

"—『마왕』이야."

◇

마왕— 그것이 어떤 존재인지는 자세히 설명할 수 없지만…… 일반인이라면 그 단어에 가지는 일정 이상의 이미지가 있다.

압도적으로 강한, 인류의 적. 영웅 전설에 나오는 최대의 벽.

그것이 눈앞에 있는 존재라는 건가?

"……으음~, 손님. 왠지 텐션이 낮구나. 나를 만났으니까 좀 더 즐겨야 한다고 생각하는데 말이지."

태연하게 말을 늘어놓는 눈앞의 검은 인간 그림자. 마왕이라는 것이 제2층에서 나타나다니…… 너무나도 예상 밖의 사태다.

모든 것을 여신 탓으로 돌리는 건 역시 미안하다는 기분이 들지만, 그래도 용사 파티에서 추방당할 정도인【성자】라는 직업을 쥐놓고서는 헤어지자마자 나를 마왕과 만나게 하다니 대체 무슨 농담이야?

내가, 이길 수 있나?

……아니, 이쪽에서 공격하는 건 악수가 아닐까? 적어도 상대는 갑자기 덮쳐오지 않고 뭔가 대화를 바라는 모습이다. 그렇다면 섣불리 싸우지 않을 수 없는 상황을 만들기보다는 대

화를 하는 게…… 이게 과연 좋을지는 모르겠지만, 싸우는 것보다는 낫겠지.

"……네 목적은, 뭐지?"

내가 묻자, 마왕이라 불린 그림자는 갑자기 목소리 톤을 올리면서 기쁜 듯이 말을 꺼냈다.

"좋네, 좋아! 그래그래, 너희 인간은 우리 던전 메이커를 쓰러뜨리고 던전을 마력 범람(오버플로우)하지 않는 곳으로 만드는 게 목적이지. 그러니 나는, 그중에서도 성가신 곳부터 공격하려고 하는 거다."

"우리, 라는 건 마왕끼리 정보 교환을 하는 건가. ……성가신 곳?"

"우리는 원래 같은 곳에 있으니까! 후후후, 이렇게 이야기하는 건 처음이니까 즐겁네. 성가신 곳이라기보다는, 성가신 요소의 배제, 라고 해야 할까."

성가신, 요소. ……뭔가 맹렬하게 불길한 예감이 든다.

평화로운 아드리아 마을에서 마왕에게 성가신 요소라면, 한정되어 있다.

"네가 말한 성가신 요소의 배제라는 것에, 아드리아 마을이 연관되어 있는 거냐?"

"정답! 그래, 그 마을이다! 특히 그 고아원은 아주 딱 들어맞지!"

"……고아원, 이라고?"

"그래, 그렇고말고! 내가 친구에게 들은 바에 따르면, 고아원에는 용사를 지키는 성기사의 마음속 버팀목이 있다고 하더군."

젠장, 불길한 예감이 맞았다! 이 녀석이 노리는 건 용사 파티 멤버다. 그중에서도 에미의 마음속 버팀목인 무언가를…… 틀림없이 고아원을 노리고 있다.

동시에 또 하나의 긴장감이 높아졌다.

태평하게 고아원 할머니와 꼬마들을 걱정할 때가 아니다.

이 녀석이 노리는 것에는…… 성자(나)도 끼어있을 테니까.

"성기사를 노리는 건가? 용사가 더 성가시지 않나?"

"용사는 은근히 신체(피지컬)도 정신(멘탈)도 약하거든. 몰랐어? 그런 상대를 공략할 때 가장 중요한 부분이라고. 뭐, 기왕 이렇게 됐으니 가르쳐줄까."

공략…… 마왕이, 공략? 이 녀석은 대체 무슨 소리를 떠들어대는 거지?

"내가 보기에, 용사 파티에 뭘 해야 할지를 정하는 건 무척 쉬워. 먼저 노려야 하는 건 회복술사, 그러니 방패 소유자를 우선하는 거야. 성녀를 먼저 노릴 수 있다면야 좋겠지만? 바로 막아버리니까."

"……뭐라고?"

"후후, 신관이었지. 잘못 말했네. 즉, 신관을 가장 먼저 없애버리기 위해 성기사를 무너뜨리고 신관, 그다음이 현자야. 이번에는 성녀가 없다고 들었으니까 용사의 신관은 분명 약하겠지. 성기사의 마음속 버팀목을 무너뜨리면 신관을 지키지 못하고 단숨에 와해될 거야. 이거, 전술의 기본이라고. 장기전이나 내구력이 불리한 인류종은 파티에 회복술사가 없어진 시점에서 잔챙이니까."

그 설명을 듣고, 너무나 경악스러운 내용에 등골이 얼어붙었다.

……나는, 마음 어딘가에서 마왕이라는 존재에 멋대로 이미지를 만들고 있었다.

추악하고, 난폭하고, 머리를 쓰지 않는 존재. ……그런데 이게 뭐지? 이 녀석이 말하는 내용은, 나의 어설픈 마왕에 대한 이미지를 단숨에 뒤집어버렸다.

용사 파티의 정보를 사전에 수집하고, 구성이나 종족의 약점을 정확하게 파악. 게다가 직접 전투를 하기 전에 정신적으로 몰아넣을 작정이다.

—강하다.

자신이 마왕으로서의 능력을 가졌으면서도 결코 방심하지 않고 확실한 승리를 노리려 한다. 이런 녀석이 제일 성가시다.

단 하나. 내가 옛 용사 파티의 성자라는 것을 알아채지는 못했다.

이번 대의 직업은【성녀】가 아니라【성자】를 부여받았다. 그래서【성녀】의 수여를 기다려봤자 관측당할 일은 없다는 것을 아직 깨닫지 못하고 있다.

"너는, 우리를 어쩔 셈이지? 나는 마왕 토벌을 할 수 있는 인간이 아닌데……."

이 녀석이 직접 덮쳐오는 건 피하고 싶다— 그렇게 염원하면서 상대의 반응을 봤다.

결코 멋있는 방법은 아니지만, 아무리 마법을 망라한 최상위직이라도 회복술사가 마왕을 이길 수 있다고 생각할 만큼 자만하지는 않는다. 죽으면 끝이니까.

"으음, 글쎄. 모처럼 내가 직접 대화를 걸었으니까, 왠지 내 손으로 쓰러뜨리는 건 아까운 것 같기도 하고, 하고 싶은 일도 있단 말이지."

……좋아, 전투는 피하는 흐름이다. 시빌라 쪽을 보자, 그 쪽도 「후우……」 하고 조금 긴장을 풀었다. 역시 마왕과의 직접 대결은 피하고 싶은 거겠지.

"그럼, 너희를 테스트 운용 상대로 삼기로 할까."

……테스트 운용?

내가 그 말의 의미를 이해하기도 전에, 보라색 지면에서 빛이 흘러나왔다. 그 빛이 점점 커지다가 이윽고 서서히 잦아든 이후, 몸에 불을 두른 거대한 생물이 나타났다.

그 모습의 박력에 어안이 벙벙해진 사이, 시빌라가 내 옆에서 떨리는 목소리로 그 이름을 중얼거렸다.

"파이어 드래곤……."

"……뭐, 라고? 시빌라, 이봐."

"저 녀석은, 저 녀석은 안 돼. 파이어 드래곤. 드래곤이라기보다는 샐러맨더의 상위종이고, 마계에서도 최상위급인 화속성 마물……."

드래곤. 설마 이런 곳에서 그런 존재가 나타나다니.

"음, 현현 성공. 그럼 이제 일도 끝났으니까 한동안 쉬어야겠어. 인간과 대화를 하게 돼서 즐거웠다, 잘 있어."

장소를 착각하게 될 정도로 느긋하게 말을 남긴 마왕은 저편으로 사라졌다.

남은 건 나와, 시빌라와, 파이어 드래곤.

"시빌라! 도망치자!"

"크, 무리야! 저 녀석은 『플로어 보스』로 설정됐어! 계단을 쓸 수 없다고!"

비명을 지른 시빌라 쪽을 바라보자, 그 뒤에 있는 계단으로 가는 길에 빛의 벽이 가로막고 있었다. 윈드 배리어 같은 마법의 벽이라 만져봐도 꿈쩍도 하지 않는다.

『크르르…….』

파이어 드래곤이 울음소리를 내면서 이쪽을 바라봤다.

……최악의 상황이다. 마왕이 아니라면 그나마 승산이 있지 않을까 싶었는데, 터무니없는 소리였다.

시빌라가 쓸 수 있는 마법은 파이어 볼, 파이어 애로우, 파이어 재블린. 그 밖에도 마법을 쓸 수 있다고 하더라도, 아마 특기인 건 화속성이다. 저놈에게 그런 걸 날리는 녀석이 있다면, 틀림없이 파티를 와해하게 만드는 『멍청하고 부지런한 자』다.

정면에서 싸울 생각은 도저히 들지 않는다. 그럼, 할 일은 하나.

"달려!"

"어, 앗……!"

나는 시빌라의 손을 잡고 맹렬한 스피드로 동굴 옆길로 나아갔다.

파이어 드래곤이 입을 크게 벌리는 모습이 시빌라의 긴장한 얼굴 뒤에 비친다.

조바심이 난 것이리라. 나는 저도 모르게, 스스로도 예상하지 못했던 방법을 썼다.

"《윈드 배리어》!"

'《윈드 배리어》!'

큰소리로 방어마법을 외치면서, 머릿속에서 발동이 겹치도록 필사적으로 염원했다.

그 결과.

"어, 거짓말……."

내 윈드 배리어는 상당한 두께가 되어 파이어 드래곤이 내뿜은 불을 막았다. 저 파이어 드래곤의 불을 강력한 바람으로 날려버린 건가.

이중마법이 예상보다 더 고성능이었다.

"풍속성으로, 화속성을 이렇게나 경감하다니……."

그리고 곧바로 《힐 링크》를 생각했다. 약간의 부상이라도 연발했다. 스태미나 고갈이라든가, 화상으로 다리가 느려진다거나, 그런 불확정 불안 요소를 철저하게 배제했다.

처음의 불꽃 브레스로 시야가 막혔는지, 불꽃 벽 너머에 있는 파이어 드래곤은 우리를 추격하지 않았다. 드래곤의 거구가 들어오지 못하는 좁은 옆길로 들어간 나와 시빌라는 소리를 내지 않게 조심하며 크게 숨을 내쉬었다.

……살았다는 기분이 안 든다. 정말로 지금은 기적적으로 죽음을 회피했다.

그러나 이대로는 어쩔 도리가 없다. 위로 가는 계단이 막혀 있으니까.

제1층을 철저하게 탐색했으니 알 수 있다. 다른 길이 있을 것 같지는 않다. 설령 다른 계단이 있더라도, 그 머리 회전이 빠른 마왕이 그걸 막지 않았다고 생각하기는 힘들다.

파이어 드래곤을 쓰러뜨릴 수밖에 없다는 건 알지만…… 너무나도 무모하고, 험난한 싸움이다.

어떻게 해야 하지?

—문득 시빌라가 내 지근거리까지 얼굴을 내밀었다.

아름다운 얼굴이, 내 눈을 똑바로 바라보고 있다.

"뭐, 뭐냐 갑자기."

"……."

시빌라는 내 말에는 반응하지 않고 진지한 얼굴로 다시 내게 질문했다.

"당신은, 여신을 믿어?"

"……전에도 말했을 텐데. 애초에 이런 위기에도 싸울 수 없는 직업을 떠넘겨 받았는데 믿을 리가 없잖아."

"그래. 그럼……."

"……힘이, 필요해?"

05 행운의 여신을 뒤에서 끌어안아서라도 그 앞머리를 잡아채라

힘.

그것이 의미하는 바는 넓으며, 다양한 사정에 따라 쓸 수 있는 말……이지만.

대부분은 — 특히 지금이라면 — 그 의미는 한 종류다.

공격력.

파괴력.

살상력.

그런 부류를 가리킨다.

나는, 시빌라의 눈을 응시했다.

"……."

이번만큼은, 장난으로 하는 말이 아닌 것 같다.

"시빌라."

"……."

"너는 대체, 정체가 뭐냐?"

먼저 내가 질문한 것은, 그것이었다.

활활 타오르는 불꽃 벽을 보건대 어느 정도 이야기를 나눌 여유는 있다. 내 질문을 들은 시빌라는 거북한 듯이 시선을 돌렸다.

……시빌라는 나를 많이 서포트해줬다. 이 던전 공략에서 필요한 것을 정확한 지식으로 가르쳐줬고, 유연한 사고로 내 껍질을 깨줬다.

박식하다는 생각은 들었다. 특히 신관의 마법에 관해서.

그러나 성녀의…… 성자의 마법에 관해서는 그리 잘 알지 못했다. 그건 나의 큐어 링크를 생각하면, 그동안 비밀로 숨겨져 있었을 테니 이해는 간다.

그렇기에 이상하다.

비밀로 숨겨져 왔던, 혹은 해명되지 않은 정보 중에는 몇 개의 항목이 있다.

그중에서도 인류에게 중요한 것.

—마왕.

용사 파티는 마왕의 존재를 모험담에 남기지 않았다. 확실히 오랜 옛날에는 용사 파티가 아닌 자도 마왕 토벌에 성공했다는 전설이 남아있다.

그래서 나는 생각했다. 용사는『의도적으로 마왕에 대해 숨긴』게 아닐까?

아마 용사나 성녀는, 공략 정보를 가르쳐주면『공적을 빼앗길 수도 있다고』생각했던 것이리라.

예전의 나라면 이런 생각은 하지 않았겠지만…… 명예욕 때문에 큐어 링크를 숨기고 있던 전설의 성녀, 그리고 무엇보다도 그 사람의 성격에 맞는 직업을 내린다는 여신이 빈스에게 【용사】 직업을 줬다는 걸 고려하면 오히려 그쪽이 자연스러워 보였다.

인류의 위기보다, 동료와의 우정보다 자신의 욕망이다. 아아, 오히려 인간다워서 반대로 신용이 갈 정도다.

……뭐, 지금은 그 이야기는 넘어가자.

즉, 지금의 인류는 모르는 『마왕』에 대한 것. 그리고 『마계』에 대한 것.

그렇다.

시빌라는 던전을 잘 안다. **너무나도 잘 안다**.

내가 묵묵히 시빌라를 바라보자, 이윽고 그녀는 더 이상은 한계라는 걸 짐작했는지 한숨을 내쉬고는 더듬더듬 말하기 시작했다.

"사실은, 하몬드에서부터 당신을 보고 있었어. 굳이 말하자면, 각지에 있는 신관 전부를."

"……."

"나는 회복술사를 찾고 있었어. 자애로 가득한 회복술사가 모종의 원한을 가지게 되는 순간을. 그리고 그중에서도 제일 신경 쓰였던 게, 너무나도 부당한 괴롭힘을 당하는 것처럼 보인 당신이었어. 【성자】였다는 것까지는 몰랐지만."

시빌라는 나를 원래부터 알고 있었나.

신관을 찾고 있었다고 하는데, 그래서 신관이 익힐 수 있는 마법을 암기하고 있었나.

하지만, 그렇다면 한 가지 의문이 있다.

“성자의 마법은 잘 모르던데.”

“내가 파고들 여지가 없었으니까. 왜냐하면 예전의 【성녀】는 용사에게 사랑받았으니까, 어두컴컴한 감정 같은 건 가지지 않았어. 그래서 신관은 잘 알지만, 성녀에 대한 건 전혀 몰랐어. 블랙박스…… 안이 전혀 보이지 않는 비밀의 상자야.”

“나와 고아원에서 만난 건, 나를 노리고 온 거냐?”

“설마. 그건 정말로 우연히 던전 스칼렛 배트가 아이를 위협하고 있다는 정보를 들어서 도와주러 들어온 거야.”

고아원을 도와주러 들어온 건 목적하고는 상관없었나.

“그래서 네가 나를 도와줬을 때, 운명인가 싶었어.”

“운명?”

“응.”

시빌라는 거기까지 말하고는…… 어렴풋하게 보이는 검은 날개를 등에서 꺼냈다.

나는 경악해서 눈을 크게 뜨며 침묵했다.

“나는…….”

“나는, 여신. 하지만 현재 여신교에서 모시는 『태양의 여신』은 아니야. 그 이름은—『어스름의 여신』이야.”

“어스름의, 여신…….”

너무나도 놀라운 사태 앞에서, 멍하니 그 이름을 중얼거렸다.

평범한 모험가치고는 아름다운 여자라고 생각했지만, 설마 지금까지 내 옆에서 검을 휘두르면서 고기를 굽던 여자가 진짜 여신이었다니.

“어쩌면 『사신(邪神)』이라는 호칭 쪽이, 태양의 여신교에서는 자연스러울까.”

“……역시 종교권유였잖아.”

“후후, 그럴지도.”

즐겁게 웃은 그녀는 다시 처음에서 보여줬던 진지한 표정을 지었다.

“힘이, 필요해?”

“……”

“동료에게 배신당한 당신이 용사를 돌아보게 할 수 있는, 그런 압도적인 힘이 필요해?”

……분명, 이 말은 농담이 아니겠지.

“뭘, 얻을 수 있는 거지?”

“『어둠마법』. 당신의 힘을 공격으로 바꾸는 어둠마법. 나는 기억을 이어받으면서 수없이 이 세계에 현현하여 【신관】을 【어스름의 마경】으로 바꿔왔어. 만약 당신이 나와 『어스름의 서약』을 바란다면, 궁극의 공격마법 속성인 어둠마법을, 내려줄 수 있어.”

정말로, 내게도 공격마법이…….

……아니, 잠깐. 지금 시빌라는 뭐라고 말했지?

"공격으로 『바꾼다』고? 새로 익히는 게 아닌 건가?"

"아니, 그걸로는 부족해. 신관이 익힌 마법, 그 축적된 마력의 지혜를 전부 희생해서 어둠마법을 익히는 거야."

대가는, 대단한 건 아니었다.

익힌 마법을 전부 희생하면 될 뿐.

나는 예전의 용사 파티를 떠올렸다.

회복마법을 익힌 동료들. 현자로서 공격마법 전문이 될 줄 알았는데 가장 먼저 나와 같은 회복마법을 익힌 자넷. 신체 능력이 높고, 회복술사에 비해 모든 면에서 압도적으로 강하면서 나와 같은 회복마법을 익힌 에미.

그리고…… 검도 마법도 강한데, 모든 것이 공격 특화인데…… 나와 함께 자랐으면서, 용사가 된 데다가 회복마법을 익힌 빈스.

회복마법 따윈 필요 없다고 몇 번을 생각해왔던가? 그리고 얼마나 공격마법을 바라왔던가?

그것을, 내가 필요 없다고 생각한 것을 희생하면 손에 넣을 수 있다.

이런 기회, 이제 두 번 다시 없다.

나는 시빌라를 향해 대답하고자 입을 열었고—.

—길 구석에서 울고 있던, 브렌다의 모습을 떠올렸다.

"미안하다. 그 제안은 받아들일 수 없어."

"……어?"

내 대답은, 거부.

……그렇군. 나는 겨우 자신이 누구인지 진정으로 이해할 수 있었다.

아무래도 나는, 아무리 비뚤어지더라도 결국 울고 있는 아이를 저버리고 제멋대로 살아가는 성격은 아닌 모양이다.

여기까지 내다보고 내게 【성자】라는 성가시기 짝이 없는 것을 떠넘겼다고 한다면, 역시 여신……『태양의 여신』은 싫다.

"내가 회복마법이나 치료마법을 잃으면, 울게 될 아이가 있거든. 그러니 시빌라의 제안은 받아들일 수 없어."

시빌라는 멍하니 눈을 크게 뜨고는, 눈물을 참으려는 듯이 괴로운 표정을 지으며 시선을 내렸다.

"……그래……. 넌 그런 녀석이었지……. 나, 성자라는 녀석의 소양, 얕보고 있었어……. 정말이지, 싫어…… 싫어……. 이런데도 너를 싫어할 수 없다는 것도, 싫어……."

시빌라가 내게 뻗으려던 손을 힘없이 내렸다.

나는 그 손을 잡아서 강하게 움켜쥐었다.

"그런데."

"뭐야, 이제 너한테 용건은 없어……."

"나에게는 용건이 있어."

시빌라는 초췌하면서도 의아하다는 표정으로 나를 바라봤다.

그 얼굴을 향해, 또렷하게 선언했다.

"그건 그렇다 치고, 내게 어둠마법을 가르쳐주지 않겠어?"

"어…… 뭐?"

시빌라는 완전히 맨얼굴로 되물었다. 아까까지의 분위기는 어딘가로 날아가고, 용의 습격을 받았다는 위기감도, 비탄에 젖은 표정도 벌써 아득한 옛날 일인 것처럼 느껴진다.

"아니, 그러니까 어둠마법을 가르쳐달라고 한 건데."

"……너 내 설명 들었어? 어둠마법을 익히려면 네 회복술사로서의 마법을 전부 바치지 않으면 안 된다고."

"그럴 필요 없지 않을까?"

"……응?"

다시 물었다. 그 여신의 날개를 꺼내 놓았으면서도 얼빠진 표정, 좋군.

개인적으로 너의 표정 중에서 제일 귀엽다고 생각하거든. 말하면 분명 화를 내겠지만.

그러나 그 덕분일까. 자신이 죽음의 늪에 서 있다는 것을 잊어버릴 정도의 정신적 여유가 생겼다.

"시빌라. 분명 『축적된 마력의 지혜』를 써서 어둠마법을 익힌다고 했었지."

"으, 응……."

"어둠마법을 익힌 신관은 레벨이 몇이었지? 엑스트라 힐은 익혔나?"

"익힐 리가 없잖아. 그런 우수한 신관은 애초에 부당한 대접을 받지 않아. 내가 손을 내민 상대 중에서 제일 높은 신관은 레벨 13이었어. 그런데도 모든 마법을 희생해서 익힌 어둠 마법은 고작 두 개였다고."

그렇군. 레벨 13인가. 그리고 엑스트라 힐을 내가 익힌 건, 레벨 4.

"이봐. 내가 레벨 8이 되었을 때, 어느 타이밍이었는지 기억해?"

"……오늘 던전 탐색 전체에서라면 꽤 빠른 단계였네. 던전 스칼렛 배트를 하나 쓰러뜨렸을 때니까— 앗."

시빌라도 겨우 그 위화감을 깨달았다.

"그로부터 던전 스칼렛 배트를 세 마리 쓰러뜨렸잖아. 근데 그동안 러셀은 한 번도 레벨 업을 나한테 보고하지 않았어. 그보다 검은 고블린도 메이지라든가 아처 같은 강한 게 마구 나왔었는데……."

"결론부터 말하자면, 시빌라의 말이 맞았어. 내가 익힐 수 있는 마지막 마법은 큐어 링크였던 모양이야."

"……그럼, 지금의 네 레벨은……."

그렇다. 그로부터 몇 배의 마물을 토벌했는데, 레벨이 올라가지 않을 리가 없다.

"지금의 나는, 【성자】 레벨 12."

"12……?! 그렇다면."

"레벨 9 때부터 막대한 마력의 가호를 느꼈지만, 마법은 단 하나도 익히지 못했어."

시빌라는 복잡한 표정으로 대답을 머뭇거렸지만, 지금은 위로의 말을 고를 국면이 아니다.

"그리고 또 하나 하고 싶은 말이 있어. 역대 성녀와 나는, 같지 않아."

"어."

그렇다. 나는 조금 전 『성녀 전설』 이야기를 들었을 때 위화감을 느꼈다.

아까부터 여유롭게 마력을 마구 써왔고, 절약 같은 건 전혀 고려하지 않고 여기까지 왔는데도 마력 고갈이라는 걸 전혀 상상할 수 없다.

자넷에게 배웠다고는 하지만, 내 마력은 무한히 있는 게 아닌가 싶을 만큼 아직도 남아돌고 있다. 그래서 이런 생각이 들었다.

"나와 똑같았을 예전의 성녀는 무영창으로 큐어 링크를 썼으니까 레벨은 9 이상이었겠지. 근데 왜 『마을 하나 정도로 마력이 고갈된』 걸까."

"……보통 고갈되잖아. 바보 아냐……?"

"그 말이 맞아."

"바보 취급해?"

"아니, 나도 너도 정답이야. 뭐, 다시 말해서—."

나는 이런저런 고민을 거친 끝에, 모든 것의 앞뒤가 맞는 결론에 도달했다.

"—예전의 성녀와 비교하더라도, 내가 일반적이지 않은 거겠지. 아마 나라면 성 아랫마을 하나를 통째로 치료해도 기절하지 않아. 그게 나, 【성자】 러셀의 본질이다."

내가 이 결론에 도달하는 것에는 조금 용기가 필요했다. 나는 그동안 성자의 능력을 실컷 비하당해왔으니까. 그러나 이렇게나 정황 증거가 모였으니, 이제 과거의 자신에게서 도망쳐서는 안 된다. ……틀림없다. 나는, 상당히 특별하다.

시빌라는 경악하며 엉덩방아를 찧었다. 나는, 그 손을 놓지 않기 위해 양손으로 꽉 잡았다.

"시빌라. 어스름의 여신."

"아……."

"나는 다시금 『어스름의 서약』을 요청하겠어. 성자의 레벨 4 분량. 힐 링크를 익힌 회복술사가 엑스트라 힐 링크를 익히는 것 이상으로 남아도는 마력을 네게 바친다."

시빌라는 내 얼굴과, 자신의 손을 감싼 내 양손으로 시선을 왕복했다.

이윽고 눈을 감고는…… 각오를 다졌는지 다른 한쪽 손을 내 손 위에 올렸다.

"『어스름의 여신』 시빌라. 【성자】를 유지한 채로 잉여 마력을 【어스름의 마경】으로. 《전직(체인지) 거부》…… 잉여 마력…… 마력, 확인. 《마력 변환》…… 《천직(잡 그랜트) 부여 : 【어스름의 마경】》."

나와 시빌라의 손에서 눈부신 빛이 나왔다. 그와 동시에 내 안에 있던 무언가의 색이 바뀌는 듯한 감각에 휩싸였다. 나는 눈을 감고 그 감각에 몸을 맡겼다.

내 머릿속에 【어스름의 마경】 레벨 업의 소리가 울렸다. 이게 어둠마법인가.

눈을 뜨자, 시야에 더욱 놀라운 일이 들어왔다.

『어스름의 여신』 시빌라의 검은 날개가 조금 전보다 훨씬 진해졌고, 기분 탓인지 날개 자체도 커졌다. 이건…… 내가 어스름의 서약을 해서 그런 건가…….

시빌라는 자신의 검은 날개를 손가락으로 매만지면서 시선을 돌리며 말했다.

"……나는, 러셀을 속이고 있었어. 네게 입 다물고, 네 마력을 노리고 접근했었어. 그런데, 러셀은 왜 나를 믿어보려고 한 거야?"

"어스름의 여신을 믿은 건 아니야."

"어, 어라?"

시빌라는 어벙한 얼굴로 조금 얼빠진 소리를 냈다.

여신다운 낌새가 확 올라왔는데도 이런 반응인 걸 보면, 역시 어스름의 여신이 가진 본질은 지금까지 내가 봐온 시빌라가 맞다. 그것에 조금 안심했다.

"생각해본 건데, 【어스름의 마경】으로 직업을 변환하는 것, 동의를 얻지 않고도 강제로 가능하지?"

"……거기까지 알아챘구나."

그렇다. 지금의 직업 변화에서 내 쪽에서 시빌라에게 작용한 부분은 전혀 없었다.

시빌라가 굳이 거부를 지정한 부분을 보고 생각했다. 사실은 동의가 없더라도 지금의 마법을 사용하면 타인을 바꿀 수 있을 거라고.

그러나 시빌라는 그러지 않았다. 이런 목숨의 위기에 처했는데도. 처음으로【성녀】와 비견되는【성자】를【어스름의 마경】으로 바꿀 기회였는데도.

나를 강제로 바꾸면 살 수 있다는 걸 알면서도, 내 의지를 존중했다.

……그리고 또 하나, 중요한 게 있었다.

나는 시빌라의 머리에 손바닥을 올렸다. 움찔 떠는 머리를 이번에는 다정하게 어루만졌다.

다시 눈을 깜빡이며 나를 올려다본 시빌라에게 그것을 전했다.

"내가 믿은 건, 어스름의 여신이라는 시빌라가 아니야."

"어?"

"아이들을 위해 내 감시를 포기하면서까지 아드리아 마을 고아원을 지켜주러 온, 모험가 선배인【마도사】시빌라를 믿은 거다. 그것뿐이야."

그것을 말한 나는 시빌라의 얼굴을 보지 않고 — 내 얼굴을 보여주지 않기 위함이다 — 동굴 중심으로 걸어갔다. ……역시, 아무리 그래도 이걸 스트레이트하게 저하는 건 부끄럽단 말이지……. 그래도 지금 이건 본심이다.

여차할 때일수록 사람의 본심이 나온다. 그때의 시빌라는 뭐라고 했었던가.

『이런데도 너를 싫어할 수 없다는 것도, 싫어…….』

시빌라는 어둠마법을 사용한 복수보다 아이를 우선한 나를 싫어할 수 없다고 단언했다. 이런 크나큰 위기, 자기 목숨이 걸려있는 상황에서 나온 말이다.

그것이, 분명 어스름의 여신 시빌라라는 존재를 구성하는 중요한 핵심이겠지.

좋아, 각오가 생겼다. 그럼 이제 마음을 다잡고 가볼까.

『우오오오오오오오오!』

아까 전의 직업 수여, 엄청 빛났으니까. 이 녀석도 그때부터 위화감을 느꼈겠지. 그 후에 불꽃 벽이 점점 흐릿해지자 파이어 드래곤도 겨우 우리를 쓰러뜨리지 못했다는 것을 깨달은 것 같다.

"아무리 발버둥 쳐도, 나는 조역이었지만."

나는 윈드 배리어를 이중으로 다시 치고는 용의 거구 앞에서 당당히 나아갔다.

"너와 나란히 서게 됐다, 빈스."

왼손을, 높이 들었다. 파이어 드래곤은 다시 불을 뿜을 작정이다.

나는 그 중심을 조준하고는, 왼손바닥을 겨눴다.

"―오늘이 주역(나)의, 시작의 날이다. 《다크 애로우》!"

그 목소리에 응하듯이, 검은 마력의 화살이 용의 목숨에 이빨을 박았다.

◇

『다크 애로우』— 그 이름과 동시에 손에서 발사된 검은 화살이 회피하지 못한 파이어 드래곤의 입가를 찢고 작은 선혈을 뿜어냈다.

『크아아아아!』

명백하게, 자신의 몸에 새겨진 내 공격마법의 상흔에 격양했군.

이 무시무시한 용에게 대미지를 입히는 모습을 보자, 몸속에서 환희가 끓어오르고 온몸의 피가 용솟음치는 흥분에 휩싸였다.

—나도, 공격마법을 쓸 수 있다.

게다가 드래곤에게 부상을 입힐 수 있는, 나만이 가진 특별한 속성의 공격마법이다.

"……정말로, 성자와 마경을 동시 운용하고 있어……."

시빌라가 중얼거렸다. 아니, 네가 했잖아. 자기 자신의 힘을 제대로 믿으라고.

이야기를 들어보면, 내가 예외일 뿐이니까 그 마음을 이해하지 못하는 건 아니지만.

"시빌라, 숨어 있어! 처리하고 올 테니까!"

"앗! 알았어! 죽으면 안 돼!"

그렇다. 나의 첫걸음이 겨우 시작된 거다. 학대당했던 기나긴 세월과 나락 밑바닥으로 떨어진 절망의 끝에서. 겨우 붙잡은 오늘이 진정한 나의 시작이다.

이 드래곤에게…… 드래곤 따위에게 막힐 것 같으냐!

나는 윈드 배리어를 이중으로 다시 치고는 빈 왼손을 앞으로 내밀었다.

'《다크 애로우》.'

나는 무영창으로 계속 마법을 날리면서 파이어 드래곤의 주변을 달렸다. 드래곤도 뒤쪽은 공격할 수 없다는 걸 깨닫자 일어나서 재빠르게 나를 돌아보려고 다리를 움직이면서 나를 향해 입에서 불을 뿜으려 했다.

그 공격 타이밍에서, 나는 오히려 멈춰서 공격을 받았다.

"《다크 재블린》. ……좋아, 안 통하는군."

나는 드래곤의 입 안으로 집어넣기 위해 고위력 어둠마법을 꽂아 넣었다. 동시에 드래곤은 입에서 선혈을 흩뿌리면서도 나를 향해 불꽃 숨결을 날렸다.

이른바 『살을 내주고 뼈를 친다』는, 공멸을 각오한 공격…… 처럼 보이지만, 아니다.

녀석의 불꽃은 물론 내 이중 윈드 배리어에 막혔다. 막을 수 있는 건 화살 정도라고 들었던 그 마법은 용의 공격조차 막아냈다. 동시 영창…… 이중 영창이라고 해야 할까. 무영창에 이런 유용한 사용법이 있었다니.

조금 전과 마찬가지로 드래곤 뒤로 돌아가면서 마법을 쏘는 전략으로 상대의 체력을 깎아냈다. 불꽃 숨결 공격은 배리어가 자동으로 막아주고, 드래곤의 다리를 사용한 직접 공격이 오려고 하면 거리를 대폭 벌려서 회피했다. ……거리가 가까울수록 뒤를 점유하기 쉬워진다는 게 고민거리로군.

조금이라도 긁힌 상처가 나오면 《엑스트라 힐》로 회복.

파이어 드래곤의 피부를 향해 《다크 재블린》을 연발.

한동안 그렇게 공방을 되풀이하자, 인내심이 떨어진 파이어 드래곤이 불안정한 자세에서 기습적으로 공격을 펼쳤다.

『크가아아아아!』

"윽—!"

나는 파이어 드래곤이 몸을 내버리듯이 날린 몸통박치기를 맞고 날아가서 벽에 부딪혔다. 이쪽도 상대의 머리에 마법을 꽂아 넣었으니까 무승부라고 해야겠지.

"러셀!"

그러나 나는 충격을 완화해주는 윈드 배리어를 이중으로 친 데다, 공격을 받은 순간 무영창 엑스트라 힐, 그리고 벽에 부딪힌 순간에 무영창 엑스트라 힐을 날렸다.

공격 수단을 가지자마자 자신의 회복마법과 무진장한 마력이 이렇게나 유리하게 작용할 줄은 몰랐다.

"문제없어!"

지금의 나라면, 장기전으로만 끌어들이면 어떤 적에게도 질 것 같지 않다.

"이봐, 빨강 도마뱀. 술사 상대로 그 정도냐? 나는 즉사하지 않는 한 절대로 쓰러지지 않아."

『크아아아아아!』

말을 모르더라도 도발의 뉘앙스가 전해졌는지, 그대로 넘어간 파이어 드래곤이 직선적인 공격을 날리는 걸 노려서 다시 마법을 꽂아 넣었다. 설령 공격에 맞더라도, 날아가서 바닥을 구를 때는 이미 내 회복마법을 사용한 뒤다. 멀쩡하게 일어나서 상대를 노려봤다.

파이어 드래곤이 순간 움츠러든 것처럼 보였다. 왜 그러지? 최상위종. 이제 공격수단이 없는 거냐? 네가 뭘 하든 나는 멀쩡하게 계속 일어날 거다.

—그런 공방을 되풀이하는 사이에, 어느새 파이어 드래곤은 전신에서 피를 흘리며 움직임이 둔해졌다. 그 피가 자신의 불꽃으로 메말라서 얼룩무늬를 만들었다.

이대로 가면 될 것 같은데…… 아직 결정타가 부족하다.

나는 시빌라를 바라봤다.

……시빌라는 어스름의 여신. 여신이 내려준 어둠마법의 능력은 확실히 굉장했다.

그러나 내가 여신에게서 진짜로 얻은 것은, 그런 요소가 아니다.

모험가로서 대화를 나눴던 시빌라의 생각에는 정말로 감명을 받았다.

어떤 때라도 가장 좋은 결과를 낼 수 있게끔 유연하고 세련되었다.

내가 그 녀석에게 얻을 수 있었던 최대의 힘은, 그런 사고방식이다.

분명 어둠마법을 익히지 않았더라도 나는 나답게 노력했겠지.

확실히 나는 오늘이야말로 내 시작의 날이라고 생각했다.

그러나, 그건 어둠마법을 익혔기 때문이 아니다.

어스름의 여신 시빌라 덕분에 시작된 게 아니다.

솔로 모험가 시빌라 덕분에 시작할 수 있었던 거다.

시빌라는 줄곧 검을 쥐어온 나의 유년기를 긍정해주었다.

그 순간부터, 나는 시작됐다— 그러니, 내 오른손에는, **이것**이 있다!

"《인첸트 다크》!"

'《인첸트 다크》!'

아마 이 녀석은, 내가 이대로 장기전으로 처리하리라는 생각을 하고 있었겠지. 파이어 드래곤은 내가 접근전으로 끝내려 하자 순간 판단이 저하된 모양이었다. 게다가 저 부상의 축적이 겹쳐져서 약간 반응이 느려졌다.

"이걸로…… 끝이다!"

나는 용의 목을 향해 도약해서 손에 든 검을 양손으로 들고 있는 힘껏 휘둘렀다.

검은 마력을 두른 검은 용의 목을 가볍게 절단했고, 마력의 칼날은 그것만으로도 부족했는지 천장에 일직선의 궤적을 그렸다.

그리고…… 당연하게도, 내 몸은 날아간 용의 목에서 뿜어져 나온 피를 맞아서 전신이 피투성이가 되었다.

"우왓, 더러워. 전신에 다 묻었잖아. 클린이라는 마법은 내게는 없었던가. 《힐》…… 아니군. 《큐어》. 아아, 큐어가 더러움을 씻어내는 겸용 마법인가."

큐어 마법을 쓰자, 내 손이나 검에 튄 피의 색이 사라졌다. 그러나 어째서인지 로브는 그 피의 색깔을 흡수한 채 굳어져서 검게 물들고 말았다.

나는 머릿속에서 울리는 레벨 업 소리를 들으면서 단벌옷의 급격한 이미지 체인지를 보고 살짝 한숨을 내쉬었다.

……하지만, 이겼다. 내가 드래곤을 이긴 거다.

회복마법밖에 쓰지 못했던 시골 마을 출신인 내가, 드래곤 슬레이어가 되었다……. 솔직한 심정으로는, 기쁨보다도 안도가 더 강하다.

이런저런 생각은 들지만…… 지금이라면 그 모든 것이 시빌라에게 얻은 힘이라고 단언할 수 있다.

정말로, 고마웠다.

파이어 드래곤 토벌을 확인한 시빌라가 안전해진 이리로 걸어왔다.
"……솔개라는 새가 있어."
"또 뜬금없이 뭐냐."
내 어둠마법을 사용한 파이어 드래곤 토벌을 보고 대체 무슨 소리를 할까 싶었는데, 이 엉뚱한 소리는 뭐지. 정말 시빌라는 이야기를 시작하는 게 언제나 갑작스럽다.
이번에는 어떤 종교권유지? 버드워칭교인가?
"그 새는 크고 용감하거든."
"아니, 솔개 정도는 알고 있어. 대체 뭐야?"
시빌라는 내 로브를 잡고는, 그 감촉을 계속 확인했다.
"……왜 그래? 색상은 안 바뀌던데."
"청정(클린)마법을 겸하는 큐어의 효과가 없다는 건, 이건 더러움이라고 인식되지 않는 거야. 열에 강한 샐러맨더의 피는 염료로도 사용하니까, 그랜드 샐러맨더라고도 불리는 파이어 드래곤의 피는 그 이상의 비싼 염료가 되거든."
새 이야기를 하나 했더니만, 이 뜬금 토크 여신이 이번에는 복장 이야기를 시작했어……?
슬슬 어딘가에서 이야기를 착지시켜줬으면 좋겠다.
"원래부터 성능이 좋은 로브였는데 마력 부여 같은 부가가치까지 붙어버렸잖아. 즉, 지금의 네 옷은 이걸로 완성형이야."
바라보니, 파이어 드래곤의 피로 더러워진 로브는 붉은색에서 갈색 같은 검은색이 되었고, 보드라워졌다. 금색과의 콘트라스트가 멋져서 원래 이런 색이었다는 기분이 들 정도다.

“그래그래, 고마운 물건이라는 건 충분히 알았어. 그래서, 솔개는 결국 뭐냐.”

“러셀을 보니까, 그 새가 떠올랐어.”

점점 모르겠다……. 그런 내 의문을 내다본 듯이, 시빌라가 말을 이었다.

“……일찍이, 그 새를 사랑했던 어느 나라에서는 금색의 솔개가 승리를 가져다준다는 일화가 있었거든.”

피가 깔끔하게 빠져서 물들지 않은 금색 장식을 만지작거리던 시빌라는 나와 눈을 마주치고는 키득 웃으며 등을 돌렸다.

검고 윤기 나는 날개가 스르륵 흔들리며 반짝였다.

“무척 아름다운, 정령룡의 피가 마른 짙은 색. 여신에게 승리를 가져다준, 금색의 솔개.”

시빌라는 몸을 돌려 검은 날개 사이에서 얼굴을 내밀었다.

“그 나라 사람들이라면, 러셀의 로브를 이렇게 말할 거야—.”

그리고, 검지를 대면서 한쪽 눈을 감았다.

“—흑연색(黑鳶色)이라고.”

막간 에미 : 충분할 때에 남아도는 양을 파악해두지 않으면, 부족해지고 나서 대책을 세우더라도 돌이킬 수가 없다

오늘 하루는 아무것도 하고 싶은 생각이 들지 않았지만, 빈스는 탐색을 강행했다. 그건 조금 전 케이티 씨와의 대화가 원인이다.

케이티 씨는 레스토랑에서 디저트까지 모두 먹고는 자리에서 일어나서 다시 말했다.

『그런데, 역시 【신관】을 고용하지 않을래요?』

확실히 【마경에 가까운 현자】의 문제는 들었지만, 나는 왜 그렇게까지 신관…… 회복술사를 고집하는지 이해할 수 없었다.

보아하니 케이티 씨도 박식하긴 하지만 베테랑 모험가 같지는 않았으니까. 게다가 결국은, 아무리 신관보다 익힐 수 있는 레벨의 차이가 나더라도 자넷 자신의 【현자】 레벨은 높다.

적어도 나는 신관이 필요한가 필요하지 않은가와는 상관없이, 러셀을 쫓아냈는데 다른 회복술사를 고용하는 건 도저히 인정할 수 없었다.

……왜냐하면, 그럼 무엇을 위해 러셀을 내보냈는지 알 수 없어지니까.

물론 빈스는 반발했다. 회복술사를 쫓아낸 것을 부정당한 느낌…… 아니, 실제로 부정당한 것이나 다름없으니까.

그래도 빈스는 케이티 씨에게 미움받고 싶지는 않으니까, 러셀을 쫓아낸 것을 말하지는 않았다.

뭐, 케이티 씨는 미인이고, 크니까 노골적으로 노리겠지. 그걸 포함하더라도, 러셀을 쫓아낸 자신의 판단이 잘못됐다고 여겨지는 건 도저히 참지 못한 모양이었다.

『여유롭다는 걸 증명해주겠어!』

그래서 우리는 케이티 씨를 — 빈스의 열렬한 권유로 인해 — 파티 멤버로 넣어서 탐색에 나섰다.

한동안 탐색해봤지만, 케이티 씨는 지식만 가진 게 아니라 그에 걸맞은 숙련된 【마도사】였다.

왜 이런 아름다운 사람이 솔로를 하고 있는 걸까?

남성 트러블? 파티 크래셔?

……여유롭게 실현할 수 있겠다는 상상이 바로 드는 걸 보면, 미인은 참 치사하다. 뭐, 이 정도의 미인이라면 분명 이런 저런 고생을 했겠지.

마침 중층 중에서도 화제로 나왔던 제8층까지 내려왔다.

"그나저나, 제가 용사 파티에 들어오게 되다니 기쁘네요."

"헤헤, 그렇지 그렇지. 케이티, 계속 있어도 된다고?"

"어라, 마물."

"윽…… 아아, 정말. 짜증나게!"

아무리 빈스라도 마물을 무시하고 여자를 꼬드길 만큼 비상식적이지는 않다. 던전 안에서 나와 자넷 옆에서 여자를 꼬드기는 건 비상식적이지만.

나는 두 사람이 몸을 좁히고 있는 것을 어이없는 표정으로 바라보면서 자넷 옆으로 물러났다.

“예전에는 이렇게까지 적극적이지는 않았었는데. 무척, 뭐랄까, 왕성해졌, 네…….”

“……러셀.”

“어……?!”

자넷이 갑자기 그 이름을 꺼내서 놀랐다.

“러, 러러러셀이, 어쨌는데?”

“러셀이 있었으니까, 꼬드기지 않았을 뿐. 시선 같은 것하고 똑같아.”

“어? 아…….”

시선 이야기를 들은 나도 바로 짐작이 갔다. 그건 우리를 제삼자 시점에서 줄곧 부감하듯이 관찰하던, 자넷이기에 알 수 있었던 이야기.

빈스는 러셀 앞에서는 별로 여자아이를 빤히 쳐다보지 않는다.

신기하게도 빈스는 남자에게서는 호색하다는 인식을 받지 않는다. ……노골적으로 노리는 시선은 다른 남자가 없을 때뿐. 빈스의 그런 『숨은 육식계』 같은 부분도 남자와 여자의 평가를 크게 어긋나게 했다.

여자가 『빈스와 함께하는 게 거북하다』고 말해도, 그가 성격은 급하지만 엉큼한 녀석은 아니라고 생각하는 사람이 더 많을 정도였다.

“……나도, 오늘은 오랜만에 바보 같을 정도로 쳐다보더라. 【현자】처럼 후위 술사라서 다행이었지, 전위였으면 그런 건 잘라버렸을 거야.”

“뭐, 뭐숭숭한 소리를 하네.”

“시선, 정말 알기 쉬우니까.”

뭐, 응. 같은 여자로서 그런 건 너무 잘 이해할 수 있다. 자넷은 진짜로 나와 같은 걸 먹고 있나 싶을 정도로 차이가 나니까. 조금 불합리하다고 생각하게 되는 건 비밀.

그래서 자넷은 노출이 적은 옷을 입는다. 그래도 같이 생활했으니까 당연히 빈스나 러셀에게는 알려져 있었다.

“나 참…… 내 가슴은 자석이 아닌데.”

“어?”

“크게 흔들릴 때면 말이지. 러셀의 눈과 빈스의 눈, 동시에 스윽 움직여. 반대 방향으로. 정말 정반대야.”

“아, 아하하…….”

왠지 그거, 정말 이해가 간다. 러셀은 굉장히 숙맥이고 조심스러우니까, 함께 있으면 마음이 편하다. 빈스는 얼굴은 젖히면서도 반드시 빤히 바라본다. 그런 면에서도 두 사람은 같이 자랐는데도 대조적이었다.

나는 이런 대화를 나누는 것이 벌써 머나먼 옛날 일을 이야기하는 것 같아서…… 무척이나 듣고 싶어졌다.

“……러셀, 없어졌네.”

“응.”

"자넷은, 러셀을 쫓아내는 걸 찬성했다고 들었어. 왜?"

"……러셀은, 레벨이 낮아. 『직업 레벨』은 그대로 내구력에도 영향을 주니까, 중층 보스라면 즉사할 위험이 있어. ……러셀, 파티 탐색에는 잘 맞지 않는 것 같았고, 회복은 내가 있으니까 괜찮을 줄 알았어."

"……그렇구나."

자넷은 역시 러셀을 걱정해준 것이리라. 얼굴을 계속 돌리고 있지만, 쑥스러움을 감추는 거다.

"그래도, 케이티 씨의 이야기로는—."

"어~이, 새로운 보물상자 방이 있어! 숨겨진 곳이야, 꽤 숫자가 많아! 자넷!"

"응, 알았어."

앞을 걷던 빈스의 목소리를 듣고 대화를 끝냈다. 함정을 조사하는 마법을 사용하는 건 【현자】 자넷의 역할이다.

자넷과 교대해서 케이티 씨가 이리로 다가왔다.

"후후후, 무척 즐겁네요."

"그런가요? 왠지 빈스가 실례라고 해야 할지, 거침없다고 해야 할지…… 폐를 끼쳐서 죄송해요."

"네? 아아…… 네. 그것에 관해서는 저도 딱히 신경 쓰지는 않아요. 남성은 나이를 얼마나 먹어도 애 같으니까요."

자, 확정. 케이티 씨는 무척 좋은 사람. 그와 동시에 무조건 파티 크래셔. 남자 두 명 이상의 파티라면 순식간에 와해될 거다.

"확실히 빈스 씨는 귀여울 정도로 필사적으로 마구 들이대네요. 영웅호색, 그래서 우수한 여성을 거느리고 사랑해주는 사람이 【용사】가 된다고 들었어요."
"네에."
"그건 그렇고, 에미 씨하고는 좀 더 이야기를 나눠보고 싶었거든요."
"저기, 그, 영광이네요…… 저 자신은 별로 재미없는 사람인데요."
"【성기사】이면서도 그런 반응을 보이는 부분이 벌써 무척 매력적이고 흥미로워요."
으으, 역시 케이티 씨는 케이티 씨대로 마구 들이대는구나.
그래도 뭐, 나쁜 감정은 안, 드나? 이런 우연히 받은 직업을 그렇게 높이 평가해주다니 조금 미안할 정도다.
"그런데요."
"네."
케이티 씨는 내 눈을 빤~히 바라봤다.
……정말 아름다운 금색. 마치 빛나는 것 같다.
"……에미 씨의 눈, 푸른 하늘 같아서 예쁘네요."
"마침 케이티 씨의 눈이 아름답다고 생각하던 참인데요."
"어머나!"
케이티 씨는 해맑게 웃으면서 다시 내 눈을 빤~히 바라봤다.
으, 으으…… 뭐, 뭔가요……?
"에미 씨는 프로텍션, 익히셨나요?"

"프로텍션, 말인가요? 모르는데요."

"그런가요. 방어마법이니까, 프로텍션과 매직 코팅은 빨리 익히는 게 좋아요. 어느 쪽도 굉장히 고성능이니까요."

"케이티 씨는 직업에 박식하시네요."

"네. 특히 용사님의 파티 이야기는 흥미진진해서요. 많이 알아봤죠."

나는, 내 직업에 대해 잘 모른다.

그렇구나. 그렇게 굉장한 방어마법을 나중에 익히는구나. 나, 더더욱 힘내야겠다. ……그야말로, 레벨 1인 러셀과 함께 있더라도 서로 전혀 다치지 않을 만큼.

케이티 씨의 이야기는 정말로 도움이 되네…….

"게다가 『스킬』도 있으니까요."

"네?"

"이번 대의 성기사와 현자도 여성이고 빈스 씨가 남성이니까, 빈스 씨와 함께 있다 보면 금방 알 수 있어요~."

케이티 씨는 싱글벙글 웃으면서 어딘가로 걸어갔다. 잘 모르겠지만, 케이티 씨가 한 말이니 틀림없겠지.

좋아. 좀 더, 좀 더 강해지자~.

그리고 우리는 제8층 플로어 보스에 도전하게 되었다.

"예전보다 아군도 늘었어! 제대로 힘이 되는 녀석이야!"

"네. 물론 제대로 힘이 되어드릴게요?"

"이크, 그랬었지!"

빈스는 웃으면서 어깨에 손을 올렸다.

기다려……. 그 말투, 뭐야? 마치 러셀은 힘이 되지 못했다는 것 같잖아…….

……아니, 이제 슬슬 이런 자문자답을 되풀이하는 건 그만두자.

러셀은 자신이 파티의 도움이 되지 못한다는 걸 자각하고 있었을 거다. 그럼 나도, 지금까지의 흐름을 토대로 마음을 간파하는 정도는 해야만 한다.

자넷과의 대화를 떠올렸다. 그 정보와 어제의 일. 지금 상황. 나도 조금 더 감을 날카롭게 세워놨어야 했다.

즉. 빈스는 내가 상상했던 것 이상으로 러셀을 방해꾼으로 여겼던 거다.

……문이 열렸다. 지금은 더 생각하지 말자. 플로어 보스는 강하다. 방심하면 목숨을 잃는다.

그래, 러셀은 확실히 약해서 지켜줘야만 했다. 자넷이 멀리한 것도 이해가 간다. 걱정되니까. 죽기를 바라지 않으니까.

그러니 나는, 그의 몫까지 힘내자. 그리고 최강이 되어 마왕이든 뭐든 쓰러뜨리고.

돌아가서 제대로, 사과하는 거다.

—플로어 보스와의 사투는 장기간에 걸쳐 진행됐다.

이 계층의 적보다 훨씬 커다란 블러드 타우로스는 튼튼하고, 힘도 강한데도 움직임이 조금 더 빠르다. 특히 움직임이 빠른 게 성가셨다. 방심하고 있으면 즉시 당한다.

방패를 미끄러뜨리듯이, 스치듯이, 그리고 큰 동작일 때는 피해서—.

"—에미 씨?!"

"아차— 으긱!"

확실히 보고 있었는데, 대응이 늦었다! 나는 타우로스의 직격을 한쪽 팔로 받아내고 말았다. 아프다! 이를 악물고 아픔을 견뎠지만, 몸이 뜯어질 것만 같다!

아픔에 정신이 팔릴 때가 아니다. 내가 다음 공격을 받아내지 않으면 후위가 당해!

"《힐》."

살짝 마법을 외운 나는 방패를…… 방패를?

방패가, 무겁다. 들 수가 없었다.

"뭐 하는 거야! 《힐》!"

빈스의 목소리가 날아오자, 나는 상대의 직격과 동시에 양손으로 방패를 들었다.

"회복해, 위험하잖아!"

"했어!"

"안 됐잖아?!"

말다툼을 나누면서도 보스에게 대응하는 건 잊지 않았다. 집중해야 해……!

내가 버티는 사이에도 자넷의 공격은 맹렬했고, 다음 마법이 약해진 타우로스의 한쪽 팔에 맞자 겨우 움직임이 봉쇄됐다. 지쳤다…….

여기까지 왔으면, 이제 다 끝난 셈이다.

나는 아까 전의 위험한 상황을 떠올렸다. 확실히 힐은 썼었다.

빈스와 자넷이 보물상자를 조사하는 와중, 다시 케이티 씨가 내게 다가왔다.

"괜찮으신가요?"

"네. 회복했을 텐데, 실패한 것 같아서……."

"아뇨, 두 사람 모두 확실히 발동했었어요. 레벨이 높으니까, 이제 신관의 회복마법이 아니면 힐 한 번으로는 부족해진 것 같네요. ……그러니까【신관】을 고용하자고 말했던 거예요."

"……네?"

"뭐, 빈스 씨의 말대로 제대로 토벌할 수 있어서 다행이네요. ……아, 보물상자가 열린 모양이에요. ……으~음, 그나저나 신기하네요……."

케이티 씨는 건너편으로 걸어가면서, 반짝이는 금발을 스르륵 흘리듯이 고개를 갸웃하며 중얼중얼 작은 목소리로 혼잣말을 하기 시작했다.

"……백마술사를 제외하고 팔라딘의 회복마법에 의존하거나, 승려를 제외하고 용사의 회복주문에 의존하는 건 제약 중에서도 제일 버거운 형태일 텐데……. 아니, 말도 안 되지. 회복 없는 마왕 토벌 파티라니.【용사】도【마경】도【검성】도 없이 맨손인【무술사】세 명으로 마왕 토벌은 가능해도,【신관】

없이 마왕에게 덤비는 건 무리가 아닐까…….”

나는 그 순간…… 눈앞의 아름다운 사람이 뭔가 정체 모를 다른 것으로 보였다.

이해할 수 없는 중얼거림. 들은 적 없는 단어.

……그래도 알 수 있다.

케이티 씨는, 회복술사가 파티에서 제일 중요하다고 생각한다.

용사보다, 현자보다…… 아마, 성기사보다도.

나는, 플로어 보스를 토벌해서 위기를 넘어섰는데도 자신의 다리가 바닥없는 늪에 잠기는 듯한…… 그런 착각이 들어서, 움직이지 못할 정도로 다리가 무거워졌다.

06 생각지도 못한 사람이 실은 최고의 구세주일지도 모른다

어스름의 여신 시빌라의, 아름답지만 어딘가 귀여운 손가락을 세운 윙크 포즈가 작렬했다. ……그 타이밍에 검은 날개를 스윽 지우고 내게 걸어왔다.

"지금 이거, 좋았지?"

자기가 말해버리는 건 좋지 않다고 생각하는데.

"……좋았는가 안 좋았는가를 따지면 좋았다고 생각하지만, 왜 돌아온 거냐. 계단을 올라갈 줄 알았는데."

"그 전에, 해둬야 할 일이 있다는 걸 잊고 있었어."

대체 뭘 하려는 건가 했는데, 시빌라는 자기가 든 검으로 드래곤을 가리켰다.

"슥삭슥삭, 가슴 쪽을 해체해줄래?"

"……뭐, 상관없는데. 《인첸트 다크》."

나는 이중 영창으로 손에 든 검에 암속성을 두르고는 용의 피부 틈새에 쑤셔 넣었다.

"……그거, 위력 굉장하네. 이렇게 강한 어둠 부여는 처음 봤어."

"그래, 윈드 배리어와 똑같은 요령이야. 입으로 마법을 사용하는 동시에, 머릿속에서 무영창의 똑같은 마법을 겹쳤지. 이중 영창이야."

시빌라는 내 대답을 듣자 놀라면서도 턱에 손을 대고 고민하는 표정을 지었다. ……좋아, 대부분 잘랐군.

"저기, 나는 이런 생각이 드는데."

"뭐냐?"

"그거, 연습해서 회복마법과 공격마법을 동시에 영창할 수 있으면 터무니없이 강하겠네."

"오…… 너도 무시무시한 생각을 했잖아……!"

공격마법을 한 번 쏠 때마다 파티 전원을 완전 회복시키는 암속성 마경이라니, 어떻게 쓰러뜨려야 하는 거냐고! 내 이야기긴 하지만!

"아무튼, 해체했는데 지금부터 뭘 할 거냐."

"드래곤 슬레이어에게 어느 의미로는 제일 큰 보수. 특히 이번에는 파이어 드래곤이라는 게 좋네."

시빌라는 피가 흐르는 드래곤의 내부에 손을 넣고는 뭔가를 찾아낸 듯이 검을 몸속에 넣어서 톱처럼 왕복시켰다.

그리고 용의 체내에서 끄집어낸 것을 본 나는 납득했다.

"용 토벌의 보수 중 하나, 드래곤 스테이크. 하지만 파이어 드래곤은 특성상 구울 수가 없어. 그러니 산 채로 먹는 거야. 그중에서도 최고인 게 이거."

커다란 용의 모습에서는 도저히 상상할 수 없을 만큼 작은, 시빌라의 손바닥에 올라간 고깃덩어리.

"용의 심장이야. 이걸 생으로 먹는 거야. 열화가 빠른 데다 파이어 드래곤은 냉동 불가능. 토벌자 한정일 정도로 귀중품이라 나도 먹은 적이 없어."

그리고 시빌라는 절반을 잘라서 소금을 살짝 뿌렸다.

절반을 내게 넘겼는데…… 먹는다면 나름대로 양이 많고, 무엇보다 심장을 생으로 먹는 건 역시 좀 그로테스크한데…….

내가 조금 망설이자, 시빌라는 마음껏 입에 넣고 씹었다. 너, 어스름의 여신이라기보다는 얼굴이 예쁜 산적 두목 같다고. 아니, 원래부터 그런 느낌이었지만…….

"……으~음! 달아!"

"달다고?"

"과일 같은 것의 단맛하고는 다르지만, 뭐라고 하지? 버터로 구운 과자 같다고나 할까?"

반신반의였지만, 그 달다는 영문 모를 비유를 들고나온, 소금을 뿌렸을 뿐인 눈앞의 피투성이 고기 조각을 조심조심 씹었다.

—앗?! 이게 뭐지? 무지막지하게 맛있는데?!

탄력이 있으면서도 의외로 이빨로 간단히 씹힌다. 시빌라가 히죽히죽 웃으면서 바라봤지만, 반응할 생각도 나지 않았다.

과연, 예전의 드래곤 슬레이어들이 최고의 보수라고 말했던 것도 이해가 간다.

"……완식해버렸군. ……응?"

—【어스름의 마경】 레벨 7《다크 스피어》—

"레벨이 올랐어……."

"맞아. 이게 진짜 최고의 보수야. 마력과 생명력 덩어리인 심장을 먹으면 싸움에 전혀 참가하지 않았어도 강해져."

시빌라가 한 말을 멍하니 생각하면서…… 문득 깨닫고 정면에 있는 얼굴을 향해 떨리는 손가락을 겨눴다. 그 손가락 앞에는, 허리에 손을 대고 화가 치밀 정도로 의기양양한 모습을 보이는 산적 여신.

"너, 너어!"

"【마도사】 레벨, 21이라는데! 나도 올랐어!"

이 녀석, 드래곤 토벌 보수인 심장 경험치를 그대로 절반 가져가 버렸잖아! 그보다 21이라니 높지 않나?! 여기 들어오기 전에는 8이었잖아!

정말 이 여신 성격 한번 끝내주는군! 이런 꼼꼼한 부분도 그야말로 시빌라답긴 하지만!

……뭐, 시빌라에게 배우지 않았다면 용의 심장을 먹는다는 발상 자체를 하지 못했을 테고, 애초에 내가 어둠마법을 쓸 일도 없었으니까…… 대가로서는 싼 정도인가.

"일단 그 고기는 직업이 늘어난 답례로 치기로 할까."

"응응, 잘 알고 있네. 나로서는 【어스름의 마경】이 되어준 것 자체가 보수인 셈이지만."

"그런 건가?"

"응. 이런 『어스름의 서약』에 관한 이야기는 나중으로 미루고—."

시빌라는, 용의 커다란 시체를 손등으로 두드렸다.

"—마을 사람들을 죄다 모아서, 이 소재를 가지고 돌아가자!"

일반적으로 던전 마물 토벌을 하기만 해도 모험가에게는 보수가 들어오게 된다.

이건 모험가 길드가 일괄 관리하는 것이라 구체적인 방법은 모르지만, 속일 수는 없다고 한다. 단, 특정 부위를 가지고 돌아가면 증명 보수를 더 얹어주게 되어있어서, 시빌라의 가방에는 검은 고블린의 귀가 산더미처럼 들어있다.

마물은 동물과 마찬가지로 고기를 먹을 수도 있고, 육체의 일부를 토벌 증명이 아닌 다른 방식으로 이용하는 것도 물론 가능하다.

특히 몸을 구성하는 가죽이나 비늘, 이빨이나 발톱 등등은 소재가 되어서 무구로 가공하는 일도 많다. 드워프 같은 무구 가공 전문 종족 정도밖에 다룰 수 없는, 매우 다루기 힘든 것도 있다. 당연히 사냥할 수 있는 사람이 적은 하층 마물일수록 희귀하고, 소재의 질도 좋고 가치가 높다.

그렇다…… 예를 들어, 드래곤의 비늘이나 이빨은 그야말로 그 대명사다.

보통은 한산한 아드리아 마을 모험가 길드. 그러나 지금은 매우 소란스러웠다.

그도 당연하다. 시빌라가 파이어 드래곤의 비늘을 하나 가져왔으니까. 나머지 거구가 마을 근처에 있다고 하니 소란이 벌어질 만하다.

한심한 이야기지만, 마을 남자들이 좋아하지 않는 나만 갔다면 이렇게나 사람을 움직일 수 없었을 거다. 그러나 시빌라의 미모와 카리스마성이 있다면 남자들을 움직이는 건 손쉽다. 정말로, 얼굴은 어마어마하게 예쁘니까…… 시골 남자는 미녀에게 거스를 수 없는 슬픈 성질을 가진 생물이다.

시빌라가 내건 제안. 옮긴 사람에게는 부위 하나당 보수 있음. 내 검으로 잘라낸 파이어 드래곤을 온 마을 사람이 필사적으로 왕복해서 옮겼다.

동굴의 지도는 처음 단계에서 파악해놨고, 제2층이라서 비교적 가깝다. 보수를 얻고자 몇 번이고 왕복에 힘쓰는 사람이 끊이지 않았고, 새벽이 되기 전에 모든 부위를 길드 뒤로 옮길 수 있었다.

그리고 시빌라는 다시 매력적인 제안을 건넸다. 그것이, 아드리아 마을 사람들 모두가 모인 드래곤 고기 대식사회다.

파이어 드래곤은 심장 이외의 부위도 불에 구워지지 않고, 얼지도 않는다. 섣불리 썩게 두면 독이고 악취도 난다. 그러니 썩기 전에 모두가 먹는 게 더 낫다는 방향으로 갔다.

시골 마을만이 아니라 상위직 베테랑이라도 거의 먹을 기회가 없는 파이어 드래곤의 생고기를 무료로 마음껏 먹을 수 있다니. 덕분에 밤의 마을은 축제 때처럼 대성황이었다.

그리고 동시에, 시빌라의 인기도 마을에 온 지 얼마 되지도 않았는데 수직 상승했다. 정말이지 빈틈없는 녀석이다.

농담으로 여신님이라 부르며 새빨개진 남자도 있었다. 이봐, 그 녀석은 정말로 여신이라고. 뭐, 불경하니 어쩌니 하는 생각은 전혀 할 필요 없어. 왜냐하면 시빌라니까.

그리고 시빌라도 「맞아, 나는 여신이야!」라며 긍정하지 마. 정말로 태양의 여신교에게 숨길 생각이 있기는 한 거냐? 어스름의 여신.

내가 그런 시빌라를 바라보며 고기를 먹고 있는데, 한 남자가 다가왔다. 이 녀석은…… 오늘 아침에 본 접수대 남자잖아.

"무슨 일이냐?"

"아, 뭐랄까, 저기, 그게 말이지. 러셀…… 너한테 사과하려고 해서."

"……뭐?"

사과? 영 와닿지 않는데, 대체 무슨 소리지……? 애초에 아침에는 호의적인 표정이 아니었는데, 이제 막 돌아온 타이밍에서 그런 말을 듣는 건 너무 빨라서 영문을 모르겠다고.

"나는…… 아니, 우리는 러셀을, 그게…… 뭐라 말해야 좋을지 모르겠지만, 호가호위하는 녀석이라고 생각했거든."

"사과하고 싶은 건지 시비 걸고 싶은 건지 하나만 해."

이 녀석도 뜬금없잖아. 너무 뜬금없어서 어이가 없어진다. 내가 멋대로 표정이 움직일 정도로 불쾌해졌다는 걸 알아챈 남자는 황급히 부정했다.

"아아, 아니! 미안해, 정말 이게 아니야. ……너는 빈스 뒤에 있었고, 빈스는 다른 남자랑 자주 싸웠으니까. 그래서, 뭐…… 너 혼자 굉장한 잔꾀를 부려서 실력도 없는데 한패가 된 줄 알았거든."

"한패라니, 그럴 생각으로 함께했던 게 아닌데. 애초에 쫓겨났으니까."

"그렇다니까. 러셀은 【성자】였으니까, 줄곧 실력도 없는 남자라고 생각해왔어. 빈스의 위세를 빌리는, 그런 녀석이라고."

……이봐, 그래서는 마치…….

"근데 너의 힘이 설마 용을 쓰러뜨릴 정도였다니. 우리는 러셀에 대해 무척 착각하고 있었던 것 같아. 네가 그렇게 강하다면, 애초에 빈스에게 누군가를 때리라는 지시를 낼 리가 없었겠지."

우와…… 진짜냐. 아무래도 내가 마을에서 미움받았던 이유, 빈스 탓인 것 같다. 묘하게 미움받아서 이상하다고 생각하긴 했는데.

……그렇다면. 내 원초의 기억 속에 있는 부분…… 즉, 인식의 전제 조건이 달랐던 건가.

내가 예전의 마을에서 받았던 대우를 떠올리고 있는데, 다시 남자가 놀라운 말을 했다.

"오히려 빈스가 에미를 노리고 처음에 러셀 네게 말을 걸었으니까."

"뭐라고?"

"에미는 러셀 뒤에 있을 때나 시야 바깥에 있으면, 언제나 러셀만 보고 있었다고. 그야 러셀 너만 모르던 것도 무리는 아니지. 뭐, 가르쳐주려는 촌스러운 녀석은 없었겠지만, 이렇게 되면 오히려 가르쳐주지 않는 게 나쁜 일이겠지."

그 정보는 너무나도 충격적이었다.

빈스는 나를 데리고 나온 게 아니었다. 빈스는 나를 줄곧 바라보던 『에미를 노리고』 내게 말을 걸었고, 나와 빈스가 함께하게 되었기에 결과적으로 에미가 사이에 끼어든 거다.

그렇다면 완전히 순서가 반대다. 에미가 나중에 왔다는 내 기억 속의 생각은 처음부터 잘못되었다는 뜻이 된다.

"참고로 검은 머리는 어떻게 생각해?"

"좋아하지 않는 녀석도 많지만…… 머리가 검다고 해서 악인이라 단정할 수는 없잖아."

"그런가……. 그랬지. 사과는 받아들일게. 내일부터 잘 부탁한다."

"그래, 물론이지!"

아아…… 정말로 강해져서 다행이다. 힘이 없었다면 할 수 없는 일이 많았고, 동시에 힘이 없었다면 증명할 수 없는 것도 많았다.

오늘은 정말로, 나의 모든 것이 달라졌다고 실감하게 된 날이다.

모든 것을 포기했던 어제의 내게 말했다면, 아마 믿지 않았겠지.

연회 도중, 모두에게서 많은 사과의 목소리를 들었다. 평소에는 내게 말을 걸어오는 일 자체가 적었으니까, 그만큼 파이어 드래곤 고기가 맛있었다는 뜻이겠지.

……아니, 그것도 있겠지만…… 역시 이 마을에 활기를 가져다준 것이 나라는 것이 고마웠기 때문인가. 이제 모든 일을 비굴하게 바라보지 않는다.

생각해보면, 모두가 흑발에 어느 정도 기피감이 있다고는 해도, 내 쪽에서 적극적으로 모두와 함께하려 하지 않았던 것도 다른 사람들과의 거리가 생긴 원인일지도 모른다. 지금의 나라면 그렇게 생각한다.

그러나 역시 좀 지쳤다. 연회 도중에 빠져나와 고아원에서 눕자 바로 잠들었다.

오늘 밤은 느긋하게 잘 수 있을 것 같다…….

◆

빈스가 검을 들고 번개마법을 날렸다.

자넷이 지팡이를 들고 불꽃마법을 날렸다.

마물의 경험치로 레벨 업했다고 보고하는 소꿉친구들의 목소리가 들린다.

초조함이 생겼다— 나도 경험치를 얻지 않으면 따라갈 수 없다.

양손에 든 건, 마물을 쓰러뜨리기 위한 무기.

그러나…… 모르겠다.

지팡이로 마물과 싸우는 방법을, 모르겠다.

마물이 무기를 들었다. 저것에 맞으면, 나는 죽는다.

그 공격을 막기 위해 에미가 내 앞에 섰다.

나는 오늘도 움직이지 못했다. 계속, 움직이지 못한 채—.

◆

그리운 꿈을 꿨다…… 아니, 바로 며칠 전의 일이다.

시빌라과 함께 던전에 들어간 건 어제가 처음이었는데, 무척 오랜 시간이 지난 듯한 착각이 든다. 그만큼 내 안에서 커다란 일이었다는 건가.

잠에서 깨어나자, 이미 해가 많이 떠오른 시간이 된 모양이었다. 상당히 피곤했던 건가…… 무척 오래 잤다.

어제와 마찬가지로 식당으로 가자, 당연한 듯이 시빌라가 고기를 굽고 있었다. 너무나도 익숙해 보여서 원래 여기서 살았던 것 같은 생각조차 든다.

"늦었네, 좋은 아침. 러셀. 손님이 왔어."

"그래, 좋은 아침. ……손님?"

시빌라가 턱짓으로 가리킨 곳은…… 브렌다와 그 어머니였다.

"설마 러셀이 그 【성자】님이었다니 놀랐네요……. 아, 어제는 신세 많이 졌어요."

"……응? 어제, 는 아니었을 텐데?"

"아뇨아뇨, 어제예요. 그거, 소재요. 저도 기운을 차려서 옮겼거든요. 세 번 왕복해서 좋은 임시 수입을 얻었어요."

놀랍게도 브렌다의 어머니는 줄곧 던전에서 운반을 해왔다고 한다. 그보다 그 바닥이 좋지 않은 던전에서, 계단도 있었는데 용의 커다란 육체를 들고 세 번 왕복? 이 사람, 실은 꽤 강한 사람 아닐까?

"누워있다 막 회복했으니 무리하지는 말라고?"

"아이가 있으면 돈이 아무리 많아도 부족하거든요. 자, 브렌다도 고맙다고 인사해야지."

"고마워, 러셀 씨!"

"그래."

브렌다가 감사를 표한 뒤, 나를 빤히 바라봤다. ……뭐지?

"러셀 씨, 옷 변했어?"

"아, 그랬지."

완전히 잊고 있었지만, 새하얀 로브에서 거의 검은 로브로 변했다.

뭐, 회복마법 전문에서 어둠마법 겸업으로 달라졌으니, 그런 암마도사 같은 내 성질과도 어울리긴 하다.

"흑연색이야!"

뒤에서 요리를 가져온 시빌라가 활짝 웃으며 답했다.

"흑연색…… 멋있어! 잘 어울려!"

"그런가?"

"응! 『흑연의 성자』님이네!"

흑연색 옷이라 『암마도사 같다』고 생각하고 있었는데, 흑연색을 부정하는 게 아니라 확실하게 성자라고 덧붙이는군.

생각해보면…… 윈드 배리어 없이 파이어 드래곤을 토벌할 수 있었을까.

인첸트 다크로 결판을 낸다는 판단도 회복마법이 없었다면 절대로 하지 않았을 거다. 내가 그때, 회복마법을 버리지 않고 버텼던 건 브렌다 덕분이다.

그날, 모든 것에 실망해서 비뚤어졌던 내가 울고 있는 이 아이를 구하지 않았다면, 지금쯤 나는 어떻게 됐을까? 브렌다도, 문지기의 눈을 벗어나 도시 근처까지 혼자 도움을 요청하러 오는 것에는 얼마나 용기가 필요했을까?

나와 브렌다의 만남은 기적적인 확률로 이루어졌다. 그 결과, 【성자】와 【마경】의 힘을 동시에 사용할 수 있는 지금의 내가 있다.

어쩌면, 이 아이가 내게는 최고의 구세주였을지도 모른다.

"브렌다, 고맙다."

"어?"

"아…… 아니, 이름을 붙여줘서."

아무리 그래도 이런 생각을 전부 가르쳐주는 건 부끄럽다. 그래서 바로 얼버무리고 이름 때문이라고 지정했다.

그나저나…… 흑연의 성자라. 꽤 좋은 이름이다.

정말로, 브렌다 덕분에 나는 어스름의 서약에 어울리는 검은 옷을 입은 채로도 성자로서 당당하게 나설 수 있다. 나를 『흑연의 성자』로 만들어준 것은 절반이 시빌라고, 나머지 절반은 틀림없이 브렌다다.

"응응, 브렌다 네이밍 센스 좋네! 검은색이 멋있다는 걸 알고 있는 것도 최고야! 지금이 바로『어스름교』에 들어올 기회!"

"에잇."

"꺄앙!"

나는 우쭐대면서 종교권유를 하던 시빌라의 머리 꼭대기에 손날치기를 날렸다.

정말로 방심할 틈이 없어!

머리를 누르며 울상을 짓는, 어제의 신성한 모습이 환상이었나 착각할 것 같은 시빌라의 얼굴을 보고 자연스레 작은 웃음이 솟아났다.

아아…… 이제 웃는 걸 잊지 않는구나. 나는 자연스레 웃고 있어.

창밖은 구름 한 점 없이 맑다.

오늘도 탐색하기 좋은 날씨다. 지쳐서 돌아올 때 비가 쏟아지면『진짜로 기분 최악』이니까.

그런 내 마음에 동조하듯이, 날씨를 확인한 여신이 나를 돌아보며 씨익 활기차게 웃으며 엄지를 들었다.

—자, 나의 새로운 하루를 시작하자.

제2장

07 뛰어넘은 건 아니다. 그래도 나는 앞으로 나아간다

내 마음을 나타내듯이 맑은 하늘.

태양빛을 반사해서 눈이 부실 정도인 옷의 금실. 그리고 마찬가지로 태양빛을 한 몸에 받아서 지금까지와는 전혀 다른 고급감을 풍기는 흑연색 로브.

나, 【성자】 러셀이 【어스름의 마경】의 힘을 얻고 나서 처음으로 맞이하는 아침.

지난 반년 가까이 혼탁한 진흙이 심장에 들어찬 것처럼 꽉 막혀있던 것이 머나먼 옛날로 느껴질 만큼, 마음속에 상쾌한 바람이 들어오는 감각.

이 직업을 받은 날 이후부터, 세상에 축복받은 듯한 고양감이 든다.

나의 새로운 시작의 하루.

【흑연의 성자】 러셀로서 처음으로 가는 탐색. 함께하는 건, 정령룡의 피를 흡수한 금실 로브. 허리에는 내가 단련해온 나날을 긍정하는 한손검.

그리고— 옆에는, 뼈 붙은 고기를 우걱우걱 먹으면서 머리를 긁적이는, 『여신』이라는 사실에서 눈을 돌리고 싶어지는 절세의 은발 유감 미녀.

시빌라는 고기를 다 먹고는 뼈를 힘차게 휘둘러서 산 위에 투척했다.

……엄청나게 좋은 폼으로 던지는군. 너무나도 높이 날아가서 나무 위에서 쉬던 새가 하늘로 날아올랐잖아.

"한심하니까 그만뒀으면 하는데."

"이렇게 걸으면서 먹으면 배덕감이 끝내준다고. 여성에게 조신함을 강요하는 시대는 끝났어. 나는 여성의 자유를 상징하는 존재인 거지."

"너무 자유롭고, 시빌라의 경우는 그 이전의 문제 같은데……. 애초에 어제 그렇게나 남자 신자를 늘렸잖아. 지금 너를 보면 백 년의 사랑조차 식어버리겠는데."

"남자는 미녀와 거유에는 거스르지 못하는 생물이야. 어차피 또 헤벌쭉할걸."

"……."

부정할 수 없는 게 같은 남자로서 슬프다. 그러나 말하면 패배하는 기분이 들어서 말하지 않았다.

그리고…… 시빌라라면 내가 반론하지 않는 게 긍정의 의미라는 걸 간단히 이해할 수 있으리라는 게 상상이 가는지라 더욱 한심했다.

……뭐, 이 녀석이라면 그 정도로 머리 회전이 빠를 거다.

그래도 그건 그거. 뭔가 말하지 않으면 나도 직성이 풀리지 않는다.

“가슴은 그리 대단하지 않잖아. 자넷이 더 컸다고.”

“자넷? 너, 나한테 반하지 않는다 싶었는데 진짜 노리는 애가 있었어? 그렇다면, 큰 게 더 좋아?”

“그만둬, 자넷은 그런 상대가 아니야. 그리고 그런 노골적인 말을 바깥에서 떠들지 마.”

“또또 그런다~, 너도 의외로 풋풋해서 귀엽네. 그 애를 생각하며 밤이면 밤마다— 끄엑?!”

이번에는 지금까지 중에서 최고의 힘으로 손날치기. 왜 이리도 천박하고 부끄러운 여자인 건지……! 맑은 하늘이 흐릿해지는 착각조차 들 정도다. 도회지 여자는 다 이런 건가? 아니, 시빌라를 그런 틀에 넣어도 되는지는 모르겠지만…… 아무튼 바깥에서 하고 자시고 하는 문제가 아니다.

“자넷과는, 정말로 아무것도 없어.”

“아야야……. ……흐~응? 그럼 다른 친한 여자라도 있었어?”

“친한 사이라. ……에미라는 소꿉친구하고 자주 이야기했었지.”

“오! 뭐야뭐야, 진짜 노리던 애?”

이제 슬슬 이 이야기를 들먹이는 것도 짜증이 났지만, 그러다 문득 알아챘다.

시빌라는 나를 줄곧 관찰해왔다. 그러나 내가 【성자】라는 걸 몰랐다. 즉, 자넷이라고 말해도 그게 누구인지까지는 모르겠지.

나는, 기고만장해진 시빌라를 빤히 노려봤다.

"시빌라."

"어…… 아, 네."

내 생각보다 딱딱한 목소리가 나왔다. 아무리 새로운 자신을 시작했다고 해도, 그 과거를 간단히 뛰어넘지는 못한 모양이다.

시빌라도 이게 파고들어서는 안 되는 화제라는 걸 알았는지, 긴장된 표정으로 한발 물러섰다.

"나는, 고아원에서는 젬마 할머니 곁에서 소꿉친구 4인조와 함께 자랐어. 한 명이 【성자】 러셀, 한 명이 【현자】 자넷, 한 명이 【성기사】 에미, 그리고 마지막 한 명이 【용사】 빈스다."

"아……."

"자넷과 에미는 지금은 빈스에게 있지. 에미는 우발적이었지만 나를 기절시켰고, 일어났을 때는 세 사람 모두 모습도 짐도 없었어. 그러니 지금의 나와는 아무 인연도 없어."

시빌라에게서 시선을 돌렸다.

"……그래. 이제 나와는 아무 인연도 없는 거야."

스스로 재인식하듯이, 쥐어 짜내듯이 중얼거렸다.

확실하게 말하고, 던전 방향으로 성큼성큼 나아갔다.

"……미, 미안해……. 그, 잘못, 했어……."

시빌라는 무척 미안한 일을 했다고 반성했는지 무척 연약한 음색으로 사과했다. 아까까지의 시빌라와는 완전히 다른 그 목소리를 듣고, 나도 조금 냉정을 되찾았다.

……시빌라는 까불거리는 녀석이지만, 결코 타인을 깔아뭉

개는 여자는 아니다. 특히 아이를 구하기 위해서 자기 목적조차 내던지는, 누군가에게 어필할 일이 없는 곳에서 긍지 있는 행동을 선택하는 여자다.

연애 이야기를 하고 싶었을 뿐이지, 쫓겨난 나의 상처를 후벼 팔 생각은 아니었을 거다. 아마 지금은 꽤 미안한 마음을 가지고 있겠지. 자기가 화제를 던져놓고 자기가 불편해지다니, 내가 생각해도 참 제멋대로다.

"……아니, 나도 사정을 설명하지 않았으니까. 앞으로는 내 사정도 이야기하겠어. 그 대신."

"뭐, 뭔데뭔데?"

나는 시빌라의 이마에 손가락을 살짝 올렸다.

"시빌라, 네 이야기도 자세히 들려줘. 그 정도는『어스름의 서약』의 리더이자, 어스름의 서약을 나눈 나도 알 권리가 있겠지?"

시빌라는 순간 멍한 표정을 지었지만, 바로 이마에 올라간 내 손을 잡았다.

"당연하지. 불공평하지 않게 내 일도 이것저것 가르쳐줄게. 각오하라고."

그렇게 말하며 활기차게 씨익 웃었다.

그래그래. 네게 어울리는 건 역시 그런 표정이야. 오늘도 믿고 있겠어. 【마도사】 레벨 21의 선배.

어쨌든 이야기는 던전 탐색을 하면서도 가능하다.

나와 시빌라는 어제와 마찬가지로 던전에 발을 들였다.

“《윈드 배리어》.”
‘《윈드 배리어》.’
머릿속에서 소리를 겹치며 마법을 발동했다. 좋아, 문제없어 보인다.
“……어제도 생각한 거지만, 너의 이중 영창. 굉장하네…….”
“오히려 나 이외의 녀석이 이런 걸 생각하지 못했다는 게 더 놀라운데.”
이런 편리한 방법, 누군가가 떠올릴 법한데.
내가 그렇게 생각하자, 시빌라도 잠시 고민하면서 걸었다.
“그래. 먼저 생각할 수 있는 건 세 가지, 아니 네 가지 있어.”
“네 가지?”
……굉장한데, 이제 막 질문한 건데. 먼저, 라는 말과 함께 나올 숫자가 아니잖아.
몇 번이고 드는 생각이지만, 시빌라는 어스름의 여신인 것 이전에 자신의 머리 회전이 상당히 빠르다. 이게 이 녀석의 굉장한 점이다.
“첫 번째는, 무영창 발동을 아는 사람 자체가 적다는 것. 캐슬린…… 아, 마법을 잘 아는 다른 여자의 이름이야. 나나 캐슬린에게 배웠다면 몰라도, 이중 영창을 발상하는 것의 이전 단계인 『무영창에 도달하는』 사람의 숫자가 적어. 왜냐하면 무영창은 이중 영창의 최저 조건이니까.”
“그렇군.”
“두 번째. 네 마력이 무진장해서 발동할 수 있었던 것일 뿐이고, 일반적인 마법은 절약의 절약을 거듭하다가 탐색 후반에 팍팍 쓰는 게 정석이야. 그러니 보통은 낭비나 다름없는 이중 영창이라는 발동 방법에 도달할 일이 없어."

"흠."

"그리고 세 번째……는 두 번째하고 비슷한데, 너도 위기에 처했을 때, 아마 그 중 하나가 발동하지 않았을 때의 보험이라고 생각해서 사용했었지?"

"아, 그건가. 절약할 생각이 없으니까, 그야말로 몇 번이고 사용할 생각으로 발동했었지."

"그거야. 일반적인 사람은『이중 발동을 해버리면 뒤가 없으니까』절약하는 거야. 그러니까 위기에 처한 때일수록 낭비하는 일은 반드시 피해. 너하고는 정반대인 거야."

……그런가. 내 시점에서의 마법 발동과는 생각 자체가 다르구나. 위기라서 늘리는 게 아니라, 위기이기에 줄인다. 그게 일반적인 술사의 마법 사용법이다.

"정말 어이없다니까. 너무 무계획적이라 웃어버릴 정도로 네가 믿음직하단 말이지."

"칭찬하는 거냐?"

"나의 여신으로서의 생을 통틀어서 제일 큰 절찬이라고 받아들이면 돼."

시빌라는 대화를 마무리하고는 한 손을 들어서 크고 두꺼운 불꽃창을 갑자기 동굴 안으로 날렸다. 그 방향을 눈으로 따라가자, 검은 고블린의 몸통 부분이 찢어져서 천장으로 튀었다가 바닥에 철퍼덕 떨어졌다.

……무영창 파이어 재블린이군. 역시 저 레벨이라면 이 정도로 강해지는 건가.

"용케 발견했네. 그러고 보니 마물은 대부분 시빌라가 먼저 발견했던가."

"흐흥. 레벨 업하는 건 내가 또 먼저니까."

"……이봐."

팔짱을 끼고 시빌라를 빤히 바라봤다.

"응? 뭔데뭔데? 시빌라의 굉장함을 보고 다시 반했어?"

"【어스름의 마경】 적성을 가진 녀석을 찾는 게 너의 목적이었잖아? 그런 네가 【어스름의 마경】인 나의 성장을 내팽개치고 자기만 레벨 업을 해도 되는 거냐?"

"…………. ……. ……아아아아아앗?!"

양손으로 머리를 감싸 쥐고, 가뜩이나 하얀 얼굴을 창백하게 물들인 얼간이 여신이 전신으로 쇼크를 표현했다. ……아니, 정말이지. 머리 회전이 좋다고 생각하자마자 이런 얼빠진 모습이라니. 이런 부분도 시빌라라는 느낌이 드는 게 참 어디를 보더라도 시빌라군…….

"그러고 보니, 마지막 하나는 뭐냐?"

"으흐흑……. 아아, 이중 영창 말이지? 그건 『성녀 전설』과 똑같은 패턴."

"똑같다니…… 앗."

성녀 전설. 그건 내가 익힌 【성자】의 마법을 해명한 잔혹한 진실.

자신이 무영창으로 마법을 사용했으면서, 성녀가 자기 명예욕 때문에 『여신에게 한 기도가 통했다』고 거짓말을 했다는, 역사에 남지 않은 사실.

"그래. 다시 말해서—."

시빌라는 불쾌한 듯이 팔짱을 끼고 한숨을 내쉬었다.

"—역대 【성녀】든 【어스름의 마경】이든, 만약 이중 영창을 발동하고 인식하고 있었다면…… 자기만의 비밀로 감춰놨을 거야."

제1층 부분의 마물을 대부분 정리했다.

그리고 2층 부분으로 가는 계단 플로어에 도착했다.

"내 윈드 배리어에서 떨어지지 마."

"물론 알고 있어."

저번에 죽을 뻔했던, 보라색 지면이 펼쳐진 최하층 — 다른 이름은 『마계』— 이 되어있는 아드리아 던전 제2층. 시빌라와 함께 신중하게 계단을 내려갔다.

귀신이 나올까, 뱀이 나올까.

아니면 다시 마왕이 나올까.

—내려온 곳은, 지면이 빨갰다.

"아…… 아……!"

명백하게 어제와는 전혀 다른 제2층을 앞둔 시빌라가 발을 굴렀다.
"아드리아의 던전 메이커! 그 녀석, 어젯밤에 『던전 메이크』를 했구나!"

◇

일대가 새빨간 지면. 그리고 시빌라의 분통이 터진다는 반응.
"마왕…… 던전 메이커 녀석에게 뭔가 불리한 일을 당한 건가?"
"응, 보면 알잖아! 지금 이 던전은 던전 메이크가 되어서 『하층』이 되었어. 뭐~ 제2층이 하층이라는 시점에서 아직 얕기는 하지만, 그래도 틀림없이 마왕은 아래로 아래로 도망치고 있을 거야."
"던전 메이커……. 말 그대로 던전을 만들 수 있는 건가."
"맞아."
나는 중층까지밖에 들어가지 못했기에, 최하층과 마찬가지로 하층은 처음 들어왔다.
시빌라는 지금, 『던전 메이크』라는 익숙하지 않은 단어를 사용했다. 그렇다면 이 던전에 일어난 변화를 지식으로 알고 있다는 뜻이 된다.
모처럼 여기에 사정을 잘 아는 여신이 있으니까, 아는 범위에서 가르쳐달라고 해야겠지.
"시빌라. 『던전 메이크』에 관해 자세히 들려주지 않겠어?"
내 질문을 듣자, 바로 옆에 있던 그녀는 허리에 손을 대며

「흠」 하고 신음했다.

“그래. 갑자기 무조건으로 지식을 받는 거라면 몰라도, 러셀은 이미 마왕과 대치했으니까……. 그보다도, 마왕에 도전하는 이상 필요한 일이겠지.”

시빌라는 스스로 말하고 고개를 끄덕이면서 내게 던전 이야기를 시작했다.

“먼저, 러셀은 던전을 뭐라고 생각하고 있어?”

“뭐라고, 라니…… 애매한 질문이군. 마물이 나오는 동굴이잖아?”

“그래. 그건 일반적인 인식으로는 맞는 말이야.”

던전. 그건 마물이 서식하는 동굴. 깊은 부분의 세부 사항은 상급자만 알고 있는 비밀 정보로 다루고 있지만, 기본적인 인식은 다들 변함이 없을 거다.

“그럼, 왜 던전에만 마물이 있는지 알아?”

“알 리가 없잖아. ……시빌라는 아는 거냐?”

“응. 왜냐하면 마물은, 마계에서 오는 거니까.”

마계. 확실히 시빌라가 어제 말했던 던전 최하층의 다른 이름이었다.

“최하층과는 다른 건가?”

“같다고 할 수도 있고 다르다고 할 수도 있는데…… 최하층에는 보라색 지면이 있잖아? 그건 마왕들이 사는 세계의 표준적인 지상이야. 그러니까 다른 이름으로 『마계』인 거지.”

"이봐. 그게 사실이라면, 던전이 이 세계에 나타나는 건……."

내 말을 이어받은 시빌라가 고개를 끄덕이며 선언했다.

"—마왕들의, 지상 침략이야."

그건 너무나도 충격적이고 무시무시한 진실이었다. 지금 있는 던전이, 조금 전까지와는 다르게 완전히 이질적인 것처럼 느껴진다.

"좀 더 전력으로 토벌하는 게 낫지 않을까?"

"그러니까 대대적으로 밝히지 않고, 진심으로 토벌하지 않도록 하고 있는 거야."

시빌라는 내 생각을 완전히 부정하는 것 같은— 실제로 완전히 부정했다— 대답을 했다.

어깨를 으쓱하며 태연하게 대답한 시빌라에게…… 화를 내기 전에, 그렇게 생각하는 이유를 들어볼까.

이 녀석이라면 아무 생각도 없이 말하는 게 아닐 테니까.

"……뭔가, 말하지 않는 것에 의미가 있는 건가? 나는 도저히 그렇게 생각되지 않는데."

"의미는 지금 확실히 알게 됐어. 러셀, 너야."

정면에 선 여자는, 나를 가리키며 그렇게 선언했다.

"어제 일을 보고 확신했는데, 너는 이길 수 있나 없나를 생각하기 전에 정의를 위해서라면 돌격해버리는 타입이더라."

"……."

"대답하기 어려울 때 침묵하는 건, 십중팔구 긍정인 거야."

크…… 이런 말로 다투는 기술은 확실히 이 녀석이 뛰어나다.

그런 내 표정으로 내심을 읽어냈는지, 시빌라는 고개를 가로저었다.

"바보 취급하는 건 아니야. 내가 하고 싶은 말은…… 옛날에는 그런 마왕 토벌의 대의명분을 내걸고 모두 함께 마왕 토벌을 했었다는 거야. ……하지만, 그건 실패였어."

"실패였다고?"

의외의 대답이 돌아와서 시빌라의 말을 반추했다.

"서둘러야 하는 사명도 아닌데, 『정의감이 강한 사람』만 무리하다가 빨리 죽는 일이 속출했거든."

아아, 왠지 모르게 알 것 같다. 사명감에 불타는 사람은 오래 살지 못한다. 이야기에서 나오는 『좋은 녀석일수록 금방 죽는』 경우인가?

"뭘 남 일이라는 표정을 짓고 있어. 아까 네 반응이 바로 그거였잖아."

"……그랬었나?"

"아~ 정말이지……. 이런 타입은 좋든 나쁘든 자각이 없단 말이지~. 말해두는데, 레벨 1이라도 좋으니까 방패직을 전위에 데리고 다니고 싶은 기분이라고."

그런가. 듣고 보니 나도 시빌라도 어디까지나 후위 마법사. 아무리 검을 쓰는 것이 능숙하다 해도, 검 직업을 가진 녀석만큼 전위에 어울리지는 않다는 건가.

—순간 그리운 얼굴이 떠올랐지만, 바로 머리를 흔들어서 눈꺼풀 속에 떠오른 웃는 얼굴을 지워버렸다.

언제나 곁에 있었던, 최상위 방패직. ……이제, 나와는 상관 없는 이야기다.

"……러셀, 왜 그래?"

"아니, 아무것도 아니야. 즉, 시빌라는 무리하는 것보다는 마왕 토벌이라는 목적을 잊어버리더라도 대다수가 무사히 보내줬으면 좋겠다고 생각하는 건가."

"나라기보다는, 신들 모두의 소망이야. 그만큼 인간의 사명감이나 정의감을 얕보고 있었던 거지. 그러니까…… 이제 무리하기를 바라지는 않아."

그렇군. 인류를 지키기 위해 마왕 토벌을 하는 건데, 그 마왕 토벌을 서두른 나머지 인간들이 많이 죽어버려서는 본말전도라는 건가.

사정을 듣자 납득이 갔고, 역시 신들은 인류의 편이라는 것을 새삼 실감할 수 있었다.

"그리고, 여기서부터가 본론인데…… 던전의 마물은 저번의 던전 스칼렛 배트 같은 개체를 제외하면 좀처럼 밖으로 나오지 않아."

시빌라의 다음 이야기는, 던전과 우리 인간 세계의 구조에 관한 것이었다.

일반적인 마계와 인간 세계는 마물이 넘기 힘든 벽 같은 것이 있다고 한다. 그래서 던전에 있는 마물은 좀처럼 밖으로 나오지 않는다.

그러나, 그것에도 예외는 있다. 하층에서 중층, 중층에서 상층, 그리고 마물의 숫자가 포화되면…… 상층에서 흘러넘치는 것이다. 그건 마치 계단을 하나하나 오르듯이 지상을 공략하는 행위다. 착실하게 마물을 지상에 내보내는 방법이다.

동시에 던전 메이크라는 기술을 사용하는 이유도 알게 됐다. 처음에는『바로 최하층이 나오는 게 인간을 멸망시키기 좋지 않을까?』라고 생각했지만, 아니었다. 최하층에서는 상층으로 마물을 보낼 수가 없으니까. 그야말로, 2층으로 올라가는 계단을 경유하지 않으면 1층에서 3층으로 이동할 수 없듯이.

시빌라의 말로 추측하건대, 이 던전이 최하층에서 상층까지 21계층인 일반 던전이 되고, 마물이 새로 출현하지 못하게 되었을 때…… 그 맹독 화살을 날리는 검은 고블린이 아드리아 마을로 흘러나오게 될 거다. 저번에 처음 본 마왕의 목적은 그것이고, 표적은 고아원.

……실패할 수가 없어졌다.

그런 고민을 하면서 이 던전 제2층의 변화를 보던 나는 문득 생각했다.

"혹시, 전 세계의 던전은 처음에는 제1층 정도밖에 없었나?"

시빌라는 조금 고민하다가 그 질문에 긍정했다.

"그렇겠지. 마물을 소환하고, 던전을 확장한다는 것까지는 알고 있었지만…… 산속이든 외딴 섬이든 어디에서 나올지 모르는 던전을 출현 직후에 발견하는 일은 드무니까, 계층 자체를 늘리는 확장은 나도 처음 봤어. 마계와 지상이 직접 이어지는 건 부자연스러우니까, 아마 제2층이 마계인 게 제일 콤팩트하다고 생각하는데."

흠…… 이야기로 추측해보면, 시빌라도 던전 메이커가 이제 막 던전을 구축하기 시작하는 걸 보는 건 처음인가.

"시빌라. 나는 하몬드에서는【용사】빈스 일행과 중층 제8층에 있었어."

"……응."

"그곳에 있던 마물은 블러드 타우로스였지. 하층의 적은 어떻지? 제2층이자 하층인 여기의 적, 강할 것 같아?"

"틀림없이 강할 거야."

……역시나. 빈스 일행은 결코 약하지 않다. 그런데도 레벨 20대 성기사인 에미의 몸에 부상을 입힐 정도의 마물이었다.

움직임이 느려서 회피를 전제에 뒀기 때문일지도 모르지만, 그보다도 강한 마물이 당연하게 있을 하층에서는 절대 방심할 수 없겠어…….

생각해보면, 빈스는 마물을 상대할 때도 마법 중심이었고 접근전은 의외로 서툴렀다. 뭐, 직업을 얻기 전에는【성자】로 선정된 나보다 체격에서 앞서는데도 검으로 밀릴 정도였으니까. 실은 검술의 기량은 좋지 않을지도 모른다.

공략을 떠올려보면, 용사 이상으로 현자…… 자넷의 선제공격으로 많은 국면을 넘어설 수 있었던 부분이 크다.

"그래, 강한가. 그렇다고 물러설 수는 없지."

내가 붉은 지면의 던전에 발을 들이려 하자, 로브 옷자락을 붙잡은 시빌라가 내 몸을 뒤로 잡아당겼다.

"……뭐야?"

"저기, 말이지. 러셀……."

시빌라는 뭔가 말하기 힘들다는 듯이…… 하지만 나를 또렷하게 바라보고는, 침묵하고 있다.

……뭔가, 중요한 이야기겠지.

그렇게 짐작한 나는 시빌라가 준비를 마칠 때까지 기다린다는 선택을 했다.

"언제든 좋아. 기다릴 테니까."

"앗. 저기, 배려 고마워. ……후우……. 좋아."

자신의 두 뺨을 가죽 장갑으로 살짝 두드린 시빌라는 나를 정면으로 보며 주먹을 쥐었다.

"이걸 내가 언급하는 게 굉장히 최악의 행위라는 건 나도 알고 있어. 그래도 러셀, 확인하게 해줘."

"그래."

"나도 그 던전 메이커가 했던 말, 네가 오늘 아침 했던 말을 조합하면 어떤 일이 일어나는지 정도는 알 수 있어. ……러셀, 그 금발에 푸른 눈을 가진 밝은 공주기사 같은 사람이 에미, 맞지?"

"맞아."

"응. ……다시 말해서, 러셀은 지금부터 젬마 씨와 꼬마들을 지켜주려는 거지만…… 【현자】 자넷이나 【용사】 러셀은 물론이고, 최종적으로…… 마왕의 표적이 된 【성기사】 에미를 위해, 힘쓰려는, 거지?"

역시 머리가 좋다. 멀리서 지켜보던 우리 파티의 모습과, 마왕이 딱 한 번 떠든 이야기와, 내가 딱 한 번 말했던 이야기를 전부 연결했군. 나는 지금부터, 어느 의미로는 에미를 위해 힘쓰게 되는 건가.

"……내가 【어스름의 마경】으로 삼았던 사람들은 다들 모종의 복수심이 있었어. 자신을 버린 상대를 향한 실망과, 【신관】이라는 본래는 환대받아야 하는 직업인데도 받아온, 불합리한 대우."

"……."

"하지만 그 사람들의 힘을 이용하지 않았다면, 용사나 길드가 파악하지 못한 던전의 확장을 막을 수 없었어. 지금도 나는 미안하다고 생각하고 있지만…… 그래도—."

시빌라는 거기서 시선을 내게 똑바로 돌렸다.

"—내가 해온 일을 후회하지는 않아."

"……시빌라, 너……."

마지막에 후회하지 않는다고 말한 순간 시빌라의 눈에 깃든 힘은, 선악을 모두 받아들이며 나아가던 여신의 기나긴 싸움을 살짝 보여주었다.

……지금 이야기로, 『어스름의 여신』을 조금 알게 된 것 같다.

앞쪽 세계의 주민들……이라고 표현하는 건 이상할지도 모르지만, 다시 말해 평범하게 모두가 정면에서 공략하는 던전이 아닌, 세상 어딘가에 있는 공략되지 않은 던전에 도전하고 있던 것이리라.

이 『어둠』이라는, 신관의 회복마법을 바친다는 얼핏 보면 악인용 같은 속성. 그러나 어디까지나 그것은 위력을 가진 마법 속성 중 하나에 지나지 않고, 그것을 운용하는 시빌라의 의지가 중요해 보였다.

키친 나이프는 사람을 죽일 수 있지만, 키친 나이프는 사람을 죽이기 위해 만들어지지 않았다. 실제로 세상에 나도는 대부분의 나이프는 그런 위력을 가졌음에도 그런 식으로 사용되지 않으니까.

시빌라의 독백은 이어졌다.

"다들 복수심을 불태웠어. 실제로 실행한 사람도 있었지. 그게 일반적이었어. 그런 사람 말고는 【신관】을 버리는 걸 선택하지 않으니까."

"……."

"그러니 물을게. 러셀, 너는 정말로 『【성기사】의 스킬로 자신을 기절시킨 에미』를 구하기 위해 목숨을 걸 거야?"

"물론이지."

질문은 예상하고 있었다. 그래서 망설이지 않고 바로 단언했다. 솔직히 에미를 원망하느냐고 묻는다면, 뭐랄까…… 그 밝은 여자아이에게 당해서 기절했다는 것에 대한 약간의 거북한 마음이 전혀 없다고는 할 수 없다. 그저 방패를 들고 있었을 뿐인데 말이지.

하지만 에미와 나의 사이는 짧지 않다. 여유가 없었던 내가 멋대로 격양해서 착각하고 있었을 뿐, 마지막의 마지막까지 나를 배려해주었으니까.

게다가…… 바로 어제, 마을 남자에게 배웠으니까. 에미는 줄곧 나를 시선으로 쫓고 있었다는 것을. 결코 자신만만하게 자부할 일은 아니지만…… 그래도 전혀 마음이 없다고 잘라낼 만큼 냉철하고 둔한 건 아니다.

그렇다면. 그날, 나를 기절시켰던 에미는 무슨 생각을 하고 있을까.

어제, 나는 새로운 자신을 시작했다.

나만이 마음의 상처를 입었다고 믿어 의심치 않았던 건, 여유가 없었으니까.

자신에 대한 것만 생각했다. 지금은 겨우 주변을 생각할 수 있는 여유가 생겼다.

……그러니, 알 수 있다.

에미는 이미 지금 단계에서 후회하면서 정신적으로 꽤 약해져 있을 거다. 만약 여기서 그 고아원이 파멸했다는 것을 알게 된다면.

그걸 구하려는 검토조차 하지 않고 방관하는 선택을 한다면— 나는, 이 긍지 높은 여신의 곁에 설 자격이 있다고 스스로 자부할 수 있을까?

"……러셀……. 너는, 정말…… 뼛속 깊이 【성자】네."

"응? 갑자기 뭐야?"

"아무 말 없어도 알 수 있어. ……눈이, 말이지. 묵묵히 고민에 잠겨있는데도 에미를 도와주자고 강하게 인식하고 있으니까."

"……거기까지 알 수 있는 건가?"

"알 수 있어. 왜냐하면…… 내가 모르는 눈이니까."

모르는데 안다니, 하는 말이 엉망진창 아닌가? 무슨 뜻이지?

시빌라는 내 생각에 대답하려는 듯이 한 발짝 물러나서 허리에 손을 대고 어이없다는 듯 웃었다.

"앞을 바라보는 눈이야. 올바른 일을, 자신이 믿는 일을 하려는 정의의 눈. 암속성을 얻은 인간은 보이지 않았던 눈. 【신관】의 힘을 모두 바친 사람은 마지막까지 얻지 못했던 눈. 정말이지, 어이없을 정도로 사람이 좋네."

"정의의 눈…… 왠지 실감이 안 나는데."

"뭐, 그런 자각이 없는 것도 너다워서 좋아. 이번 파트너는 지금까지 중에서 제일 신선하고 자극적일 것 같아!"

마지막에 밝게 웃은 시빌라는 내 어깨를 두드렸다. 듣고 싶은 건 끝난 모양이다.

복수 상대를 돕는 일이라는 걸 내게 재인식하게 하려던 거겠지. 분명, 하고 싶지 않다면 하지 않아도 된다는 걸 암묵적으로 말하려던 거다.

……문득 생각했다. 내 정의의 눈이 조금 전 시빌라가 『자신이 해왔던 일을 후회하지 않는다』고 말했던 순간 보인, 그 눈

과 똑같으면 좋겠다고.

던진 담색은 기본석으로 제1층과 마찬가지로 신중하게 하기로 했다.

아무리 레벨이 올랐다고 해도 하층은 조금 버거울 테니까.

"이곳의 적은……! 왔어, 정면."

"……어디냐?"

"좋았어, 언데드 갑옷이네. 괜찮을 것 같아."

시빌라가 가리킨 곳을 주시하자, 어렴풋하게 붉은 빛이 보인다.

……이 녀석은 전신이 검은 갑옷이군. 너덜너덜하면서도 어딘가 고급감이 감도는 갑옷이다. 원래 질 좋은 기사 갑옷이었겠지.

"쏴."

"알았다. 《다크 재블린》."

먼저 시험 삼아 다크 재블린을 날렸다. 파이어 드래곤에게도 대미지가 통했던 공격이다. 통하지 않을 리가 없다.

갑옷은 휘청거리더니 이쪽으로 걸어오는 속도를 높이기 시작했다.

"통하는 건가?!"

"분명 통했어. 마구 쏴!"

"젠장, 믿고 있을 테니까! 《다크 재블린》!"

'《다크 재블린》!'

같은 마법을 이중 영창으로 외쳤다. 그러자 조금 전보다 대폭 커진 상위 레벨의 마법이 정면을 향해 날아갔다.

그 마법의 직격을 맞은 갑옷은 경련했고, 한쪽 팔이 무너졌다. 쓰러뜨렸나……?

"《파이어 재블린》."

그렇게 생각한 순간, 옆에서 시빌라가 마법을 추가로 쐈다. 그게 명중하자, 갑옷은 몸통이 산산이 무너지면서 움직이지 못하게 되었다.

"방심은 금물이야."

"그래, 고맙다. 그런데……."

"응?"

"대놓고 마무리를 가져가던데. 그래서, 회복술사의 서포트를 받는 마도사님. 기분은 어떠냐?"

"아…… 아아아아~. 미안, 정말 미안……. 완전히 잊고 있었어……. 왠지~, 그 말을 들으니까 내가 너무 멍청한 것 같아서 우울하네……. 나 혹시 꽤 얼빠진 건가? 잉여신이랄까?"

"……호, 혹시…… 이제야 알아챈 거냐?!"

"어, 너 지금까지 나를 그렇게 생각하고 있었던 거야?! 너무해!"

경악하면서 내 등을 손바닥으로 찰싹찰싹 때리는 시빌라를 달래면서, 그런 여유로운 대화를 나누는 사이에 겨우 하층 마물을 쓰러뜨렸다는 실감이 났다.

"갈 수 있겠어, 하층."

"나도 조금 놀랐어. 갈 수 있겠네, 하층."

아드리아의 던전 메이커를 쓰러뜨릴 수 있을지는 모른다. 그러나 여기서 물러난다는 선택지는 내 안에 없었다.

나와 시빌라는 서로의 감각을 느끼며 끄덕이고는 하층 탐색을 향해 발을 옮겼다.

시빌라와 함께 제2층을 탐색하는 동안에 시빌라의 지식을 가급적 흡수해두고 싶다. 적이 나오지 않는 것을 확인하고는 조금 전 만난 적이 뭔지 물었다.

"아, 리빙 아머야."

"리빙 아머……. 들은 적이 없는데."

"그렇겠지, 하층의 적이니까. 리빙데드라는…… 뭐, 『썩은 시체』라고 표현하는데, 그런 『언데드』 마물이 있다는 건 알지?"

"이름은 말이지. 죽었는데도 움직인다는 것 같은데…… 불사신 아닌가?"

"아니니까 아까 리빙 아머도 쓰러뜨린 거잖아? 그걸 움직이는 건 『악의계 마력 덩어리』니까, 없애버리면 사라져."

쓰러뜨릴 수 있다는 걸 알고 있더라도, 이미 죽었는데 움직인다는 건 꺼림칙했다. 그러나 시빌라가 직접 쓰러뜨릴 수 있다고 단언했으니, 믿어도 되겠지.

"조심할 점은?"

"언데드는 체력도 공격력도 높고, 뭐 단순하게 무척 강해. 일단 그 전에, 공격마법이라는 것에 관해서 네게 설명해줄게."

공격마법……. 내게 그것은 자넷이 사용하던 동경과도 같은 마법이다.

그러나 그 실체는, 마물을 쓰러뜨릴 위력이 있다는 것 말고는 잘 모른다.

"먼저, 공격은 검이나 도끼나 주먹을 사용한 물리 공격과 마법을 사용한 마법 공격 두 가지로 크게 나뉘어."

"아무리 그래도 그 정도는 알아."

"좋아. 그리고, 그 마법에는 불이나 번개 같은 여러 『속성』이 있어. 【마도사】는 기본적으로 하나에서 세 종류, 마경은 네 종류를 쓸 수 있지."

"그렇군. 【현자】는?"

"회복마법을 익히는 게 늦다면 네 종류, 신관과 같다면 세 개 정도, 빠르면…… 뭐, 하나나 두 종류네."

그렇군. 자넷은 회복마법이 늦었으니까 네 종류를 쓸 수 있는 타입이었겠지.

……아니, 잠깐만.

"네 종류의 마법을 사용하고 회복마법을 익히는 현자는 알겠어. 자넷도 그쪽인 것 같으니까. 그런데 한 종류밖에 익히지 못하는 현자가 있는 건가?"

"회복마법 쪽 마법을 익히는 레벨이 빠른…… 다시 말해 【성녀】에 가까운 현자라면 있을 수 있어. 거의 없긴 해도."

그런, 건가. 현자는 내가 상상한 것보다도 다양성이 있는 직업이구나.

"그보다 그 용사 파티, 큰일이겠네."

"큰일? 빈스 일행이 뭐가?"

"그야 러셀이 없어졌으니까."

……무슨 말을 하는 거지? 지금 그쪽에 있는 파티는 회복마법을 쓸 수 있는 공격 특화의 빈스, 회복마법을 쓸 수 있는 방어 특화의 에미, 회복마법을 쓸 수 있는 공격 특화의 자넷이다. 내가 끼어들 여지가 있나?

"나 말고도 다들 회복마법을 쓸 수 있어. 시빌라는 모르는 모양이지만—."

"아니, 알고 있어."

"—뭐?"

뭐지? 아까부터 이야기가 맞물리지 않는다. 회복마법을 쓸 수 있다는 걸 알면서 왜 내가 없어진 것이 큰일이라고 하는 거지? 이 녀석, 암묵적으로 나를 도발하는 건가?

……아니, 그런 짓을 하는 여자가 아니라는 건 알고 있다.

그럼, 진심으로 그렇게 생각하는 건가……?

"직업이 익히는 마법 정도는 원래 알고 있어. 애초에 중층 **정도**에서 회복마법은 익히든 익히지 않든 어차피 안 쓰게 되니까."

"……뭐?"

너무나도 예상할 수 없던 말들이어서, 이번에는 얼마 전의 보답이라는 듯이 내가 계속 놀랄 뿐이었다.

"상층, 중층, 하층, 마계. 적어도 하층까지는 회복술사의 마력을 온존하는 게 정석 아닐까?"

내가 필요한 건가 싶다가도, 여전히 내가 필요 없다는 듯한 발언이다.

시빌라의 이야기를 계속 듣는 게 무섭지만…… 묵묵히 다음 말에 집중했다.

"그러다가, 회복마법이 부족해져. 용사도 성기사도, 기껏해야 그레이트 힐까지잖아?"

"그레이트, 힐?"

모르는 마법이 나왔다. ……아니, 잠깐. 회복마법으로 보이는 이름인데도 내가 모르는 마법. 그렇다면…… 설마…….

애초에 지금 시빌라는 뭐라고 말했지? 부족해진다고 말하지 않았나……?

"응, 회복마법은 언젠가 힐 한 번으로는 따라잡지 못하게 돼. 그러니까 힐이나 엑스트라 힐 사이에 그레이트 힐이 있어. 엑스트라 힐을 익힐 수 있는 건 현자뿐이고, 그것도 요구 레벨이 엄청나게 높거든."

"……그럼, 그 녀석들은……."

"꽤 고생하지 않을까? 뭐, 그레이트 힐을 익힌 단계라면 한동안은 괜찮겠지만."

시빌라의 놀라운 설명을 들은 나는 경악했다.

……힐 한 번으로는, 회복이 따라잡지 못하게 된다? 엑스트라 힐 밑에 그레이트 힐이라는 게 있다? 그걸 모른다면, 그 녀석들은 괜찮나?

말할 수 없는 불안감이 덮쳐왔다. 특히 역할상 부상을 자주 당하는 에미가 만일…….

"—러셀."

조금 딱딱하게 굳은 목소리가 고막을 흔들었다. 나는 놀라서 시빌라 쪽을 봤다.

"잘 들어. 지금 러셀이 해야 하는 일은 너를 쫓아낸 동료와 합류하는 게 아니야."

시빌라의 단정적이고 강한 말을 듣고, 나는 초조해졌던 마음을 조금씩 진정시켰다.

언뜻 차가워 보이지만, 한쪽이 초조해졌을 때 냉정한 파트너가 있는 것의 중요성이 느껴진다.

"그쪽은 그쪽대로 【신관】을 고용할지도 모르고, 현자가 엑스트라 힐을 익힐 때까지 힘내줄지도 몰라. 아무튼 【용사】의 걱정보다는 고아원을 우선하도록 해."

시빌라가 내게 한 발짝 다가왔다. 힘이 깃든 그 붉은 눈이 나를 시선으로 꿰뚫었다.

"그러지 않으면, 분명 후회할 거야. 그러니까 아무리 『돕는다』는 선택을 한 너라도, 용사(그쪽) 측을 돕는 것은 허가할 수 없어. 역사에 『만약』은 없는 거야."

그렇게 단언한 시빌라의 말을 곱씹으면서, 이해한다는 듯이 끄덕였다.

……그래. 나는 대체 무슨 생각을 하는 거냐. 나보다 압도적으로 강한 그 녀석들이 점점 높은 레벨이 되어간다면, 걱정하

는 게 오히려 실례 아닌가.

여기서 이 던전을 뒤로 미루게 되면 나는 분명 후회할 거다.

"알았어. 이곳의 마왕을 쓰러뜨릴 때까지는 내가 할 수 있는 일을 하겠어. 그 녀석들이 못하는 몫까지."

"응, 좋네."

시빌라는 한 발짝 물러나고는 긴장감을 풀어주듯이 웃었다.

"그래서, 네 마법 이야기 말인데."

"그래."

"4속성 말고도 용사의 광속성과, 어스름의 서약을 한 너의 암속성이 있어. 어느 쪽도 특징이 있지만 암속성은, 뭐 단적으로 말하면 『마법 방어 무시』야."

"마법 방어 무시?"

"응. 예를 들어서."

시빌라는 발밑에 있는 무너진 리빙 아머의 갑옷에 검을 가져갔다.

"대미지, 이걸로 넣을 수 있을 것 같아?"

"아니, 안 들어가겠지."

"맞아. 이게 물리 공격 방어력, 그대로 『물리 방어력』이야. 이와 같은 방어력을 마법에 가지는 것이 『마법 방어력』인 거지. 마왕에 가까운 존재나 데몬 같은 건 마법 방어가 단단해."

"그렇군, 잘 알았어. ……응?"

나는 시빌라의 설명을 듣고 슬금슬금 그 의미를 이해할 수 있었다. 처음에, 내 속성을 『마법 방어 무시』라고 하지 않았나?

"이해한 모양이네. 맞아, 러셀이 사용하는 『어둠마법』이라는 건, 마왕에 가까운 존재일수록 진가를 발휘해. 반대로 말하면, 내 불마법으로 쓰러뜨릴 수 있는 지상 주변의 고블린 상대라면 별로 차이가 없지. 어둠마법에 맞으면, 그 어떤 적이라도 노 대미지가 될 수 없어. 그래서 파이어 드래곤에게도 통한 거야."

마법 방어 무시라는 능력의 굉장함, 그리고 그 용도가 한정적인 위력 발휘 적성.

마치—.

"—마왕 토벌에, 안성맞춤이잖아……!"

"그런 셈이야. 러셀의 마법은 바로 그런 『정공법으로는 쓰러뜨리기 힘든 적』을 모조리 목숨의 위기로 몰아넣을 수 있는 마법이야. 단."

시빌라는 발밑의 갑옷 위에 발을 올렸다. 하층 마물, 검고 정교한 리빙 아머. 결코 쉽게 쓰러뜨리지 못할 터인 적이다.

"위력이 큰 만큼, 소비 마력이 장난 아니야. 신관이 익힌 경험을 모두 바쳐도 고작 1레벨이 될 정도인 마법 리소스, 그리고 그런 베테랑 신관조차도 하루에 열 번을 사용하면 휘청거리는 소비 마력. 그것이 【어스름의 마경】…… 그리고!"

시빌라는 그 다리로 힘을 잃은 몸통 부분을 힘차게 걷어찼다. 리빙 아머의 몸통은 소리를 내며 던전의 붉은 바닥을 데굴데굴 굴러갔다.

다음은 리빙 아머의 머리를 힘차게 밟았다. 어느새 꺼낸 건지, 오른손에는 리빙 아머의 몸에서 나온 토벌 보수, 마석이 빛나고 있었다.

"너는 조금 전 설명을 전부 무시해도 괜찮아! 전혀 절약하지 않아도 돼! 어둠마법의 이빨은 모든 마물의 목숨에 꽂혀! 소비 마력 말고는 디메리트가 없어! 그러니 네게는, 지금까지 나와 함께했던 그 누구에게도 하지 않았던 지시를 내릴 수 있어!"

시빌라는 오른손의 마석을 들고, 활짝 웃으며 왼손 엄지를 들었다.

"앞뒤 생각하지 말고, 쏘고 쏘고 마구 쏴버려!"

"그래! 사양하지 않고 가겠어!"

"내가 보장할게. 너는 최고로 강해질 거야!"

마지막으로 당당하게 외친 시빌라는 동굴 안을 바라보며 내 옆으로 물러났다. 그쪽을 보니, 이번에는 메이스를 든 검은 리빙 아머.

그나저나, 『최고로 강해진다』라. 그것도 여신님이 보장했다.

……생각해보면 오랫동안 이렇게 누군가의 신뢰를 받거나, 기대를 받는 일이 없었다. 그런 내가, 지금 두뇌면에서 가장 신뢰하는 시빌라에게 최고로 강해질 수 있다고 명확한 단언을 들었다. 최고가 될 수 있다고 기대하는 것이다.

그렇다면— 기대대로 『최고』를 노려야겠지!

"《다크 재블린》!"

'《다크 재블린》!'

나는 마법을 이중 영창하면서, 그 이중 영창 마법을 연발로 날렸다.

하층이라도, 내구력만 있고 둔중한 갑옷이라면 내 마법과의 상성은 발군. 여전히 마력은 고갈될 기색을 보이지 않는다.

쓰러지기 직전인 녀석을 간과하는 방심도 하지 않는다.

【어스름의 마경】의 레벨은 아직도 올라갈 수 있다. 그러니 나는 이곳에서 마왕과 싸울 힘을 축적할 만큼 축적하기로 정했다.

기다려라, 마왕. 내 마법은 어떤 생명에도 이빨을 박을 수 있다고 하니까.

내 앞에서 고아원을 노린다고 선언한 것, 후회하게 해주마.

◇

어둠마법 연사는 상성 문제를 생각하지 않아도 된다. 그저 고위력 마법을 마구 쏘기만 하면 마지막에 상대는 쓰러진다.

순조롭게 여섯 번째 리빙 아머를 쓰러뜨린 무렵, 나는 문득 의문이 생겨서 시빌라를 바라봤다. 모르는 게 있다면 바로 묻는다는 방침을 세웠으니까.

"하층이라니까 기대했는데, 검은 고블린에 비해서 레벨 업이 느린 것 같은데."

"응, 그렇다면 원인은 두 가지네."

이 정도의 질문이라면 생각할 시간도 필요 없나.

“먼저 첫 번째, 【신관】 중에서 큐어 이상의 차원까지 도달한 13레벨 사람이 익힌 마법을 전부 바치더라도 【어스름의 마경】은 레벨 2가 한계야. 오히려 네가 마법을 전혀 바치지 않고 레벨을 4만 바쳤는데도 다크 재블린까지 쓸 수 있는 건, 그만큼 【성자】의 레벨 네 개 분량이 컸기 때문이야.”

“그렇군…… 직업에 따라 필요한 토벌수가 전혀 달라지는 건가. 그러고 보니 전에 레벨 업했을 때 쓰러뜨린 상대, 파이어 드래곤이었지.”

“최하층에서도 중견 수준이야. 그런 것과 다시 싸우고 싶지는 않지?”

“물론 그렇지…….”

그때는 【어스름의 마경】이 되어서 어둠마법을 쓸 수 있게 된 고양감에 힘입어 대응했었지만, 솔직히 공격에 맞은 순간의 격통은 상당히 버거웠다.

그때는 죽음을 회피하기 위해 필사적으로 어떻게든 하려고 했었다. 죽는 것과 비교하면 고통 따위는 값싼 편이니까.

……이렇게 생각만 하는 거라면 확실히 그렇겠지만, 아무리 레벨 업의 지름길이라고 해도 그런 전투가 세 번, 네 번씩 아무런 감회도 없이 일상적으로 벌어지는 사태는 사양하고 싶다. 레벨의 끝을 보기 전에 정신이 먼저 고갈될 것 같다.

가능하다면, 다음에는 도전하더라도 조금은 여유를 가지고 승리하고 싶다. 술사에서 술사로 직업 변경(잡 체인지)한 내게 내구력을 기대하는 건 무리라는 거야 알지만…….

시빌라가 말을 이었다.

"그리고, 또 하나의 이유는…… 뭐, 레벨링 경험치를 따질 때의 고민거리 중 하나. 즉, 효율이 절대적인 정의는 아니라는 거야."

"효율이, 절대적인 정의가 아니다?"

"맞아."

나는 조금 전 쓰러뜨린 리빙 아머의 커다란 메이스를 주워서 내게는 맞지 않는다는 걸 확인한 뒤 바닥에 놓고 시빌라의 설명에 귀를 기울였다.

"예를 들어, 경험치 1인 보라색 고블린과 경험치 300 정도인 검은 고블린이 있다고 치자."

"그래."

"약한 사람은 보라색을 잡고, 강한 사람은 검은 고블린을 잡겠지?"

"그야 그렇겠지."

멀리서 공격할 수 있다면, 몸집이 작은 주제에 힘이 세다거나, 무기에 독이 있다거나, 그런 건 상관없으니까.

"그리고 러셀이 내일까지 강해지고 싶다고 치자. 너는 검은 고블린을 잡을래?"

"당연하잖아?"

"다시 질문. 보라색 고블린이 네 자릿수 있는 던전과 검은 고블린 세 마리 이외에는 전혀 마물이 없는 던전. 『어떻게든 내일까지 강해지고 싶은 경우』, 러셀은 어느 쪽으로 갈래?"

"……아아, 그런가."

지금 질문을 듣자, 왜 이런 순서로 설명했는지 바로 납득이 갔다. 빨리 레벨을 올리고 싶다면 당연히 경험치가 높은 쪽을 잡는 게 빠르다. 그게 제일 효율이 좋으니까.

그러나…… 좋은 건 효율**뿐**이다.

"기본적으로는 효율을 중시하겠지. 하지만 효율과 절대수는 달라. 그러니 매일 효율이 좋은 것만을 염두에 두던 사람이 안전하게 장시간을 하던 사람에게 따라잡히기도 해. 물론, 반대도 그렇고."

정확한 설명이다. 확실히 높은 경험치의 마물을 노리는 건 효율상으로는 당연한 일이다. 그러나 그 사람이 얻는 것은 결국 최종적인 총 경험치에 지나지 않는다.

그리고 이곳의 리빙 아머는 검은 고블린에 비해 출현 빈도가 낮은데 하나씩밖에 나오지 않는다. 싸우는 횟수가 많은 것 같지만, 절대수가 꽤 적은 것이다.

"가르쳐줘서 고맙다."

"후후, 감사하라고. 시빌라 참 굉장하지? 이제 마음속 깊이 나에게 반했겠네."

"그런 소망을 스스로 말하면 허망하지 않나?"

"확정 사항이라서 말한 건데……."

대체 어떻게 해야 그렇게 자신만만할 수 있는 걸까. 굳이 따지자면 그쪽이 진심으로 흥미가 가는데…….

"뭐, 실제로 알기는 쉬웠어. 교직원 같은 것이 잘 어울리지 않을까?"

"학생은 항상 『어스름』 계열뿐이니까, 모험가용으로 편중되어 있거든~."

그런가, 시빌라는 애초에 나 말고도 【어스름의 마경】이라는 직업을 가진 수많은 이름 모를 선배 마경들에게 가르침을 줬던 건가.

과연. 풀어서 알기 쉽게 가르쳐주는 게 특기일 만하다.

원래부터 머리가 좋은 녀석이기도 하니, 이렇게 몇 번이고 설명하는 사이에 순서 같은 걸 효율화시킨 거겠지.

……응? 잠깐만. 지금 뭔가 신경 쓰이는 말을 했는데?

"이봐, 시빌라. 어스름의…… **계열**이라는 건 뭐냐?"

"으응? 러셀도 『어스름의 서약』의 종류, 알고 싶어? 알고 싶구나~?"

"아, 역시 지금은 됐어."

"그렇지~? ……아니, 엥? 저기…… 어, 어라? 어?!"

"신경 쓰이기는 하지만, 그런 것조차 신경 쓰지 않게 될 만큼 지금의 그 의기양양한 얼굴이 짜증나. 손날치기를 날릴 만큼 짜증났거든. 이건 뭐, 절반은 농담이고—."

"절반이라니 무슨 소리야?!"

"그래그래, 조용히 해. 아무리 그래도 가만히 있었더니 마물과 만나지 않았다, 같은 일은 있을 수 없잖아."

"앗……!"

우선은 새로 나타난 마물을 상대해야 한다. 신경 쓰이는 이야기이기는 했지만, 내 이야기는 아니니까 기억만 해두면 되겠지.

시빌라도 걸어다니는 갑옷의 모습을 확인하고 내 바로 뒤로 이동했다. 토벌 재개다.

경험치 효율에 대한 것도 들은 즈음해서, 문득 나는 시험해 보지 않은 마법을 떠올렸다. 어떤 것인지 확인하지 않으면 용도를 모른다.

"그러고 보니, 이 마법도 써봐야겠지. 《다크 스피어》."

먼저, 기본적인 위력을 확인하기 위해 이중 영창하지 않고 마법을 날렸다. 검붉은 빛을 발하는 머리 사이즈의 어둠 구체가 대검을 든 갑옷을 향해 날아갔다. 속도는 재블린 정도는 아니지만 나름대로 빠르다.

갑옷에게 맞은 순간, 구체는 검은 파문이 퍼지는 듯한 여파를 동반하며 크게 파열했다. 위력은 꽤 되는 것 같다.

"나쁘지 않군. 다음으로 가자."

나는 다음으로 다크 스피어를 이중 영창했고, 아까보다 조금 커진 구체가 훨씬 빠른 속도로 상대에게 작렬하는 걸 지켜봤다.

다크 스피어가 레벨 7에 익힌 마법. 아슬아슬해서 그런지, 무영창을 겹치는 건 별로일지도 모른다. 사용한 것만으로도 감지덕지인가.

……이중 영창한 보람이 별로 없군— 그렇게 생각한 건 적

에게 맞을 때까지였다. 그 마법이 리빙 아머가 방어하려고 올린 대검에 부딪힌 순간, 검은 파문이 처음과는 비교할 수 없을 만큼의 크게 퍼졌다. 리빙 아머는 방어하지 못하고 대검을 떨어뜨렸다. 그 갑옷을 향해 다크 재블린을 연속해서 쏘자, 눈의 빛이 사라졌다. 토벌 완료다.

"두 번째는 이중 영창이었는데…… 왜 착탄까지 별로 변화가 없었던 거지."

"……구체는, 부피로 생각하면 될 거야."

응, 뭐지? 이번에는 다른 수업인가?

"가로와 세로가 두 배의 길이가 된 천은, 합치면 네 배의 크기를 가진 천이잖아."

"그렇지."

"그게 상자가 되면, 용량은 여덟 배가 돼. 같은 모양의 네모난 상자가 여덟 개 모이면, 가로 세로 높이는 상자 두 개 분량. 이해하지?"

"……그래, 확실히 그렇지."

"즉, 방금 네가 쏜 탄은 가로폭이 2~3할 정도 늘어났지? 구체는 알기 어렵지만, 그 공의 크기는 두 배가 되어있던 거야. 그러니까 맞은 순간, 위력이 두 배로 늘어난 어둠마법의 여파 공격이 터진 거지. 만약 공의 가로폭이 두 배였다면, 위력은 여덟 배의 공이었을 거야."

"그렇군……."

순서대로 설명해준 덕분에 나도 머릿속에서 이론을 구축하기 쉬웠다. ……이 녀석, 어디가 모험가용으로 편중되었다는 거야. 평범하게 왕도에서 교편을 잡을 수 있을 것 같잖아.

시빌라의 지도에 감탄하고 있는데, 그 시빌라가 갑자기 외쳤다.

"이게 아니고! 너, 어마 레벨 8?! 벌써 스피어까지 갔어?!"

"7이야. 무영창은 잘 쓰지 못했지만. ……파이어 드래곤 상대로 다크 재블린을 이중 영창한 시점에서 레벨은 높다고 생각해줬으면 하는데."

"아니, 지금은 5 정도일 테니 이번에는 굉장하네~ 라고 생각했었거든! 7이라니! 재블 익힌 거 3이잖아?!"

"그때는 그랬었지."

어마라든가 재블이라든가, 아까부터 말하기 쉬운 약칭으로 부르고 있는 걸 보니 지금의 당황하는 시빌라가 본모습이군.

"마법과 레벨이라면, 레벨 2에서 다크 인첸트를 쓸 수 있었던 게 좋더군. 이런 이상할 정도로 강한 마법을 낮은 레벨에서 익히다니."

아무리 이중 영창이라고 해도 파이어 드래곤을 베어버린 마법이 레벨 2라는 건 이상할 정도다.

내가 그 말을 하자, 시빌라는 왜 이런 것도 모르냐고 말하려는 듯이 크게 한숨을 내쉬었다.

"하아~ 이상하다니. ……일단 네 마음을 재인식시킨다는 뜻에서 말해두는데, 【마경】이라는 일반 술사는 기본적으로 리치가 긴 검 같은 건 안 써. 그러니까 그건 약한 마법 취급인 거야. 나이프 같은 것으로 배후를 점했을 때, 술사가 몸을 버리면서 암살할 때나 쓰는 용도라고 생각하면 돼."

아, 그렇군……. 내가 우연히 검을 쓰기 때문에 상성이 좋은 건가.

"이상한 건, 어둠마법의 위력이나 순서가 아니라, 청렴결백의 화신 같은 성녀와 같은 직업을 받아놓고서 기사보다 검을 잘 휘두르는 너야! 알겠어?!"

"그건 반박할 말이 없는데……."

설명을 들으니 납득할 수밖에 없었다. 나중에 익힌 거라면 몰라도, 나는 검사가 되려고 유년기를 보내다가 받은 게 이거였으니까.

지금은 그렇게 싫다고 말할 생각은 없지만, 역시 태양의 여신이 무슨 생각인지는 모르겠다.

행운의 여신에게 뒷머리가 없는 건, 기회를 한 번 놓치면 붙잡을 수 없다는 의미가 있다. 그러나 그 이상으로, 무언가를 쌓아 올리지 않으면 행운의 여신 자체를 볼 수 없다. 눈앞을 지나가는 것이 행운의 여신이라는 걸 인식할 수가 없으니까.

시빌라가 가져다준 【어스름의 마경】은, 나에게는 정말로 행운이었다.

나 자신도 이 직업과의 상성이 좋다는 걸 피부로 느끼고 있다.

초반에 익힌 속성(인첸트) 부여와 커다란 소비 마력.

모두 내게 잘 어울린다.

"그나저나, 다크 스피어가 가능하다면 조금 더 속도를 높여서 집단을 노리는 것도 좋겠네."

"집단을 노린다고? 이 마법을 쓸 수 있다는 게 그렇게 영향이 큰 건가?"

"다크 스피어의 폭발은 범위 공격이거든. 그 퍼지는 거, 다크 애로우 정도의 위력은 가볍게 뛰어넘어."

그건 굉장한데……. 작은 상처였지만, 파이어 드래곤에게도 대미지를 주었던 그 공격이 범위로 퍼진다면 어중간한 위력은 아니다.

다수의 적이 나오더라도 다크 스피어를 연속해서 쏘면 한꺼번에 쓰러뜨릴 수 있는 건가. 그렇게 설명한 시빌라는 어이없다는 듯 웃었다.

"나 참. 범위 공격이라서 다크 재블린보다 몇 배는 마력이 든다는 게 디메리트인데, 너한테는 그런 건 상관없나. ……효율과 절대수. 양쪽이 다 유리한 조건을 노려서 공략하자!"

"그래, 알았다!"

경험치 효율과 절대수, 새로운 마법의 위력, 그리고 이용 방법. 역시나 방대한 지식과 지혜, 얼추 알고 싶었던 건 다 들었다. 이제는 행운의 여신님이 인도하는 대로 따라야겠지. 나쁘지 않다.

나는 다음 레벨 업을 위해 시빌라와 함께 다시 붉은 지면을 나아갔다.

막간 에미 : 서툴게나마 구멍을 메우려 하는 동갑내기 아이가 눈부실수록, 자신의 어두운 그림자가 점점 짙어지는 것 같아서

"그레이트, 힐?"

나는 눈앞에 있는 자넷의 말을 복창했다.

그로부터 제8층 플로어 보스를 쓰러뜨린 우리는 케이티 씨의 『빈스 씨의 용감한 모습은 충분히 볼 수 있었어요』라는 선언과 함께 물러났다.

그리고 나와 자넷은 방으로 돌아왔고, 빈스는 케이티 씨를 정식으로 권유했다.

물론 케이티 씨는 두말하지 않고 수락. 권유받은 순간에는 빈스를 끌어안기도 해서, 뭔가 참 적극적이라 굉장하구나~ 싶었다. 도회지 사람은 굉장하다.

이후에는 뭐, 환금하고 밥 먹고, 새로운 여관으로 귀환. 전에 묵었던 곳보다 커다란 곳이다.

그리고 그 빈스는 여관에 부설된 목욕탕을 쓰고 있고, 지금은 우리는 방에서 여자끼리 친목회를 하고 있다.

"응. 회복마법의 상위판이래."

그걸 설명하는 자넷은 기분 탓인지 평소보다 기뻐 보였다.

어쩌면, 아까 보스 토벌에서 내 회복이 늦었던 것을 뒤에서 확실히 보고 있었을지도.

이거, 걱정 끼쳤네요. 역시 곤란할 때는 자넷이 의지가 된다. 나도 빈스도, 머리는 별로 자신이 없으니까.

"어머어머, 그거 참."

우리의 대화에 케이티 씨가 끼어들었다.

"그레이트 힐을 익힌 건 다행이네요~. 슬슬 부족해지는 시기가 아닐까 싶었거든요. 그런데 익힌 레벨은요?"

"아, 네…… 제가 익힌 건, 30이었어요."

"흐으음……."

케이티 씨는 뭔가 고민하듯이 입에 손을 댔다.

"……저기…… 무슨 일, 있나요?"

"응? 어라! 고민에 잠기고 말았네요. 아뇨아뇨~ 아무것도 아니랍니다~."

그 명백하게 얼버무리는 듯한 대답을 듣자, 나보다 먼저 자넷이 케이티 씨의 어깨를 잡았다. 평소 소극적인 자넷치고는 대담한 행동이라 놀랐다.

……조금 신장차가 있어서 어깨를 잡는 게 힘들어 보였지만.

"케이티 씨."

"어, 어라? 왜 그러시죠?"

"가르쳐주세요. 【신관】은 언제 그레이트 힐을 익히죠?"

자넷이 질문한 건, 이제 막 익힌 회복마법에 대한 것이었다. 게다가, 여기 있지 않은 신관의 정보.

……자넷은 【현자】라는 직업을 받았다. 그러나 케이티 씨의 말에 따르면, 【현자】는 【성녀】와 【마경】 사이의 직업이라고 한다.

자넷의 마법 습득 레벨을 들은 케이티 씨는 자넷을 【마경에 가까운 현자】라고 단정했다. 그 판단대로 자넷은 4속성의 공격마법을 쓰고, 레벨 1부터 불의 마법을 마구 사용하던 공격마법의 익스퍼트다. 최근에는 습득 레벨도 높아져서 새로운 마법을 익히는 경우는 줄어들었지만, 다루는 마법의 규모는 대단히 크다.

그래서…… 회복마법을 익히는 타이밍이 느리다. 그것도, 일반적인 신관보다도 느리다. 지금까지는 그래도 상관없었지만, 아까 보스에서 그 회복마법이 전혀 도움이 되지 않는 것을 깨달았다. 우리는 회복마법의 정보가 필요했다.

자넷은 아까의 방어도 회복도 당사자가 아니었지만, 그걸 바로 알아채고 회복마법 습득 레벨을 들으려고 한 것이리라. 역시 두뇌파, 믿음직하다.

"으음…… 그레이트 힐을 익히는 건 개인차도 있지만…… 【신관】이라면 대략 18 정도였을까요. 자넷 씨는 마경에 가까운 이들 중에서도 조금 느린 편이네요."

"흐응, 그렇구나. ……아, 죄송합니다. 가르쳐주셔서 고마워요."

"아뇨아뇨~! 모르는 게 있으시다면 뭐든 물어보세요~, 후후!"

잠깐 반말을 해서 사과했을 뿐인데 이런 즐거운 얼굴이라니. 케이티 씨는 정말 어른의 여유가 느껴진다.

그리고 케이티 씨에게서 대답을 들은 자넷은 조금 어두운 표정을 지었다. 내가 뭐라 말을 걸려고 했을 때, 문이 열렸다.

그곳에는 간소한 차림을 한 빈스가 있었다.

“여어, 올라왔어.”

“잠깐! 노크 정도는 하라고!”

“우왓?! 어이어이, 지금까지 그런 말은 안 했잖아. 애초에—.”

빈스가 뭐라 말하려 했을 때, 자넷이 크게 손뼉을 두 번 쳤다. 드문 행동에 놀라서 빈스도 나도 입을 다물었다. 왠지 오늘은 대담한 행동이 많다.

“이야기는 거기까지. 케이티 씨, 오늘은 수고하셨어요. 목욕은 먼저 하세요.”

“어라, 괜찮나요?”

“네.”

자넷이 대답하자, 그걸로 바로 결정됐는지 케이티 씨는 여관 목욕탕으로 갔다. 모습이 보이지 않게 될 때까지 자넷은 문 앞에서 마지막까지 빤히 보고 있었고, 나도 빈스도 역시 낌새가 좀 이상하다며 서로 눈을 마주 보며 고개를 갸웃했다. 확실히 입욕하러 갔다는 것을 확인한 자넷은 방으로 들어와 문을 닫고 한숨을 내쉬었다.

“……자넷, 왜 그래? 무슨 일 있어?”

“무슨 일이고 뭐고, 당연히 있지…….”

어이없어하는 표정을 지은 자넷은 빈스와 내게 손짓하면서 얼굴을 내밀었다. 그리고 작은 목소리로 말했다.

“지금까지는 러셀이 있었으니까 여자만 있는 상황이 별로 없었을 뿐이야. 케이티 씨에게 그런 걸 알려주고 싶지 않잖아.”

“윽……!”

"그, 그랬지……!"

우와, 터무니없이 얼빠진 행동! 아까 나와 빈스는 케이티 씨 앞에서 러셀의 화제를 꺼낼 뻔했다.

케이티 씨에게는 용사 파티가 러셀을 내쫓았다는 걸 알려주고 싶지 않다. 진심으로 더러운 짓이라고 생각하지만…… 그렇게나 동경하는 시선으로 봐주는 사람조차 실망할 정도의 실패였으니까, 그것만큼은 숨기고 싶다.

……정말, 거짓말을 계속하게 되어서 진흙탕이다……. 자넷이 없었다면 나와 빈스만으로는 아무리 발버둥을 쳐도 지금 상황을 계속하는 건 무리였다.

"미안, 정말 고마워……."

"응, 나도 조금 방심했으니까. 그리고 거기서 모두에게 상담."

머리 회전이 빠른 자넷이 직접 상담한다고 하자, 나도 바로 고개를 끄덕였다.

"빈스. 어렴풋이 깨닫고 있겠지만, 힐은 발동했어. 두 번 걸지 않으면 플로어 보스의 공격을 완전히 회복시키지 못했을 뿐이야."

"……나는—."

"《그레이트 힐》."

자넷이 갑자기 마법을 사용했다. 우리는 아무도 다치지 않은 상태. 마법을 발동했다는 빛은 났지만, 당연히 아무 효과도 없다. ……그렇구나. 어디까지나 빈스에게 마법을 익혔다는 걸 보여주기 위해 마법을 사용한 건가.

"상위 회복마법을 익혔어. 소비 마력은, 이미 익힌 고위력 공격마법보다 낮아. 나라면 다소는 상용할 수 있어."

"……아! 하하…… 그런가! 자넷은 굉장하네!"

"물론. 나는【현자】니까."

파티의 위기 같던 분위기는 일변했고, 자넷은 조금 의기양양한 표정을 지었다.

그 마법을 쓸 수 있게 된 것, 기뻐 보이네.

"그리고 지금부터가 제안."

"그래, 뭐야?"

"【신관】을 고용하는 대신, 내가 회복술사 역할을 하겠어."

자넷이 꺼낸 말은, 놀랍게도 회복술사 역할을 맡겠다는 것이었다.

"지금 이대로라면 신관을 고용하는 게 나아. 빈스도 통감했지?"

"……아니, 나는—."

"말할 필요는 없어. 나도, 모두도, 정말로 타이밍이 좋지 않았다고 생각해. ……하지만, 케이티 씨가 들어왔어. 그 사람, 나도 모르는 걸 여러모로 알고 있어. 마도사로서도 레벨 이상으로 우수해."

확실히 케이티 씨는 던전에서 이해할 수 없는 단어를 차례차례 말해서 무서웠지만…… 파티 밸런스를 따진다면, 케이티 씨가 공격마법에 집중해주는 게 우리도 싸우기 쉽다.

갑자기 들어온 수상한 미녀, 평범한 미인계라면 모를까 용모도 성격도 좋고 지식이 풍부하고 능력도 충분. 너무나도 굉장해서, 나로서는 여자아이답지 않은 부분 말고는 대적할 수가 없다. 튼튼함이라든가, 근력 같은 것…… 내가 말해놓고도 조금 눈물이 나지만.

인형처럼 귀여운 공주님을 동경하던 시절도 있었는데…….

"그래도, 자넷은 공격마법이……."

"나는, 양쪽 다 하겠어. 무리라는 건 알지만, 양쪽 다 해내겠어. 회복마법을 우선하며 싸울 거니까, 내게 경험치를 모아줬으면 좋겠어."

자넷은 무슨 일이 있더라도 그 주장을 굽힐 생각이 없다는 듯이 또렷하게 단언했다. 오늘의 자넷은 왠지 귀기가 서려 있다. 나와 빈스는 대안이 없기에 그저 묵묵히 수긍할 수밖에 없었다.

그때, 긴장감을 날려버리듯이 케이티 씨가 들어왔다.

……왠지, 굉장한 차림새로.

"나왔어요~. 어라, 무슨 일 있었나요?"

"아뇨, 빈스에게 여자끼리 있을 때는 노크를 해달라고 못을 박았을 뿐이니까 개의치 마세요. 그리고…… 조금은 더 입으시는 게……."

"괜찮지 않나요? 파티니까요."

굉장하다. 이제 뭐랄까, 다른 차원이다. 예전에 봤던 무거운 멜론이 든 천주머니가 저런 느낌이었다. 이거, 물구나무를 서도 이길 수 없겠네요……

케이티 씨가 너무 거침없어서, 난 이제 빈스에게 주의를 줄 생각도 안 든다. 이미 빈스는 눈을 돌릴 생각도 없이 당당하게 보고 있으니까.

"……뭐, 케이티 씨가 괜찮다고 하시면, 저는 딱히……."

"후후. ……그 감정이, 다음의……."

문에 가장 가까운 곳에 있던 나는, 작은 혼잣말 같은 것을 듣고 뒤를 돌아봤다.

"어?"

"아아, 아뇨아뇨. 아무것도 아니에요. 자넷 씨도 목욕한 뒤에 저랑 같은 패션으로 하지 않을래요?"

"저, 저요? 그, 아, 안 해요……."

"……후후."

나만이 아니라 자넷에게도 마구 들이대던 케이티 씨는 마지막으로 의미심장한 미소를 짓고는 방 안쪽으로 가서 침대로 들어갔다.

"먼저 쉬기로 할게요."

그렇게 말하고는 조용해졌다.

"……우리도 잘까."

여러 일이 있었지만, 자넷 덕분에 어떻게든 정리가 됐다.

솔직히 자넷의 부담이 너무 큰 것 같지만, 그렇게나 단호하게 말했으니까. 모두 함께 커버해줄 수밖에 없다.

……그래도, 러셀을 쫓아낸 다음 날에 회복술사가 필요한 국면에 처하고, 자넷이 그 구멍을 메우듯이 성장하다니. 왠지 모두가 러셀을 잊어가는 것 같아서, 조금…… 아니, 굉장히

쓸쓸하네…….

……왠지 잠이 오지 않아서 깨어나고 말았다. 침대에서 일어난 나는, 위화감을 느꼈다.

"……케이티 씨?"

침대에서 자고 있던 케이티 씨가 없다.

내가 창문 쪽으로 걸어가자, 바깥에 달빛을 받으며 빛나는 케이티 씨의 뒷머리가 보였다. 하늘을 보며 멍하니 있는 것 같다. 달 아래에서도 예쁘구나…….

말을 걸어볼까 했는데…… 중얼거리는 소리가 들렸다.

"……선수? 뺏겼나? 뺏겼나뺏겼나? 언제? 오늘? 여기가 아니야? 성녀, 어디에? 소꿉친구 여자아이는 세 번째 사람이 없어? 어디에? 성녀는 어디에? 고향이 아니라면 이 도시? 찾지 않으면, 찾지 않으면 찾지 않으면, 선수를 빼앗겨, 내가, 보호, 보호하지 않으면 빼앗겨빼앗겨빼앗겨—."

비명을 지를 뻔했다. 또, 이거다.

……저건, 케이티 씨? 확실히 케이티 씨지만, 그래도…… 뭐지? 뭐를 빼앗긴다는 거지? 무슨 소리지? 아니…… 케이티 씨는 대체 뭘 알고 있지?

머릿속에서 빙글빙글 의문이 떠오르는 가운데, 소리를 내지 않게 조심하며 신중하게 침대로 돌아갔다.

덥다. 소리가 나올 것 같아서 모포를 만지는 게 무섭다. 지금 들키면 무슨 일이 일어날지 모른다.

……파티 멤버는 최상위직밖에 없다. 레벨도 괜찮게 올랐다. 그런데도, 너무나도 불안해서……. 나는…… 우리는, 앞으로 어떻게 될까……?

지금의 밸런스에서 케이티 씨를 내보내는 건 이상하고, 그 정도의 결의를 한 자넷에게 미안하다. 게다가 저 미모와 순수함, 빈스가 내보내는 것을 수락할 리가 없다.

과연 상담해도 좋을지 전혀 모르겠다.

……모르겠다.

자넷은 파티의 난제를 하루 만에 해결하는 성장과 제안을 해줬다.

정말로 굉장하다. 멋있는 건 내가 아니라 자넷이라고 생각한다.

……나는, 러셀을 쫓아내는 원인을 만들고, 방어에 실패해서 회복마법이 부족해지는 이유를 명확하게 해버린 데다, 모두에게 판단을 맡기고만 있을 뿐이다.

내 일인데도, 내가 끌어안고 있는 고민을 해결할 방법을 전혀 모르겠다…….

……모르겠다……. 모르겠어…….

어떻게 해야 좋을지 가르쳐줘…….

……이럴 때…… 러셀이라면, 어떻게 할까…….

08 좋은 파티라는 건 분명 이런 관계를 말하는 거겠지

걷는 속도를 올리자, 던전의 구조도 잘 알 수 있게 되었다.

"아까부터 생각한 건데, 이 던전의 벽은 그럭저럭 울퉁불퉁한데…… 세로와 가로만큼은 반드시 십자로에서 직각으로 꺾이게 되어있군."

"모퉁이도 90도…… 위층과 비교하면 머릿속으로 매핑하기 쉬워."

"하고 있는 거냐?"

"당연하지. 뒤쪽에 교차로 일곱 개, 왼쪽으로 교차로 다섯 개 나아가면 위층으로 돌아갈 수 있어."

어째서 시빌라는 그렇게 얼빠진 구석이 있는데도 기억력과 공간 파악력은 압도적으로 뛰어난 걸까. 얼빠진 녀석인데.

"……뭔가 실례되는 생각을 하는 것 같은데."

"얼빠진 녀석인데 머리는 좋다고 생각했지."

"그건 얼버무려야 하는 거잖아?!"

"최대한 칭찬한 거라고."

그런 대화를 나누면서 다음에 나타난 갑옷을 날려버렸다. 하나씩이지만, 착실하게 적을 쓰러뜨린다는 실감이 난다.

다음은…… 다른 개체다. 칙칙한 은색 갑옷이 창을 들고 있다. 셋이군. 넓은 공간이라도 역시 셋이 나란히 있으니 답답하게 느껴진다.

그러나 움직이기 어렵다면 딱 좋다. 그보다, 이 던전처럼 천장이 있는 곳에서 긴 창이라니, 명백하게 출현 위치를 잘못 잡았다고밖에 할 수 없다.

그리고 저렇게 뭉쳐있으면. 내 마법의 딱 좋은 먹잇감이다.

"《다크 스피어》."

'『다크 스피어』.'

손에서 마법을 꺼내 상대에게 착탄할 때까지 확인했다. 창을 든 은색 리빙 아머들은 맞은 동시에…… 하나가 날아갔다.

"응? 일격이잖아."

"검은색보다 은색이 약해. 그리고 직격한 녀석만 쓰러졌어. 남은 둘도 갑옷에 커다란 손상이 갔으니까 대미지를 받았고."

"그렇군."

시빌라과 대화하면서 머릿속으로 다크 스피어를 쐈다. 이건 말하는 내용과 머릿속을 병행해서 생각하는 연습이기도 하다. 조금 요령이 필요하지만, 동시에 쓰는 게 아니라면 의외로 가능하다. 시빌라가 제안한 이중 영창의 다른 기술을, 이번에 실행해본 거다.

지금 마법은 이중 영창이 아니라 무영창 단독이라 조금 전보다 위력은 떨어진다. 그래도 착탄한 녀석은 쓰러졌고, 마지막 하나는 진행 속도가 꽤 떨어졌다. 그 녀석을 향해 무영창 다크 애로우를 하나 날리자, 은색 갑옷은 몸의 관절이 빠진 것처럼 조각났다.

"그렇군, 이게 다크 스피어의 범위 공격인가. 파열할 때의 검은 파문만이 아니라 직격 자체의 위력이 매력적이야."

"맞아. 단, 엄청나게 빠른 상대라면 맞지 않아."

"알았어, 그런 경우에는 다크 재블린으로—."

"그렇게 말하려고 했지만, 그 발언은 철회할게."

"—응?"

지당한 의견이라고 생각했는데, 갑자기 발언을 철회한 시빌라에게 미간을 오므렸다.

그런 나를 본 시빌라도 미간을 오므리며 머리를 눌렀다.

"……아니, 정말 네 마력으로 가능한 기대치가 너무 많이 떠올라서 어이가 없어진다니까."

"멋대로 기대하고 멋대로 질색하지 마……."

"……뭐, 마음을 다잡고. 다크 애로우를 연발하더라도 그렇게 빨리 쏠 수는 없잖아? 그럴 때는 이거야."

시빌라는 양손을 앞으로 내밀고는 교대로 앞뒤 운동을 했다. 이건…… 아마 마법을 쏘는 움직임을 흉내 내는 건가.

"이런 식으로, 상대에게 직격하지 않더라도 주변에 다크 스피어를 마구 쏴서 상대의 퇴로를 끊는 거야. 재빠른 적은 방어력이 낮아. 그러니 일격을 가해서 빠른 단계에서 다리를 느리게 만드는 게 중요해. 도망칠 곳이 없어진 적은 조금씩 대미지가 축적돼서, 언젠가 반드시 쓰러져. 도망치는 데 익숙한 녀석은 도망칠 곳을 없애버리는 공격에 약해."

정말이지, 얼굴은 예쁘면서 악랄한 수법을 태연하게 말하는 위험한 여신이다……. 만약 내가 적이었다면 멀쩡하게 빠져나갈 빈틈이 없어서 대책을 세울 여지가 전혀 없었을 거다.

"……그렇군. 알았다. 조금 연습해 보겠어."

"앞으로도 떠오른 게 있으면 얼마든지 말해줄게."

"사양 말고 말해줘."

나는 바로 양손을 앞으로 내밀고 교대로 마법을 쏘는 연습을 시작했다.

……큭, 이거 꽤 힘든데. 다크 애로우로 걸어가면서 연습하자. 어차피 이 던전에 다른 모험가가 들어올 일은 없다. 제1층검은 고블린 지대를 빠져나올 수 있는 베테랑이라면 제2층 바닥의 색을 본 시점에서 돌아갔을 테니까…….

몇 번 해보니까 조금씩 할 수 있을 것 같은 감각을 잡았다. 마법이 아니라 『아~』라든가 『우~』 같은 단어를 늘어뜨리면서 교대로 머릿속에서 무영창을 시험해보는 말을…….

……. …………. …………………….

"흠!"

"꺄앙!"

기습적인 손날치기.

"뭐 하는 거야!"

"뭐냐고 묻는 네가 더 놀랍다! 네가 교대 영창의 화제를 던져놨으면서, 옆에서 노골적으로 재미있어하며 보고 있잖아!"

이 녀석, 진짜로 말없이 그런 표정을 지으면서 손가락질을 하고 있었어!

나도 객관적으로 보면 부끄러운 짓이라는 건 안다고! 그래도 능력 발휘나 던전 공략에서는 신뢰할 수 있는 시빌라가 말한 거니까, 나도 부끄러움을 무릅쓰고 이렇게 연습하고 있는 건데!

이 여자는 배려심이라든가 그런 개념이 없는 건가?

아니, 그런 게 있을 리가 없나. 그야 시빌라니까!

"그런 소리를 해도, 정말 재미있다니까!"

"흐음!"

"꺄앙!"

마음을 굳게 먹고 손날치기. 머리를 누르면서 「포…… 폭력 반대……」라고 쥐어 짜내듯이 중얼거리고 있는데, 참 용케도 그렇게나 아파하면서 그런 말을 할 수 있군……. 시빌라가 제안한 강화 방법을 정작 시빌라 때문에 익히지 못한다니, 본말전도도 정도가 있지.

……시빌라에게 화가 나서 연습도 못하고, 실력 발휘를 하지 못한 채 죽은 선배 마경도 꽤 있을지도 모른다는 생각이 진심으로 들었다.

연습을 시작하고 몇 분, 아니 몇십 분인가. 입으로 내는 소리와 머리의 소리를 틀어서 발동시키는 건 힘들었지만, 몇 번 해보면서 요령을 잡으니까 성공하게 되었다.

다크라는 부분을 머릿속에서 다양한 발언과 병행할 수 있게 몇 번이고 연습했다.

예를 들어 재블린이라고 말하면서 머릿속으로는 다크. 입으로는 스피어라고만 말하고 머릿속으로는 다크. 그리고 다음은 입으로 다크만 계속 말한다. 그 모든 패턴을 머릿속에 통째로 암기하게 반복 연습한다.

시빌라는 고개를 갸웃하며 보고 있었지만, 바로 눈치챘는지 눈을 크게 뜨고는 턱에 손을 대면서 진지하게 고개를 끄덕이고 있었다.

내가 머릿속으로 뭘 하는지까지 완전히 파악한 얼굴이다. 그 진지한 얼굴만 유지할 수 있다면, 나도 분명 꽤 좋은 여자라고 생각할지도 모르는데…….

……뭐, 그게 안 되니까 시빌라겠지. 그건 그것대로 편해서 좋지만.

최종적으로, 양손에서 다크 스피어를 교대로 3연속으로 쏠 수 있게 되었다. 나쁘지 않다.

"이야~, 굉장해. 말을 꺼낸 내가 이렇게 말하기는 그렇지만, 참 용케도 할 수 있게 됐네? 나는 무리일 거야."

"……믿을 수 없을 만큼 무책임한 사후 선언을 들으니 경악스러운데……. 설마, 시빌라는 내가 할 수 있으리라고 생각해서 제안한 게 아닌 거냐?"

"전혀. 멋대로 고안하고 있으니까, 그 모습을 보고 나도 확실히 익혀보려고 생각했을 뿐이야. 너, 머리 좋네."

머리가 좋은 건 너야! 젠장, 정말로 이 녀석은 빈틈이 없군.

어느새 내 성장이 시빌라의 성장을 뒷받침하는 밑거름이 되고 있었다.

……이렇게 교대 영창의 발상에서 실행까지 잔뜩 떠들기는 했지만, 그런 걸 제외하면 정말로 무시무시한 발상력과 지식의 괴물이구나 싶다.

생각해보면, 나는 회복술사로서 소꿉친구들의 도움이 되지 못했지만, 만약 그 안에 시빌라가 있었다면 분명 나는 탈퇴하지 않았을 거다. 불확정 요소인 빈스가 어떻게 나올지는 모르겠지만.

단지, 필요한 일이라면 설득력을 동반해서 증명해줬을 거다.

……정작 그 시빌라는 회복술사가 빠지기를 바라는 녀석이었다는 걸 제외한다면 말이지만. 그러니 전제 조건부터 안 된다는 건 알고 있지만…….

그래도 나에게 이 정도의 힘을 주었다. 실제로 이전의 용사 파티에서는 쫓겨나더라도 어쩔 수 없을 만큼, 여자 뒤에 숨어 있던 술사였으니까.

그건 에미가 앞으로 나섰기 때문이기도 하지만…… 그 녀석, 내가 다치는 걸 무척 싫어했으니까.

그러나 계속 도움을 받기만 하는 건 파트너가 아니다. 본래의 파트너는 분명 시빌라처럼 부족한 부분을 보충해주는 녀석을 말하는 거겠지.

지금의 나는, 굉장한 효율로 강해지고 있다는 걸 실감한다.

그것이 어둠마법에 한정된 게 아니라는 것도.

"……응? 뭐야? 빤히 바라보다니…… 아, 진짜로 반해버렸어? 우후후~."

"웃음거리가 된 것을 떠올려서 손날치기를 날리고 싶어진 건데."

"미안, 저기, 정말로 아까 그건 진짜로 죽는 줄 알았으니까 그만둬."

얼굴이 새파래진 시빌라의 자업자득에 한숨을 내쉬면서, 앞을 바라봤다.

"시빌라."

"여자아이에게 손대다니 믿을 수가…… 어, 아, 네."

갑자기 진지하게 돌아온 대답이 뒷머리로 날아온 즈음해서, 나는 시빌라의 얼굴이 보이지 않는 위치에서 입꼬리를 들었다.

"또 뭔가, 강해질 수 있는 아이디어가 있으면 사양 말고 말해줘. 내 것으로 삼을 수 있을지는 모르겠지만, 전부 시험해 보겠어."

"……아! 응, 알았어! 하층 플로어 보스는 최대한 강하다고 생각해두는 게 좋아. 나도 멍하니 보고 있기만 하면 미안하니까, 확실하게 이길 수 있는 작전을 생각할게."

네가 생각한다면, 그것이 틀림없이 가장 좋은 작전이겠지. 기대하고 있겠어, 파트너.

그로부터 다시 은색 갑옷 집단, 단독으로 나오는 검은 갑옷 등을 쓰러뜨렸다.

벌써 몇 명을 쓰러뜨렸는지 알 수 없게 된 무렵.

—【어스름의 마경】 레벨 8—

"응? 지금 올라갔어. 아무것도 익히지 못했군."

"레벨 8은 그렇지. 10에서 커다란 게 빠밤 하고 나오니까, 열심히 해."

"그런가……. 올리는 게 꽤 힘들군."

"그래도 덕분에 제대로 경험치가 들어온다는 것도 확정됐어. 【어스름의 마경】 레벨은 정말로 올리기 힘들지만, 어쩌면 리빙 아머는 느린 적이라서 하층이라도 생각보다 경험치가 낮은 걸지도 몰라."

듣고 보니, 확실히 독 나이프를 들고 덮쳐오는 검은 고블린에 비하면 놀라울 정도로 안전하다.

근접전은, 저 갑옷의 튼튼함과 무기의 크기를 보면 도저히 대적할 수 없을 것 같지만…….

내가 레벨 업에 걸리는 시간에 고민하고 있는데, 오히려 시빌라는 기쁜 표정이었다.

그걸 질문하자 「당연하잖아」라는 대답이 돌아왔다.

"레벨링은, 말했듯이 효율과의 싸움이지만…… 마지막의 마지막으로 중요한 게 있어. 뭔 것 같아?"

"레벨링에서 중요한 것, 뭐지…… 속도인가?"

“아니야. 중요한 건『물러날 때』야. 조금만 더 해도 되겠지~, 조금만 더 하면 돼~ 라고 생각하게 되면, 슬슬 피곤해지는 아슬아슬한 시점에서 속도를 늘려버려. 그런 녀석은 맨 먼저 마물 집단이 있는 방에 목을 들이밀다가 퇴로가 막혀서 목숨을 잃지.”

왠지 지금까지보다 훨씬 실감이 가는 말이었다.

아마, 그런 식으로 죽어버린 어스름의 마경이 있었겠지…….

“……정말로…… 아슬아슬한 경계를 보지 못해서, 물러날 때를 몰라서, 후회했었어…….”

“시빌라…….”

“……제도 카지노의 포커…… 꺄앙!”

기습적인 손날치기. 마지막의 마지막에서 엉망이 됐잖아! 진짜냐?!

정말이지…… 정말이지, 넌 왜 그 모양인 거냐!

“왠지 진지하게 물어보는 게 바보 같아지는군…… 가자!”

“기, 기다려! 이제 장난치지 않을 테니까! 힐 해줘! 혹이 나서 진짜 아프다고!”

“하아…… 어쩔 수 없지. 나 참.《엑스트라 힐 링크》.”

“우와, 피로도 완벽 회복. 성자를 그대로 놔둬서 진심으로 다행이라는 생각이 드네…….”

이런 타이밍에서 실감해도 고마움이고 뭐고 없는데…….

뭐, 물러날 때의 중요성은 기억해두자. 어느 의미로는 무엇보다도 실감이 담긴 느낌이니까…….

게다가, 아마 슬슬 플로어 보스가 나올 때다. 파이어 드래곤을 제외한다면, 처음으로 내가 보스에게 도전하는 셈이다. 패배할 생각은 전혀 없지만, 방심해서도 안된다.

내 마력은…… 아직 여유가 있다. 아무리 그래도 전혀 줄지 않은 건 아니지만. 내 바닥은 어느 정도일까.

나는 그걸 머리 한구석에서 고민하면서 다음 갑옷을 사냥하려 향했다.

아무리 걸어도 가늠할 수 없었던 지면이 붉은 던전 제2층도, 시빌라의 한마디와 함께 끝이 보였다.

“잔뜩 걸었는데…… 전체 지도가 슬슬 보이네.”

“정말이냐?”

“응. 왼쪽에 벽이 있지?”

시빌라가 앞으로 가서 나를 돌아보더니 오른손으로 비교적 고른 벽을 가죽 장갑 낀 손등으로 두드렸다.

“그야 뭐…… 있지, 벽.”

“지금 있는 곳은 계단 반대편이라 해야 할 정도로 멀지만. 이쪽 방향의 벽, 아까부터 전혀 건너편에 길이 없어.”

……아, 무슨 말을 하려는지 알겠다. 이 계층이 네모난 저택 같은 것이라고 치면, 현관 반대쪽 벽이 이 주변이라는 건가.

“아마 이대로 똑바로 나아가면 플로어 보스의 입구, 아니면 이 계층의 한가운데에 플로어 보스가 있을 거야. 뭐, 경험에 의존해서 하는 말이니까 빗나갈지도 모르지만.”

시빌라가 경험으로 말하는 거라면, 과거에 몇 번 본 던전에서도 똑같은 배치였겠지. 믿을 수 있는 정보다. 계단을 내려가자마자 바로 플로어 보스가 있는 경우는 별로 없으니까.

"뭐, 한동안 나아가 보자."

시빌라는 그렇게 선언하며 내 옆으로 돌아왔다.

"……그러고 보니, 적 리빙 아머는 느린데, 시빌라 너는 윈드 배리어에 의지하기 위해 내 옆으로 꼭 돌아오더군."

"당연하잖아."

……당연한 건가?

이 플로어라면 접근만 하지 않으면 혼자 앞으로 가도 아무 문제가 없어 보이는데.

"앗, 방심하고 있구나."

"솔직히 전혀 위기감이 없어서 위험하다는 마음은 들지만, 정말로 원거리에서는 전혀 위험이 없으니까."

"……뭐, 그러게. 사실은 공격마법에만 의존하다 보면 바로 마력이 텅텅 비게 되니까. 그런 뜻에서, 이런 곳을 마법만으로 돌파하는 건 상당한 근육뇌 플레이란 말이야."

이봐, 그렇게 생각 없는 사람처럼 말하지 마. 애초에 네가 그러라고 했잖아.

"……이크! 화제가 나온 김에, 그 이유가 타이밍 좋게 찾아왔네! 만약을 위해 다시 쳐줘!"

시빌라는 그렇게 말하며 내 몸에 바짝 붙을 만큼 다가왔다.

"응? 다시 치라는 건 《윈드 배리어》…… 이러면 되는 거냐?"

맞는지 아닌지 시빌라에게 대답을 듣기 전에, 그 해답이 다른 방향에서 돌아왔다.

새된 소리와 함께 가벼운 금속에 맞은 듯한 소리가 귀청을 때렸다.

"……윽! 《다크 스피어》!"

나는 공격받은 방향을 향해 마법을 날렸다. 한 번의 마법으로는 쓰러뜨리지 못할 거라 예상해서 두 번, 세 번……. 다크 스피어의 직격을 받은 그 리빙 아머는 이윽고 와르르 소리를 내며 각 파츠가 조각조각 흩어진 상태로 바닥에 쓰러져 활동을 정지했다.

그나저나, 지금 적의 첫 공격은…….

"보는 대로, 크로스보우 타입이야."

"크로스보우……!"

여기에 있는 리빙 아머는 둔중하고, 원거리 마법에 비하면 당연히 공격 범위가 짧다. 접근 전에 공격하면 반드시 이쪽이 선제 공격해서 쓰러뜨릴 수 있다.

무기는 검이나, 창이나, 도끼나, 그런 근접 무기밖에 들고 있지 않았다. 그래서 완전히 의식 바깥에 있었는데.

나는 원거리 공격이 가능한 무기를 장비한 리빙 아머가 있을 가능성은 생각하지 못했다. ……이런 위력의 화살이라면, 사격 무기용 방어마법을 사용하지 않았다면 위험했을지도 모른다.

"시빌라는 예상했던 거야?"

"왠지 모르게. 반드시 나온다고 확신한 건 아니지만, 만약 나온다면 그것에 당해버리지 않을까, 하는 생각이 불현듯 들더라고."

어디까지나 예상만으로, 줄곧 내 옆이라는 안전권 근처에 있었던 건가. 위기에 관해서는 역시 후각이 뛰어나다.

"그렇군. 고맙다."

시빌라에게 가볍게 감사를 표하고는 다시 걸었다. 이번에는 조금 전보다 신중하게 발을 앞으로 보냈다.

점점 던전이 어두워지는 것 같다. 이 한 곳만 명백하게 이상한 느낌이 든다.

"……정답, 일까?"

시빌라가 눈앞을 의심스럽게 바라보며 중얼거렸다.

나도 긴장하면서 양손을 앞으로 내밀었다. 언제든 쏠 수 있게끔.

—그러자.

눈앞에 붉은 빛이 보인 동시에 묘하게 경쾌한 소리가 들렸다.

"《다크 스피어》!"

내가 마법을 쏜 동시에.

"《스톤 월》!"

여기서 시빌라가 갑자기 마법을 사용했다.

그 마법은 스톤 월. 제법 두꺼운 돌벽이 정면에 나와서 눈앞의 시야를 가로막았다. 그리고 시빌라는 내 몸을 벽을 향해 날려버리려는 듯이 힘을 주고는 자기도 벽으로 백스텝을 밟았다. 엉거주춤하게 벽에 손을 짚은 내 눈앞에서 시빌라가 만든 돌벽이 굉음을 내며 파괴되었다.

내가 아까까지 있던 곳에 나타난 것은, 지금까지와는 전혀 다른 리빙 아머.

—리빙 아머가, 전신 마갑 형태를 한 리빙 아머에 올라타 있다.

……시빌라가 눈치 빠르게 서포트해주지 않았다면 위험했다. 돌벽의 부서진 조각을 팔로 막으면서 적을 눈으로 쫓자, 시빌라의 외침이 날아왔다.

“러셀, 퇴로를 막아!”

“큭! 《다크 스피어》…… 《다크—.”

‘……《다크 스피어》…….’

나는 대답하지 않고 바로 마법을 사용했다. 조금 전까지 했던 연습을 떠올리며 교차로의 조금 안쪽, 그리고 왼쪽 모퉁이의 지면을 향해 어둠 구체를 날려 폭발시켰다.

갑옷 기마병의 말이 뒷다리로 서면서 정지했을 때, 내 세 번째 다크 스피어가 말의 다리에 직격했다.

“좋았어! 《스톤 월》!”

시빌라가 옆에서 승리의 포즈. 직후 리빙 아머의 퇴로를 막기 위해 교차로를 막는 돌벽을 만들었다. 말은 인간만큼 제자리에서 방향 전환을 할 수 없는 모양이라, 나는 놈이 멈췄을 때 마법을 날렸다.

커다란 겉모습과는 달리 기마병은 대미지를 몇 번 입자 곧바로 와르르 무너졌다.

"……이긴, 건가?"

"그렇겠네. 봐봐, 빠른 녀석은 외모만큼 튼튼하지 않아. 기마병은 순조로울 때는 강해서 좋지만, 장해물 같은 예상 밖의 사태에는 약하니까."

그렇군……. 그래서 지금 흐름으로 손쉽게 승리를 가져올 수 있었나.

"서포트 고맙다."

"천만의 말씀. 오늘은 나설 차례가 적었으니까 활약해서 다행이야."

시빌라는 태연하게 말하면서 기마병의 마석을 뒤졌지만, 아까 활약은 그런 레벨이 아니었다.

사용한 마법의 유용성은 물론이거니와, 상대가 둔중하지 않다는 것을 곧바로 판단해서 돌벽을 꺼내는 그 판단. 그게 없었다면, 누군가가 피하더라도 말이 쫓아왔을 가능성이 높다.

무엇보다도…… 교대 영창이라는 기술을 떠올리고 재빠른 적이 나오리라 예상한 데다 이쪽으로 유도하는 위기 회피 능력이 높다. 시빌라는 이런 적이 나온다는 걸 예측했던 걸까?

—아니, 그런 건 이제 묻지 않아도 알 수 있다.

모르더라도, 예측하지 못하더라도, 만전으로 임한다.

긴급 사태에서도 곧바로 판단해서 이쪽을 돕는다.

시빌라는 그것이 가능하다.

여신이기 이전에, 역시 모험가 선배인 【마도사】 시빌라로서의 경험이 뒷받침된 직감 같은 것이 이렇게 실력으로 드러나는 거다.

이것이 나의 파트너. 정말로 든든하다.

"굉장한 마법이더군. 정말로 살았어."

"……뭐, 레벨 20 마법이고, 화려한 마법이기도 하지만……네가 100배는 더 굉장한 일을 하고 있거든? 뭐, 감사는 받아 둘게. 덤으로 시빌라에게 반할 권리도 줄게."

"말은 잘한다니까, 정말로."

이런 타이밍에서도 시빌라는 여느 때와 똑같은지라, 나도 어깨를 떨며 웃었다. 긴장감 같은 건 어딘가로 날아갔다.

말의 갑옷 부분에 아무것도 없다는 걸 확인한 시빌라는 이제 용건은 없다는 듯이 기마병 리빙 아머가 있는 방향으로 갔다. 나도 그 옆에 서서 길 안쪽을 가리켰다.

안쪽에는…… 커다란 금속 문이 있었다.

"플로어 보스네."

"그렇겠지."

서로 예상이 일치했으니, 앞으로의 판단을 시빌라에게 물었다.

"어쩌지?"

"돌아가자."

설마 싶었던 즉답. 시빌라의 대답은 귀환이었다.

"이유를 물어봐도 될까?"
"먼저, 내가 말한 걸 기억하고 있어?"
"무엇보다도, 물러날 때가 중요하다는 건가."
"맞아."
시빌라는 고개를 끄덕이며 커다란 문을 노려봤다.
"빠르게 쓰러뜨리는 게 좋기는 해. 하지만 습격은 내일일지도 모르고, 다음 달일지도 모르고, 10년 후일지도 몰라. 그때 러셀이 고아원에 있다면, 그건 그것대로 보호할 수 있어."
"……그건, 그렇지. 하지만……."
이론상으로는 납득이 가지만, 그렇게 되면 마왕이 고아원으로 쳐들어온다는 뜻이다.
"맞아, 고아원이 위기에 처하겠지. 전원을 지킬 확률은 떨어져."
"그럼 안 돼. 누구 한 명이라도 당한다면……."
……그렇다. 사정을 아는 나라면 그나마 마음의 준비를 할 수 있다.
그러나 에미는, 갑자기 고아원의 누군가가 죽었다는 걸 알게 되면 이성을 유지할 수 있을까……?
"……러셀이 무슨 생각을 하는지는 알겠어. 하지만 내가 하고 싶은 말은 단 하나야."
시빌라가 커다란 문에서 내 쪽으로 몸을 돌리고는 날카롭게 노려봤다.
"네가 진다면, 고아원의 전원이 죽을 확률이 10할이 되어버려."
"……윽."

무심코 입을 다물 정도로 신랄한 말. 그러면서도 뭐라 할 수 없을 만큼의 정론.

그렇다……. 지금 내가 당한다면 이 마을에는 달리 믿을 녀석이 없다. 패배할 수는 없는 거다.

그야말로 수치심이고 뭐고 죄다 버리고 빈스를 부르러 가자는 생각까지 든다. ……그러나 재회는 너무 거북하다. 어쩔 수 없는 내 마음의 약함이지만, 아직 거기까지는 내디딜 수 없다.

게다가 또 하나. 마왕은, 성녀가 아니라 신관을 노리면 용사 파티도 약해진다고 생각하고 있다.

그러나 틀렸다. 지금 빈스의 파티에는 신관이 없다. 처음부터 우선해서 쓰러뜨릴 상대가 없다.

나를 쫓아냈는데 새로운 회복술사를 고용하는 걸 에미가 허락할 리가 없다. 솔직히 말하자. 그 마왕의 교활함을 본 이상, 신관 없이 이길 수 있을 것 같지는 않다.

게다가 가능하다면, 그 녀석들을 만나는 건 내가 혼자 결판을 낸 뒤로 미루고 싶다. 분명, 그럴 힘은 있을 거다.

내가 고민하고 있는데…… 시빌라가 어째서인지 내 몸을 거침없이 찰싹찰싹 만지기 시작했다.

"……사람이 고민하고 있는데 뭐 하는 거야. 때린다."

"러셀. 이럴 때는 세세하게 준비하는 게 중요해."

시빌라는 그렇게 말하면서 자신의 옷을 가볍게 두드렸다. 경장갑의 딱딱한 소리가 울렸다. 그것이 의미하는 바는…….

"로브 속에, 갑옷을 입으라고?"

"맞아."

"……나쁘지는 않지만……."

"아니, 나쁘지 않은 수준이 아니라 엄청나게 좋아~. 그야말로 굉장하다니까. 『초 특별 아이템』이거든."

내가 고개를 갸웃하면서 시빌라에게 다음 말을 재촉하자, 그녀는 다시 씨익 웃었다.

"뭘 가지고 있는지 잊어버렸어?"

"뜸 들이지 말고 말해줘."

시빌라는 내 얼굴을 보면서 장난꾸러기처럼 웃고는, 그 『초 특별 아이템』의 정체를 밝혔다. 그리고 나는 이 위기 회피의 여신님이 가진 대응력에 혀를 내두르게 되었다.

"어젯밤 단계에서 빠른 말로 의뢰를 보냈으니까, 슬슬 도시의 드워프가 파이어 드래곤을 가공하고 있을 거야. 러셀용 이너 갑옷이야."

그건 확실히, 굉장하군…….

◇

시빌라의 『돌아간다』 선언과 함께, 오늘의 탐색은 여기까지 하게 되었다.

돌아가는 길에는 경험치를 벌 겸 다른 근접 무기를 든 리빙 아머를 쓰러뜨리면서, 시빌라의 선도를 받아 던전을 샅샅이 뒤졌다.

역시 보스 직전에 나온 기마병 리빙 아머보다 성가신 마물은 나타나지 않았다.

그리고 시빌라가 『제2층의 모든 탐색을 마쳤어.』라고 선언한 동시에, 눈앞에 제1층으로 가는 계단이 나타났다. ……정말로 제2층을 통째로 암기한 모양이다. 알고는 있었지만, 기억력이 장난 아니다. 훈련으로 어떻게 되는 건가? 굉장한 능력이다.

생각해보면 에미는 물건을 떨어뜨리는 일이 많았고, 의외로 자넷도 자주 미아가 되었던 기억이 난다. 그게 참 신기했는데, 여러 사람을 봐온 젬마 할머니는 이렇게 말했다.

『머리가 좋은 여자는 동시에 여러 일을 하거나 생각을 한단다. 하지만 머리가 너무 좋으면, 사고의 끈이 뒤엉키는 것처럼 길을 익히지 못하는 사람이 많지.』

그 『끈이 뒤엉킨다』는 표현이 와닿아서 이해하기 쉬웠다고 기억한다. ……뭐, 자넷은 미아가 됐을 때도 언제나 마이페이스였지만.

딱히 불안해하는 모습도 없이, 찾아낸 뒤에도 무덤덤하게 나를 따라왔었다. 옛날부터 어른스러웠다고나 할까, 배짱이 두둑한 녀석이었다.

자넷은 항상 모두와 한발 거리를 두고 있었다. 그걸 생각하면, 미아가 되지 않는 시빌라는 머리가 나쁘……다는 건 아니겠지. 이 녀석이 특별한 거다.

두뇌 면에서는 완벽. 단, 때로는 얼빠진 녀석. 때때로는 아닌가?

"……뭔가 실례되는 생각 하고 있지?"

"감이 날카로운 건 좋은데, 실례되는 말을 듣고 싶어서 물어본 건 아니겠지?"

"그거 생각했다고 말하는 거나 다름없지 않아?!"

우리는 그렇게 왁자지껄 떠들면서 제1층으로 가는 계단을 오르기 시작했다.

이 계단을 오르면 제1층. 검은 고블린만 있는 플로어다. 이 후에는 괜찮겠지.

"―그렇게 생각하지는 않겠지?"

"또 뜬금없군."

"방어마법, 쇠약해졌으니까 일단 다시 걸어놔."

……이 녀석이 이렇게 말할 때는 반드시 뭔가 생각이 있다.

"……좋아. 《윈드 배리어》."

'《윈드 배리어》.'

자신을 덮은 보이지 않는 막이 진해진 것을 확인하고 시빌라와 함께 올라왔다.

그리고 다 올라오자………… 딱히 아무것도 없었다.

"아무 일도 없었네. 『계단을 올라온 동시에 맹독 화살비가 쏟아진다』 같은 생각을 했었는데."

"무시무시한 생각을 하는군…… 너무 신중하다고 해야 하나."

"과하게 신중한 게 딱 좋아. 경장갑 준비도, 퇴로를 막는 마법도, 떠오른 건 전부 최대한 해놔야 해. 왜냐하면―."

시빌라는 내가 여기 올 때 쓰러뜨렸던 검은 고블린의 화살을 짓밟으면서 중얼거렸다.

"—그것에 당한 어스름의 마경, 과거에도 있었거든."

던전에서 나온 우리를 맞이한 것은, 밝은 저녁 해.

태양빛이 피부에 닿으면서 그 따스함을 전해주고 있다.

"으응~! 역시 맑은 건 최고네! 태양이라는 건 정말 인간에게는 없어서는 안 되는 것 같아."

"……어스름의 여신이 그래도 되는 거냐?"

"어스름라고 해서 딱히 어둡다는 의미는 아니야. 태양이 떨어지고 달이 뜨기 전. 딱히 태양이 싫은 건 아니거든."

"그건 처음 알게 됐는데……."

그런가. 그렇다면…….

"……어제 모두 함께 고기를 먹었을 때가, 어스름인가."

"맞아맞아. 내가 제일 신성해지는 시간이지. 서약한 신도가 너밖에 없으니까 아직 힘이 약하지만, 그래도 너의 능력 자체가 굉장하니까 신격 같은 것은 이미 갖추고 있어."

그러고 보니, 【어스름의 마경】이 된 직후에 시빌라의 날개가 진해졌었다.

"그 날개, 또렷하게 보이려면 어느 정도의 서약이 필요한 거냐?"

"수많은 신자……라고 말하고 싶지만 그리 대대적으로 나설 수는 없으니까, 그래…… 러셀 정도의 능력을 가진 사람이 다섯 명 정도 있으면 아슬아슬하게 가능하겠지만, 솔직히 역대 성녀를 다 끌고 오더라도 너 정도의 힘은 얻을 수 없을 거야."

"내 일인데도 별로 현실감이 없군……."

"……그래, 러셀에게는 그쪽도 가르쳐줘야겠네. 걸어가면서 이야기해줄게."

시빌라가 내 마력에 관한 생각을 가르쳐주려는 모양이다.

진지한 얼굴이다. 이럴 때는 확실히 듣고 머리에 넣어둬야지.

"먼저, 능력의 크기는 절대적이야. 그러니 『노력해서 우수해진 마력』과 『노력을 안 했는데도 우수한 마력』이라면, 후자가 더 『재능이 있다』고 봐야겠지?"

"……매우 잔혹한 표현이지만, 그렇겠지."

"그렇지? 사양하지 않고 말할게. 너를 말하는 거야. ……중요한 건 지금부터 하는 이야기. 이런 경우에, 사람은 전자를 쓰고 싶어 하는 법이야."

"전자를 쓰고 싶어 한다……?"

"마력을 근력이나 검술이라고 생각해봐."

검술이라면 이해가 간다. 그야, 누구든 스스로 단련한 끝에 얻은 힘을 휘두르는 게 기쁘겠지. 기본적으로 『노력해서 얻은 힘』은 오랜 기간이 걸리는 법이니까.

"하지만, 사실 타인은 노력하지 않고 얻은 힘을 찾는 경우가 더 많아. 이걸 바꿔서 말하면, 『문제를 해결할 때 필사적으로 노력해서 아슬아슬하게 해결한다』와 『문제를 해결할 때 아무 노력도 없이 여유롭게 해결한다』가 되겠지."

……아, 왠지 알겠다. 노력해서 해결하더라도 아슬아슬하다

면, 그 노력에는 여유가 없다. 즉, 부족하다는 뜻이다.

"사람은, 타인이 자신에게 요구하는 힘이 무엇인지 인식할 수 없어. 자기가 간단히 할 수 있는 건 누구나 할 수 있다고 생각하게 돼. 아마 【용사】 빈스는 도중에 회복마법을 쓸 수 있게 되었을 때, 더더욱 앞서 익힌 공격용 마법을 누구나 쓸 수 있는 거라고 생각하게 된 거겠지."

"……거기를 들먹이는 거냐……."

"응. 그러니까 너도 이건 반성해야 해. 큐어라는 마법을 누구나 간단히 쓸 수 있는 마법이라고 생각했잖아?"

……확실히 시빌라의 말이 옳다. 큐어는 모든 것을 치료할 수 있는 최상위 치료마법. 전혀 몰랐고, 알려고 하지도 않았다. 나는 빠른 단계에서 익혔으니까.

"이렇게 모든 것을 멀리서 바라보는 걸 『신의 시점』이라고 하는데…… 뭐, 실제로 난 여신이니까. 그 시점에서 보면, 다음에 강한 마물이 나온다든가 다음에 익힐 마법이 뭔지 알 수 있으니까 『이 녀석들 바보야!』라고 생각해버리지만…… 당사자가 보기에는 모른단 말이지. 왜냐하면."

시빌라는 나를 바라보면서 몸을 정면으로 돌렸다.

"사람은 말이지. 『자신은 간단히 할 수 있는 걸 타인은 할 수 없을지도 모른다』는 당연한 사실을, 당사자일수록 잘 모르게 되는 법이거든. 그러니까—."

그녀는 그 자리에서 멈춰서 진지한 표정으로 나와 눈을 마주 봤다.

"—그게 원인이 되어 실패한 사람을, 나는 많이 봐왔어."

…………. 그런, 가……. 나는 당연한 듯이 마법을 사용해왔다. 『일반적인 사람은 마력이 고갈된다』는 현상이 있다는 걸 좀 더 확실하게 인식하는 게 좋겠지.

확실히 검은 단련했다. 그러나 레벨이 높고 체격이 월등히 좋은 다른 검사에게는 도저히 미치지 못할 거다. 굉장히 거대한 검을 가볍게 들 수 있는 그런 검사는 굉장하겠지만, 막상 상대한다면 마력 고갈이 없는 내가 비겁한 게 아닌가 싶을 정도로 위일 거다.

나도 실컷 생각해오지 않았는가. 싸울 수 있는 힘이 부럽다고. 분명 그건…… 내게 없으니까 부러웠던 거겠지.

나라는 존재의 재인식과, 그에 동반해서 상대에 대한 것까지…… 확실히 고려해야겠다.

"뭐, 조금 날카롭게 말하긴 했지만."

시빌라는 다시 진행 방향으로 몸을 돌렸다.

은발을 손으로 쓸어넘기면서 저녁해를 바라봤다.

"나도 『이 정도는 당연히 알겠지?』라는 시점이 되지 않도록 언제나 조심할게."

그렇게 자부하는 시빌라도, 분명 지금의 나와 같은 마음이 든 적이 있었으리라.

"게다가."

그렇게 말을 이은 시빌라는 기쁜 듯이, 그러나 어딘가 장난스러운 표정을 지으며 나를 보고는 마을 북쪽 방면을 가리켰다.

"그런 네가 『어? 이 정도는 간단하지 않아?』라며 무료 서비스로 우쭐댄 덕분에 구원받은 사람도 있잖아. 돌고 돌아서 네 힘이 되어주기도 했고."

그 방향에는, 낯익은 얼굴이 짐을 짊어지고 손을 흔들고 있었다.

우리는 고아원 안으로 돌아왔다. 그리고 도중에 합류한, 이 짐을 옮겨준 눈앞의 여성에게 말을 걸었다.

"……정말로 이걸 전부 짊어지고 달려온 건가?"

"전해준 뒤에는 말을 타고 돌아왔지만, 무구가 도착했을 때는 마을 문에서부터 달려왔죠."

"……이름을 묻지 않았던 것 같은데."

"어머나, 나 좀 봐! 그랬었죠."

내 눈앞에 있는 여성은 그렇게 말하며 가슴팍에서 태그를 꺼냈다.

명백하게 모험가용인 태그가 나왔고…… 상상한 것보다 훨씬 굉장한 정보가 보였다.

『아드리아』— 빅토리아 【검사】 레벨 23.

"브렌다가 신세를 많이 졌습니다. 어머니예요."

"어, 언니 강하네?!"

내가 지적하기 전에 시빌라가 먼저 지적했다.

브렌다의 어머니, 빅토리아는 그런 지적을 듣자 「어머나, 언니라뇨~!」라면서, 요리를 꺼내줬을 때와 같은 마이페이스 반응을 보였다.

……이 사람은 이렇게 굉장했었나. 나긋나긋하고 다정한 어머니 같은데, 이런 짐을 들고도 태연하다니.

그보다, 혹시 밤중에 말을 타고 갔다가 아침에 돌아와서 고아원에 와 있던 건가. 굉장한 체력이군……. 시빌라와는 그때 만난 거겠지.

"검은 고블린 때는 방심해서 공격을 맞고 말았지만, 힘은 나름대로 쓸 수 있어요."

"어째서 지금은 밭을?"

"조금 지쳐서 은퇴했거든요. 자자, 그것보다."

빅토리아는 자기 이야기를 접고 짐을 풀었다.

거기서 나타난 것은, 확실히 기억에 있는 붉은색. 갑옷 말고도 이것저것 있다.

"드워프들이 소재를 보더니 열심히 애써줬어요. 우선 하나를 만들어줬더라고요. 여기요."

확실히 어젯밤에 마차를 보냈는데 오늘 벌써 도착한 건 이상하다. 드워프라는 종족이 얼마나 특수한 능력을 가졌는지 실감하게 된다.

"자, 이것도 그렇잖아."

"응?"

"내가 봐도 오늘의 이건 진짜로 굉장한 제작 속도지만, 드워프는『이 정도 속도로 무기를 만드는 정도야 여유롭지, 누구나 할 수 있어』라고 생각할 거야."

"그렇군……."

조금 전에 들은 말을 떠올리며 납득하고는, 로브를 벗고 겉옷 위에 갑옷을 걸쳤다.

"신축성도 있으면서 가볍고, 움직이기 쉽다고 하네."

"……확실히, 전혀 방해되지 않으면서 가벼워. 이거 굉장한데."

시빌라가 경장갑을 주먹으로 두드렸다.

"이런 걸 태어나면서부터 몸에 장비하고 있으니까, 드래곤님은 인간 상대로 여유롭게 싸울 수 있는 거겠지. 못 해먹겠다니까~."

정말 그렇군. 평범한 검이 전혀 통하지 않을 만하다. 태어나면서부터 전신 갑주를 입고 있는 셈이니까, 여유가 전혀 다르겠지.

"그럼, 어때? 괜찮아 보여?"

"그래. 시빌라, 면밀하게 준비해줘서 고맙다. 이거라면—."

……하층의 플로어 보스. 어떤 녀석이 상대일지는 모르겠지만, 이런 준비라면…….

"—시도해볼 가치가, 있겠어."

나는 새로운 장비의 감촉에 만족하면서, 그 커다란 문에 도전할 각오를 하며 주먹을 움켜쥐었다.

막간 에미 : 흔해빠진 일상일수록, 작은 위화감을 크게 느끼고 만다. 그래도 나는 혼자가 아니다

나는 창문에서 눈부신 태양빛을 받으며 눈을 떴다.

여관을 상위 랭크로 바꿔서 그런지, 침대 모포도 두껍고 부드럽다. ……아아, 조금만 더…… 앞으로 5초…… 아니, 앞으로 5분만 더…… 아아, 역시 앞으로 한 시간—.

"일어나."

"와앗!"

갑자기 모포의 무게가 없어진 동시에, 추운 바깥 공기가 덮쳐왔다.

아앙~ 내 폭신폭신 모포…….

"언제까지 자고 있을 거야……."

"어, 어라…… 지금 몇 시?"

"아홉 시 반. 아침 식사 슬슬 끝나."

어, 어어?! 벌써 그런 시간이야?!

그보다 점점 눈이 뜨여서 알아챈 건데, 그럼 다들 먼저 일어났다는 거지? 그리고 먼저 먹었다는 거지?!

"깨, 깨워주지……."

"앞으로 5분이라고 말해놓고서, 돌아오니까 한 시간 동안 계속 자고 있었어."

"윽……."

아아…… 기억은 없지만, 왠지 그 모습이 선명하게 떠오른다…….

"미, 미안미안……."

"사실은 두세 번 깨웠는데, 전혀 일어나지 않아서 놀랐어. ……평소에는 일찍 일어나면서."

자넷의 이야기를 듣자, 나는 점점 진정한 의미로 머리가 깨어냈다.

……맞다. 어젯밤에 모두 침대에 들어가고 나서 내가 깨어났고…….

그리고, 케이티 씨가…….

"……역시 어제의 부상, 꽤 무거웠으니까 정신적으로 지친 거구나."

"앗……! 그게, 아, 아…… 응, 그런 것 같아. 이제 괜찮으니까."

"그럼 괜찮지만."

자넷은 그렇게 말하고는 내 침대에서 떨어졌다. 그리고 문에 손을 대고는, 문득 떠오른 듯이 나를 돌아봤다.

"까먹었네."

"응?"

자넷은 평소대로 감정이 빈곤한 표정으로 고개를 갸웃하며 말했다.

"좋은 아침, 에미."

"아! 좋은 아침, 자넷!"

"응."

그 대답을 듣자, 자넷은 만족스럽게(그래도 표정으로는 모르겠지만) 방을 나갔다.

"……하아~. 왠지 요즘은 자넷이 훨씬 귀여운 여자아이 같아아."

나도 혼자서 고민하거나 시무룩해 있을 수는 없다.

좋아. 마음을 다잡고 힘내자!

"좋은 아침~!"

"오!"

"어머, 좋은 아침이에요!"

식당에는 빈스와 케이티 씨가 이미 식사 중이었다.

"저도 부탁해요!"

"오냐!"

식당에서 덩치 좋은 아줌마에게 식판을 받았고, 빵과 고기와 치즈가 큰 접시에 올라간 것을 확인하고 활짝 웃었다. 으음~, 역시 먹는 건 좋네.

나는 케이티 씨 옆, 이 아니고 빈스 옆……도 아니고, 자넷 옆에 앉았다. 자넷은 조금 의아한 듯이 고개를 갸웃했지만, 딱히 뭐라 묻지는 않았다.

……왠지, 아직은 케이티 씨를 정면에서 보는 게 무섭다.

저 사람은 잘 모르겠다. 대체 누구인지, 왜 우리에게 접근했는지. ……그래도 어제 하루 함께하면서 확실하게 알게 된

게 있다.

―지금의 우리가 케이티 씨 없이 파티를 문제없이 운영하는 건 도저히 무리다. 그것 하나만큼은 절대적이다.

"……아, 다 먹어버렸네."

내가 묵묵히 고민에 잠긴 채 먹다 보니, 접시 위의 음식이 어느새 사라져버렸다.

"자자. 괜찮으시면 제 몫도 드실래요?"

내가 중얼거리는 소리를 들은 케이티 씨가 요리가 절반 정도 남아있는 식판을 가져다주었다. 조금 긴장하면서 말을 걸었다.

"괜찮으신가요?"

"네~! 전위는 특히 몸을 탄탄하게 만들어두는 게 좋으니까요!"

"그, 그럼 사양하지 않을게요."

나는 케이티 씨에게 접시를 받아서 고기를 먹었다. 그런 나를, 턱에 양손을 올리고 싱글벙글 바라보는 금색의 눈동자.

……응. 너무 깊게 생각하면 안 되겠지.

혼잣말이 조금 위험한 언니일 뿐이지, 같이 대화할 때의 케이티 씨는 역시 근사한 여성이다. 내가 거부하는 건 정말 실례되는 일이다.

"맛있네요. 감사합니다."

"네, 천만에요! 자넷 씨도 조금 먹고 빈스 씨에게 넘겼으니까, 저도 누군가에게 나눠줘야 하나 생각하고 있었거든요."

케이티 씨는 그렇게 말하며 싱글벙글 웃었다. ……뭐, 그건 상관없지만…….

왜 자넷도 케이티 씨도 소식하는데 저렇게나 쭉쭉! 빵빵! 한 걸까……?

으으…… 세상은 불합리해…….

길드로 나오자, 뭔가 웅성거리고 있었다.

빈스가 길드에 있는 한 명에게 말을 걸었다.

"이봐, 뭔가 떠들썩한데 무슨 일 있었어?"

"어, 오늘 아침 일찍 드워프 대장간에 굉장한 게 들어왔다고 화제가 됐거든."

"굉장한 거?"

드워프 대장간이라면, 틀림없이 소재 이야기겠네.

"그래. 놀랍게도, 파이어 드래곤의 비늘이야!"

"드래곤이라고……!"

드래곤! 마물 중에서도 최상위에 위치한, 하층 부근에 있을지도 모른다고 전해지는 마물! 본 사람은 전설상의 사람들뿐. 다른 고랭크 사람들도 하층까지 들어간 이들의 정보는 별로 바깥에 나돌지 않는다.

모두 동료고, 모두 라이벌. 정보는 공짜가 아니니까.

물론 이건 자넷에게 들은 말이다! 내가 이런 똑똑한 생각을 할 리가 없으니까! 스스로 아침의 우울한 기분을 돌이켜서 어쩌려는 건가 싶지만…….

그때, 이야기를 듣던 케이티 씨가 스르륵 앞으로 나왔다.

"그 이야기, 사실인가요? 확증은 있나요?"

"응? 오, 오오…… 굉장해……."

"진짜로, 그 말이! 맞, 나, 요?"

"우왓, 그, 그럼 물론이죠! 그 과묵하고 물건을 만드는 것 말고는 흥미가 없는 드워프가 직접 모두에게 외치고 돌아다녔다고요."

"흠…… 그럼 사실이겠네요. 그들의 눈은 속일 수 없으니까요. 가짜는 소재의 마력으로 바로 들키거든요."

케이티 씨는 빈스를 돌아보며 고개를 끄덕였다.

"소재에 한도가 있을 테니까, 반드시 입수하도록 해요. 파이어 드래곤의 소재를 사용한 갑옷이라면 화염 내성이 있어요. 아무리 최상위 장비를 입수하더라도, 그 갑옷이 장비의 선택지에서 벗어나는 날은 오지 않을 거예요."

"그거 굉장한데. 반드시 손에 넣어야겠어. 그런데 예산이……."

……으~음. 확실히 그 장비, 이야기를 듣기만 해도 도저히 살 수 없을 것 같다.

"그럼 선택지는 하나."

그리고 케이티 씨는, 빈스와 몸을 밀착하듯이 정면에 달라붙었다.

"손에 넣을 수 있을 때까지 벌어야죠!"

빈스는 케이티 씨를 빤히 바라보고 있었지만, 그 시선은 케이티 씨와 맞물리지 않았다. ……역시 저걸 거절할 것 같지는 않다.

내추럴 파티 크래셔 케이티 씨. 자신의 무기를 잘 이해하고 있다. 역시 내추럴이 아니라 의도적인 게 아닐까?

뭐, 그건 그렇다 치고, 나도 돈이 아니라 레벨을 올려야겠다고 생각하던 참이다. 어제의 실수를 만회하기 위해 노력해볼까요!

던전에 연일 들어가는 일은 별로 없다. 그래도 일단 피로가 쌓이지는 않았고, 지금까지 그런 걸 느낀 적도 없었으니까 괜찮겠지.

바로 중층에 도착해서 마물 토벌과 탐색을 시작했다. 블러드 타우로스의 공격을 막으면서 뒤에서 모두에게 공격을 맡기는 형식이다.

기회가 나면 나도 반격을 한다. 물론 레벨은 좀처럼 오르지 않지만, 그래도 내 역할은 중요하다. 제대로 노력해야지.

도중에 교차로에서 블러드 타우로스 두 명이 나타났다. 한쪽은 나, 한쪽은 빈스 쪽.

거기서, 케이티 씨의 외침이 들려왔다.

"에미 씨! 빈스 씨를 감싸주세요!"

"어? 아, 네!"

케이티 씨가 내 정면에 있는 마물에게 흙과 물의 마법을 구사해서 움츠러들게 했다. 그러는 사이에 나는 빈스의 정면으로 들어가서 방패를 들었다.

"그래요! 더 밀착해요!"

"어?! 그, 그게……!"

그건, 오히려 빈스가 위험하지 않을까? 지시는 영문을 모르겠지만, 일단 수수께끼의 두뇌를 가진 케이티 씨의 지시다. 할 만큼 해보자.

나는 방패로 타우로스의 공격을 받아냈다. 커다란 소리가 나며 곤봉의 충격이 팔에 전해졌다.

……응, 괜찮다. 뭐, 그야 그렇지. 일반적인 방어니까.

"……아직?"

뭔가 이상한 소리가 들렸지만 자넷이 내게 회복마법을 걸었고, 이어서 빈스가 공격마법을 꽂아 넣었다. 제일 가까운 마물은 쓰러졌기에, 바로 빈스와 떨어졌다. 나와 빈스는 눈을 마주치면서 서로 고개를 갸웃했다.

"그냥 보통이었지?"

"……그야 뭐."

뭔가 또 누군가가 빤히 지켜보는 기분이 들어서, 나는 빈스와 짧은 대화를 마치고는 케이티 씨 앞으로 달려갔다.

마법으로 능숙하게 중층의 바닥을 들어 올려서 앞으로 오려는 마물을 막고 있다. 다가오면 얼굴을 향해 불을 날린다. 정말로 레벨 이상으로 싸움이 능숙하다.

"들어갈게요!"

"앗, 네, 고마워요."

그리고 바로 남은 마물도 토벌 완료했다. 케이티 씨는 나를 힐끔 본 뒤에 빈스를 빤히 바라보더니, 입이 움직인다는 생각이 들지 않을 만큼 작은 목소리로 중얼거렸다.

"—부족해? 아직도? 그래도 분명…… 없지는 않을 거야. 언젠가, 조만간…… 반드시…………."

……또다. 또 케이티 씨가 영문 모를 말을 중얼거리고 있다.

자넷을 봤지만, 운 나쁘게 멀리 있다. 으으, 이럴 때는 의지하고 싶은데.

아무튼 이날 탐색은 무사히 끝났다.

저녁 식사도 고기를 잔뜩 먹고, 여관으로 돌아가 취침 시간이 되었다.

오늘은 케이티 씨도 딱히 이상한 움직임을 보이지 않고 푹 잠들어 있다. 나는 그 모습을 빤히 보고는, 나도 침대에…… 들어가려고 했는데, 뒤에서 누가 말을 걸었다.

"……에미."

돌아보자, 아침과 마찬가지로 자넷이 이쪽을 보고 있었다.

멍한 눈…… 같지만, 어딘가 의지가 느껴지는 눈.

"이리 와봐."

나는 자넷의 유도를 따라, 여관의 아무도 없는 곳까지 왔다.

거기서 자넷이 몸을 돌려서 나를 빤히 바라보며 입을 열었다.

"무슨 일, 있었어?"

"……아!"

—아아.

정말이지, 이 아이에게는 못 당하겠다.

자넷은 내가 이상하다는 걸 벌써 알고 있었구나. 역시 두뇌면에서는 소꿉친구 4인조 중에서 제일이었던 아이답다.

……지금, 가장 믿을 수 있는 상대. 그리고 그걸 이야기하기에는 절호의 기회.

방은 아직 문이 열리지 않았다. 어딘가에서 일어나서 들을 기색도 없다.

나는, 결의를 다지고 자넷에게 보고했다.

"그게, 케이티 씨 말인데—."

09 기억 속의 내가 아니라는 것을 긍정해준다는 안도감

파이어 드래곤 비늘로 만든 새로운 갑옷을 벗고, 책상 위에 올려놓고는 손등으로 두드렸다. 신기하게도 소리다운 소리가 거의 나지 않는다. 타격이나 충격을 흡수하는 게 아닐까?

그리고 갑옷 말고도 여기에는 신경 쓰이는 게 있다.

"이건, 검인가?"

"그러네요. 파이어 드래곤의 이빨로 만든 일품으로, 러셀 씨용 무기예요."

칼집에 들어간 검은 약간 폭이 넓고 크다. 아마 파이어 드래곤의 소재를 본 드워프가 마음 가는 대로 만든 거겠지.

……그나저나 이런 크기라면 던전에서 휘두르기 좀 어려울 것 같은데.

"아, 러셀은 혹시 이 검, 던전에서는 쓰기 힘들다고 생각해?"

"마침 그 생각을 하고 있었는데…… 실제로 쓰기 힘들지 않나?"

"어디까지 유효할지는 모르지만, 아마 인첸트하면 천장도 벨 수 있을 거야."

진짜냐……. 아니, 확실히 용의 목을 벤 여파만으로 천장을 후벼 팠었다. 역시 암속성이 가진 위력은 굉장하다. 좁은 곳에서도 쓸 수 있다면 이 검도 내일은 가져갈까.

"이후에는 방패인데…… 이쪽도 크군……."

"드워프는 힘이 장사니까, 기분 좋을 때일수록 커다란 무기를 만들어. 파이어 드래곤을 가져왔으니까, 이렇게 되는 것도 당연하긴 하네."

……자기가 가능한 건 타인도 가능하다고 믿는 그 폐해, 정말로 실감할 것 같다.

이것도 편리해 보이기는 하지만, 내게 어울리는지는 모르겠다. 게다가 검과 방패로 양손이 막히면 중요한 어둠마법을 쓸 수 없다.

인첸트 다크만으로 싸우는 것도 나쁘지는 않지만, 솔직히 그 리빙 아머들과 싸우면서 원거리냐 근거리냐를 따지는 것 자체가 어리석은 일이다.

"이번 짐의 확인은 이걸로 얼추 끝났네."

시빌라의 발언에 수긍하자, 고아원의 문이 열리는 소리가 들렸다.

젬마 할머니는 줄곧 아이들을 돌봐주고 있다. 그럼 누구지?

도적일 수도 있어서 순간 경계했지만, 도적이라면 정면에서 당당히 들어올 리가 없는 데다, 무엇보다 들어온 인물은 빠르게 다가오는 발소리를 숨길 기색이 없다.

우리는 얼굴을 마주 보면서 발소리가 다가오는 것을 깨닫고 조금 대비했다.

문고리가 천천히 열렸다.

"러셀!"

눈을 마주한 순간, 놀라움으로 가득한 그리운 목소리가 들려왔다. 나타난 것은, 수녀복 사이에서 분홍색 머리가 살짝 엿보이는, 그리운 얼굴.

젬마 할머니와 함께 고아원에서 수녀로 일하는 프레데리카다. 사정이 있어서 자리를 비우고 있었는데, 아무래도 용건이 끝난 모양이다.

"오랜만이네, 프레데리카."

"……어, 어라……? 러셀, 조금 분위기가 달라졌—."

"—프레데리카!"

그 목소리를 가로막듯이 문 뒤에서 목소리가 날아왔다. 이건 틀림없이 젬마 할머니다.

"아, 젬마 씨. 지금 돌아왔어요. 저기, 그런데……."

"잠깐 이리 와봐라!"

프레데리카는 나와 문 건너편 복도 — 아마 젬마 할머니의 모습 — 을 교대로 확인하고는, 조금 미련이 남은 표정으로 젬마 할머니에게 갔다.

왜 이런 흐름이 되었는지 조금 이해가 가지 않았지만, 잠시 생각하자 납득이 갔다.

나 자신은 전혀 의식하지 않고 있지만, 내 말투나 분위기가 크게 달라졌다고 하니까. 프레데리카가 저런 반응을 보이는 건 당연하다.

젬마 할머니는 분명 그 사정을 설명해주려는 것이리라. 역시 눈치가 빠른 할머니다. 어린 시절에는 엄하다고만 생각했지만, 그건 누구보다도 다양한 위험을 감지하면서 신경을 곤두세우고 있기 때문이라는 것을 지금이라면 알 수 있다.

그리고 시빌라도 지금의 프레데리카를 보고 그 사정을 짐작한 모양이다. 팔짱을 끼고는 「좋은 할머니네~」라며 어깨를 으쓱했다. ……그래, 정말 그렇다니까.

“그나저나, 이런 걸 제삼자가 기다리는 이런 시간은 좀 거북하단 말이지~.”

“어? 아, 그, 그런~……가요? 호호호…….”

그리고 시빌라, 그 거북하다는 발언을 거침없이 말해버리는 게 너의 문제점이야. 특히 내 눈앞에서 긍정하다니. 빅토리아가 간단히 대답할 수 있을 리가 없잖아. 빅토리아, 정말 미안하다. 이 녀석에게 배려심을 바라는 건 단념해줘.

그런 대화를 나누던 직후, 젬마 할머니와 함께 프레데리카가 들어왔다. 프레데리카는…… 어딘가 배려하려는 듯 눈을 살짝 치켜뜨고 있다.

“젬마 할머니. 전부 이야기한 건가?”

“그래, 러셀 너도 새삼 자기 입으로 설명하고 싶지는 않을 것 같아서 말이다.”

“그런가. 일단 고맙기는 한데…… 딱히 그렇게까지 배려해줄 필요는 없어.”

“……어라, 그것 참.”

젬마 할머니는 내 얼굴을 보면서 조금씩 다가왔다. 그 눈동자가 나를 빤히 바라보고 있었는데…… 아무래도 눈이 마주치는 건 익숙해지질 않는다니까…….

"……꽤 좋아졌구나."

"알 수 있는 건가?"

내가 질문하자, 젬마 할머니는 눈을 크게 뜨고는 나이가 느껴지지 않는 목소리로 기쁜 듯 웃었다.

"카카캇! 이래 봬도 여러 사람을 지켜봤거든. 너처럼 젊은 녀석부터, 당시의 나보다 나이가 많았던 할아버지 할머니도 말이지."

그리고 다시 나와 눈을 마주 봤다.

"그중에서 따져보면 말이지. 너의 눈은, 그런 일이 있었는데도 벌써 앞을 보고 있구나."

"그래, 이제 걱정할 필요는 없어. 이제는 그 녀석들과 관련된 게 아니라면 어두워질 일은 없으니 전혀 문제없고, 괜찮을 거야."

"응응. 러셀은 제일 심지가 굳은 아이였으니까."

젬마 할머니가 만족스러워하며 물러났고, 프레데리카는 조금 탐색하는 얼굴로 다가왔다.

"……정말로, 러셀 맞지?"

"다른 사람으로 보여?"

"꽤 그렇게 보여. 옛날에는 언제나 내 뒤를 졸졸 따라오던 아이였는데."

"그건 반년 전도 아니고 10년 전이잖아……."

"내게는 바로 얼마 전이야."

그건 그것대로 어떤가 싶은데……? 뭐, 프레데리카는 어딘가 멍한 인상이 있었으니까, 시간 경과에도 별로 관심이 없는 건가.

"저기, 러셀. 내 눈 좀 봐봐."

"딱히 상관없는데……."

프레데리카는 나와 눈을 마주 봤다. 어린 시절에 신세를 졌던, 조금 연상의 누나 대신이었던 수녀. 지금은 나보다 머리 반 정도 키가 작다.

—그때, 갑자기 프레데리카가 어째서인지 상반신을 흔들기 시작했다.

나는 시선을 고정하기 쉬운 젬마 할머니 쪽을 바라봤다.

"러셀? 나를 봐야지."

"……거부해도 될까?"

"안~돼. 조금만 더."

대체 뭐야, 묘하게 고집하는데……. 잘 모르겠지만, 오랜만에 재회했으니까 다소의 어리광은 들어줄까. 프레데리카가 어리광을 부리는 건 별일이긴 하지만.

다시 프레데리카의 금색 눈과 눈을 마주쳤다. 변함없이 프레데리카는 상반신을 흔들면서 나를 빤히 보고 있다.

……눈을 계속 마주치는 건 힘든데. 시선을, 정면에…… 정면…….

"……. ……흠!"

"아얏!"

나를 옆에서 지켜보던 시빌라에게 손날치기.

"뭐 하는 거야, 지금 나는 나쁘지 않았잖아! 그보다 시선이 벗어났다고!"

"아니, 왠지 모르게 화가 나서."

"불합리하잖아?!"

나와 시빌라가 그런 다툼을 시작하자…… 프레데리카가 웃기 시작했다.

"후후, 후후후……! 아하하하하……! 아, 배 아파……."

프레데리카의 급격한 변화를 본 나와 시빌라는 진지한 표정으로 변했고, 가만히 지켜보던 빅토리아와 얼굴을 마주 보며 고개를 갸웃했다.

"왜 그래?"

"아, 미안해. 그래도…… 응. 러셀은 지금은 그쪽 러셀이구나."

"무슨 말인지 잘 모르겠는데……."

평소에도 붕 뜬 사람이지만, 오늘은 특히 더 영문을 모르게 된 프레데리카를 보며 다시 고개를 갸웃하자, 그녀는 내 머리에 손을…… 올리려다가 뺨을 매만졌다.

"조금 쓸쓸하지만…… 응, 그래도 러셀 그대로야. ……지금의 러셀도, 멋있어."

"……그건 고마워."

"이렇게나…… 나도 좀 더, 러셀을 확실히 봐둘 걸, 그랬나……."

아주 작게 중얼거린, 기쁨 속에 체념과 쓸쓸함이 뒤섞인 목소리가 들렸다. 뺨에 닿은 손가락은, 조금 차가웠다.

그러나, 이래 봬도 어린 시절에는 동경하는 누나 같은 존재였던 프레데리카에게 이런 말을 들으니 무척 쑥스러웠다…….

누나에서, 함께 고아원을 지키는 동료가 되어버린 듯한, 그런 감각이다.

—그래, 그렇지. 나도 언제까지고 아이로 있을 수는 없다.

프레데리카에게는 줄곧 연하의 동생 같았겠지만.

모험가 파티의 성자로 활약하려고 했지만, 역시 나는 줄곧 보호받는 쪽이었다. 어딘가 동생 기분이 빠지지 않았다는 것을 지금이라면 확실히 알 수 있다.

자기 손에서 벗어난 것을 프레데리카는 『쓸쓸하다』고 표현했지만, 그와 동시에 지금의 나도 긍정해주고 있다. 그게 마음 편했다.

나와 프레데리카의 재회는, 하나의 이별과 하나의 재출발을 맞이한 모양이다.

……아이들의 피난 이야기도 하자. 나도 이제는 프레데리카의 옆에 서야 하니까.

내 힘은 나 한 명의 것이 아니다. 이렇게나 있다면 분명 가능할 거다.

좋아. 내일부터는 이 장비로 마음을 일신해서 도전하자.

기다려라, 아직 보지 못한 플로어 보스.

그리고…… 마왕.

시빌라의 제안으로 수면을 길게 취해서 피로를 완전히 없애자는 방침을 세웠다.

"그래도 좀 빠르지 않나?"

"이런 건 방심하면 영향이 커. 자기만큼은 분명 괜찮다고 생각하는 사람이 제일 평소와 같은 힘을 발휘하지 못해. 그 있잖아. 사기꾼은 자기는 절대 속지 않는다고 말하는 사람을 최고의 호구라고 판단한다는 이야기."

반론하려던 순간 막혀버렸고, 도시에서 빈스가 맨 먼저 가짜 마법검을 잡으려다가 자넷에게 막혔다는 것을 떠올렸다.

아~, 확실히 그런 말이 있지. 자기는 괜찮다고 믿는 사람일수록 위험하다는 건가.

……그럼 모두가 의지하던 자넷은 그렇게나 머리가 좋으면서 자신이 속지 않는다고는 생각하지 **않는** 타입인가. 충분히 있을 법하다. 그 자넷이니까.

의외로 자넷은 자기를 머리가 좋다고 생각하지 않는 걸지도 모른다.

나는 문득 현자의 공격마법을 쓰면서 불만스러운 표정을 짓던 그녀의 모습을 떠올렸다. 향상심이 강한 건지, 자기 평가가 낮은 건지는 모르겠지만, 당시 힘만으로도 충분하던 중층에서 그런 모습을 보니 비아냥거리는 건가 싶을 정도였다.

공격마법은 그 도시에서도 톱 클래스였고, 회복마법도 쓸 수 있게 된 여자.

술사로서의 흔들림 없는 모습만큼은 여전히 밀리고 있다는 느낌이 든다. 그런 성격도 포함해서, 정말 진심으로 부러웠다.

……옛날 일을 생각하는 건 그만두자. 머리가 깨고 만다.

나는 자신의 몸이 침대에 가라앉는 감각을 의식하면서 천천히 잠들었다.

◆

빈스, 에미, 자넷이 있다.

파티에서 사용하는 여관으로 돌아가자, 최저한의 대화밖에 없다.

이 분위기는 내가 원인이라는 것을 누구보다도 나 자신이 잘 알고 있다.

세 사람을 보면, 내가 혼자 동떨어진 것을 알 수 있다.

이대로 네 명이 함께해도 되는 건가. 마음에 초조함이 생겨난다.

나는, 도움이 되지 못하고 있다.

……그러고 보니, 프레데리카에게 요리를 배웠다.

조미료 쓰는 법도, 키친 나이프를 쓰는 법도 잘 알고 있다.

이거라면 나도 조금은 도움이 되지 않을까?

식재료를 사서 여관 부엌에 섰다.

요리 자체도 오랜만이다.

조미료를 꺼내고, 재료도 꺼냈다.

사온 고기와 채소를 도마 위에 올려놨다.

손에 나이프를 든 순간— 귀청을 때리는 비명.

◆

다음 날 아침, 갑자기 잠에서 깨어났다. 뭔가 악몽을 꾼 것 같은데…… 오늘은 꿈의 내용이 전혀 떠오르지 않는다…….

창문 밖을 보자, 아직 하늘은 어두웠다. 무척 이른 시간에 기상했다.

"……어스름와, 비슷한 색인가."

다음에 오는 게 밤이냐 아침이냐의 차이.

이런 조용한 시간과 반짝임이 없는 색을 보니 마음이 차분해진다.

"어스름의 여신, 이라."

그 여자를 떠올리면서, 나는 오랜만에 아침의 가벼운 단련을 시작했다.

새로 입수한, 폭이 넓은 검을 들었다. 도신은 은색으로 반짝이고 있고, 어딘가 청백색 빛을 발하는 것처럼 느껴지기도 한다.

용의 이빨은 이런 거였나? 조금 의문이 들었지만, 양손으로 들고 검을 휘둘렀다.

겉보기에는 둔중해 보이는데, 거의 무게가 느껴지지 않는다. 그리 익숙한 감촉은 아니지만, 그래도 굉장했다.

"미스릴 코팅? 나쁘지 않아 보이네."

"시빌라?"

"열심히 하네. 좋은 아침, 러셀."

"그래, 좋은 아침."

뒤에서 목소리가 들리면서 시빌라가 간소한 옷을 입고 나왔다. 위도 아래도 완전히 새까만, 펑퍼짐한 긴 소매, 긴 바지다. 완전히 잠옷 그 자체다.

이런 패션이라도 미인이라면 어울린다. 미인이란 정말로 그것만으로도 여러모로 유리하다.

"……응? 어라라? 아침부터 나의 아름다움에 넋을 잃었어?"

"네가 아니었다면 손가락질하며 웃을 정도로 파멸적인 패션인데, 이렇게 당당하게 밖으로 나올 수 있는 것만으로도 『미인은 이득이다』는 생각이 들었어."

"……일단 좋게 평가해주고 있는 것 같지만, 좀 더 솔직하게 칭찬해도 되거든……?"

시빌라는 뺨을 실룩거리면서 가까이 와서 검을 봤다.

"그러고 보니, 이 검을 미스릴 코팅이라고 했지?"

"응. 마법은(魔法銀)(미스릴)은 아는 대로, 강화나 부여마법이 잘 통하는 비싼 금속이야. 용의 이빨이 가진 마력에 미스릴을 발라서 형태를 잡았어. 겉보기 이상으로 굉장한 고급품이야."

"……공짜로 받은 셈인데……."

"소재를 전부 팔아치웠으니까, 그걸 빼더라도 당연히 거스름이 남지."

그건 그런가. 애초에 이 소재가 아니었다면 이걸 만들 수 없었다는 걸 염두에 두지 않았다.

그 파이어 드래곤 소재, 대담하게 잘라내서 내 갑옷에도 무척 윤택하게 사용했다. 그런데도 다른 걸 더 만들 수 있을 만큼 거구였으니까. ……지금쯤 도시에는 상당한 소란이 벌어지지 않았을까?

"일단, 무기 확인은 끝났어. 슬슬 아침 식사를 하자."

"응. 그래도 오늘부터는 한동안 쉬게 되려나?"

"오늘은…… 아아, 그런가."

바로 그걸 떠올린 나는 시빌라와 함께 식당으로 발을 옮겼다.

"러셀, 좋은 아침!"

그곳에는 어제의 안타까운 표정을 떨쳐내고 완전히 평소대로 돌아온 모두의 수녀가 밝은 얼굴을 보이고 있었다.

"그래, 좋은 아침. 프레데리카."

프레데리카는 요리를 좋아해서 우리 사이에서도 인기가 많았다. 적은 식재료로도 배가 빵빵하게 먹을 수 있게끔 고안하거나, 다소 여유가 생기면 허브를 스스로 재배해서 요리에 넣고 있다.

오늘도 뜰에서 키운 로즈마리를 고기에 사용했고, 왕도에서 파는 분홍색 암염과 흑후추를 제분기로 갈았다.

"자, 완성됐어! 시빌라, 아이들 불러와 줄래?"

"맡겨둬, 프렛치!"

……내가 잘못 들은 게 아니겠지?

왠지 내가 모르는 사이에 여자들끼리 무시무시하게 거리감을 좁혀버렸는데…….

"좋~아. 자자, 꼬마들아. 달라붙지 마. 고기는 도망가지 않으니까."

시빌라가 아이들을 이끌고 돌아왔다. 젬마 할머니도 한참 전에 일어났던 모양이다.

할머니는 내 얼굴을 보고는 몸을 가볍게 툭툭 두드렸다.

"음, 보기에는 나쁘지 않아 보이는구나. 확실히 쉰 얼굴이야."

"그야 매일 들어가고는 있지만 이만큼 쉬고 있으니까. 게다가 성자로서의 마법도 있으니 간단히 피곤해지지는 않아."

"카캇, 굉장하구만! 정말로 그 러셀이 무척이나 믿음직해졌어. 그럼 얘들아, 프레데리카 누나에게 감사해야 한다."

그렇게 말하고는 아이들의 머리를 쓰다듬으며 함께 식탁에 앉았다.

믿음직해진 건가. 저번 주의 내가 들었다면 믿지 않았겠지.

……하지만 내가 보기에는, 저 프레데리카 특제 점보 스테이크를 아침부터 가볍게 먹어치우는 할머니가 훨씬 굉장한 것 같은데…….

이거야 원. 이 할머니가 죽으려면 앞으로 100년은 더 걸릴 것 같다.

정말로 건강하다니까. ……이러면 고아원도 한동안은 평온하겠지.

식사를 마친 나와 시빌라는 바로 갈아입고 출발 준비를 했다.

"러셀."

그때, 프레데리카가 말을 걸어왔다.

"뭔데?"

"불러봤을 뿐이야."

"뭐야 그게……."

내가 고개를 갸웃하는 사이에도, 프레데리카는 왠지 기쁜 듯 웃었다. 그러나 바로 진지한 표정으로 변하고는…… 내 몸을 양팔로 안았다.

갑옷을 입고 있어서 감촉은 모르지만, 밀착한 건 알 수 있다. 프레데리카의 분홍색 머리가 눈앞에서 흔들렸다.

"꼭, 살아서 돌아와야 해."

"……그래, 물론이지. 나는 마력이 넘치는【성자】. 즉사가 아니라면 죽지 않으니까. 오늘은 이 갑옷도 있으니, 어제보다는 안전해."

프레데리카가 한 발짝 떨어져서 내 눈을 바라봤다.

"……응, 알았어. 믿을게."

"맞다. 가능하면 내가 없는 동안에는 아이들을 데리고 떨어져 주겠어?"

"뭔가 이유가 있는 거지? 응, 알았어."

그게 마지막이었고, 그녀는「잘 다녀와」라는 한마디를 남기고 고아원 안으로 들어갔다.

그나저나, 뭔가 호들갑스러운 반응이었는데…… 그렇게나 걱정되는 건가.

뭐, 어둠마법을 쓸 수 있다는 걸 이야기한 건 아니니까. 지금의 나는 어디까지나 강한 무구를 착용한 회복술사로만 보이겠지.

아무리 길러준 부모나 다름없다고 해도, 태양의 여신교 수녀에게 『어스름의 여신』의 존재를 당당하게 밝힐 만큼 무신경하지는 않다.

나를 감싸면, 프레데리카 자신도 위기에 처할 가능성이 있는 이상은…… 말이지.

참고로 그 여신은 어째서인지 던전에 들어갈 때 이상으로 진지한 표정이었다.

"소꿉친구가 라이벌인 줄 알았는데, 저렇게 노골적으로 들이대는 색기 만점 누나가 있다니. 생각지 못한 복병이네……."

무슨 소리를 하나 했더니만, 영문 모를 소리를 하고 있기에 무시했다.

탐색은 당연하게도 순조롭게 진행됐다.

어제보다 준비가 철저하니까, 이미 검은 고블린은 몇 마리가 나와도 질 거라는 생각이 들지 않는다. 들지는 않지만…… 그래도 방심하지 않고 윈드 배리어를 중첩해서 걸었다.

"장비는 말이지."

문득 시빌라가 말을 걸어왔다.

"조금씩 순조롭게 한 단계씩 랭크 업하는 것도 좋지만, 가장 비싼 걸 사서 단숨에 최강! 인 게 역시 기분이 좋아."

"동감이야. 이렇게 좋은 걸 갑자기 입수하게 된 건 확실히 그 전투의 결과지만, 참 굉장하다니까……."

지식이 풍부한 시빌라의 시점으로 봐도 『단숨에 최강』이 됐다고 하니까, 역시 이 갑옷은 상당히 좋은 것이리라.

게다가 단숨에 최강이 되면 기분이 좋아진다는 마음은 이해한다. 중층에서 도움이 되지 못했던 내가 어둠마법을 익혀서 최하층의 용을 이긴 순간의 기분은 정말 장난이 아니었다. 그런 점에서 이 녀석의 감각은 나와 잘 맞는다.

나는 자신의 무기나 방어구에 익숙해지기 위해, 점점 적응해가는 감촉을 확인하면서 제2층도 순조롭게 공략해나갔다.

적의 다리가 느린 제2층은 어느 의미로는 제1층보다 공략하기 쉬운 곳이다. 경험치가 풍부한 것도 포함해서, 닥치는 대로 갑옷을 정리하자는 방침이다.

"그러고 보니, 프레데리카는 왜 어제 그렇게 나를 보고 있었을까."

"아, 혹시 모르겠어~?"

"……시빌라는 아는 거냐?"

"당연하지."

어째서 프레데리카와 어제 처음으로 얼굴을 마주한 시빌라가 아는 거지……. 이런 것도 두뇌나 여자의 감인가? 뭔가 아니꼬워져서 묵묵히 턱으로 설명을 요구했다.

"러셀은 소꿉친구인 빈스와 달리 가슴이 커다란 여자아이를 빤히 바라보지 않게 조심하잖아?"

"—윽?! 어디서 들은 거냐?!"

"어제 러셀이 잠든 뒤에, 여자 셋이서. 아, 젬마 할머니도 물론 여자조야. 여자는 아무리 나이를 먹어도『여자』거든."

이, 이 녀석……!

내가 빨리 자도록 이유를 붙였고, 실제로 의미가 있는 판단이라고 생각해서 따랐는데…… 실제로는 내가 잠든 뒤에 내 이야기를 프레데리카에게 듣기 위해서였나!

그걸 어제의 그 아주 잠깐 사이에 떠올려서 즉시 실행하다니…….

이거야 원, 진짜로 이 녀석의 교활함에 일일이 화를 내는 나 자신이 어이없어진다. 두뇌 방면에서 허점을 찌르는 건 아무리 생각해도 소용없을 것 같다.

……그 두 사람, 이상한 이야기를 하지는 않았겠지……?

"아아, 아니. 놀리려는 건 아니고. 그『러셀』이 비뚤어져서 무뚝뚝해졌지만, 그런 네가『여자를 거침없이 쳐다보는 러셀』이 아니라『무뚝뚝하지만 시선을 보내지 않도록 노력하는 러셀』이었다는 것에 안심하더라."

"……아, 그래서였나……."

일부러 흔들고 있었다는 건 알았지만, 장난삼아 놀리려는 의도는 아니었다는 건가.

"이후에는 뭐, 나랑 말다툼하는 걸 보고 웃었잖아? 침울해하는 건 아니었으니까, 그쪽도 안심했던 것 같아. ……정말이지, 좋은 누나라니까."

그랬나. 내가 이제는 자신이 얼마나 변했는지도 모를 만큼 예전과는 다른 사람처럼 되어버렸으니까. 프레데리카는 그걸 걱정하고 있었나.

그래도 심지는 변하지 않았다는 걸 확인하고 싶었던 거다.

"사랑받고 있네."

"하아…… 정말이야."

부모의 얼굴은 모르지만, 나는 정말로 좋은 환경에서 자랐다.

시빌라에게도 역시 감사……할 수밖에 없군, 아니꼽긴 해도.

한없이 용의주도하고, 눈치가 빠를 때는 무척이나 눈치가 빠른 파트너다.

아마 지금의 내가 싸우는 모습을 보고 걱정한 거겠지. 몸을 축내서 싸우는 게 아닌가 착각할 만큼. 정말로…… 그런 것도 지적받을 때까지 몰랐으니까, 나의 둔감함이 싫어진다.

덕분에 더더욱— 죽을 수 없게 되었다.

"이야기는 끝이야. 다음으로 가자."

"오케이! 이제 두 번째니까 여유야!"

그리고 우리는 기합을 다시 넣고 그 기마병 리빙 아머에게 향했다. 물론 두 번째는 여유롭게 완봉 승리했다.

◇

커다란 문 앞에서 자신의 — 흑연색이었던가 — 로브와 그 속에 입은 갑옷을 만졌다.

"아, 맞다. 러셀."

"뭐냐."

시빌라는 자신의 재킷을 뒤집어서 검은 뒤쪽 옷감을 보여줬다. 저건 고블린의 귀에 닿아서 피가 묻은 곳이었나.

그로부터 시빌라는 무슨 생각인지, 재킷을 칼로 조금 잘랐다.

"큐어를 써봐."

"알았어. 《큐어 링크》."

내가 마법을 사용하자, 시빌라가 보여준 피 묻은 부분이 깨끗해졌다.

"다음은 힐이야."

"좋아. 《엑스트라 힐 링크》."

"태연하게 그걸 고르는 거, 너답네……."

시빌라의 어이없다는 중얼거림을 흘려들으면서 마법의 효과를 보자, 옷이 잘린 부분이 깔끔하게 사라졌다.

그런가. 내 큐어에 클린 마법이 포함되어 있다는 건 예전에 알게 됐지만, 힐은 더러움만이 아니라 천의 수복에도 도움이 된다는 걸 배웠다.

"정말 네 마법은 어떻게 된 거야. 굉장하네."

"……이봐, 진짜냐. 확신도 없이 쓰라고 한 거냐?!"

"그런데?"

마치 내가 이상하다는 듯이 고개를 갸웃하며 태연하게 말하는 시빌라를 보니, 다시금 이 녀석의 배짱이 굉장하다는 것에 감탄할 뿐이었다.

"그래도 이걸로 알았지? 이 마법은 로브의 파손, 그리고 갑옷이 손상되거나 움푹 파였을 때도 틀림없이 통해. 뭐, 갑옷이 찌그러진 상태에서 몸이 회복되면 육체가 수복되더라도 자기 갑옷에 짓눌려서 격통이 생길 테니까 당연히 말도 안 되겠지?"

……아, 그건 확실히 그렇군. 팔을 뭉개면서 찌그러진 갑옷이 그대로인 채 손실된 팔이 회복되는 모습은 별로 상상하고 싶지 않다.

"그리고."

"뭐냐?"

시빌라는 거기서 내가 기억해야 하는 몇몇 사항이나 토벌 후의 지시를 내렸다.

그 내용은 무슨 뜻인지 알 수 없었지만…… 시빌라의 지시다. 분명 의미가 있는 일이겠지.

나는 그 지시의 내용을 듣고 고개를 끄덕인 뒤, 윈드 배리어를 다시 걸고 커다란 문을 열었다.

—문 너머에 나타난 것은 커다란 공간. 특징적인 건 기다란 계단이 있다는 것.

나와 시빌라는 서로 고개를 끄덕이고는 그 계단을 하나씩

내려갔다.

책에서 얻은 지식을 공유했을 때, 자넷의 이야기로밖에 듣지 못했던 왕의 알현실으로 가는 듯한 기나긴 넓은 계단. 30단 정도 되려나?

그 계단을 모두 내려왔다. 나는 낮은 지면에서 뒤를 올려다봤다.

—열려있는 문에 얇은 마력의 막이 있다.

"《인첸트 다크》."

'《인첸트 다크》.'

예감과 함께 검을 들고, 다시 문 중심을 봤다.

그곳에는, 아까까지는 흔적도 없었는데 어느새 금색의 갑옷이 서 있었다. 틀림없다. 보스 리빙 아머다.

역시 시빌라의 예상대로 그 계층과 완전히 다른 적은 나오지 않는 모양이다. ……언데드인데도 무척이나 화려하고 반짝이는 갑옷을 입고 있다.

소리가 난 쪽을 눈으로 따라가자, 시빌라는 이미 계단을 올라가고 있었다. 역시나 판단력이 빠르다. 나도 바로 뒤를 쫓아가면서 플로어 보스에게 첫 마법을 날렸다!

"《다크 스피어》!"

이중 영창한, 조금 커다란 마법의 공.

언뜻 수수한 변화지만, 시빌라에게 배운 대로 부피는 두 배. 이 마법에 직접 맞으면 상당한 대미지를 입는다.

나는 그 마법 공격이 직격하는 것을 확인—할 수 없었다.

"……어?"

리빙 아머는 허리를 낮췄다 싶은 순간, 고속으로 사이드 스텝을 밟았다.

손에는 어느새 얇고 긴 고급스러운 검을 쥐고 있다. 그 검을 몇 번 휘두르고는 이쪽을 응시하며 검을 겨눴다.

……이 녀석, 강하다.

그것도 단순한 강함만이 아니다. 아마 여기까지 봤던 잔챙이 리빙 아머와는 완전히 다른 전투 스타일을 가진 마물이다. 리빙 아머의 플로어 보스판이 아니다. 금색 갑옷을 입은 숙련된 검사라고 인식을 고칠 필요가 있을 것 같다.

상대는 검을 든 동시에 허리 위치를 낮췄다— 온다.

"크……!"

팔에 충격이 전해지며, 양손으로 든 미스릴 코팅 용아검이 비명을 질렀다.

아니, 비명을 지르는 건 내 검이 아니다.

"——."

플로어 보스는 자신의 청백색으로 빛나는 칼날의 이가 조금 빠졌다고 판단하고는 백스텝 한 번으로 열 걸음 정도 떨어졌다. 녀석은 떨어진 동시에 사이드 스텝 한 번으로 다섯 걸음 정도 옆으로 움직이더니 원래 위치로 돌아가서 다시 사이드 스텝을 밟았다.

표정은 전혀 읽을 수 없지만, 이쪽의 낌새를 엿보는 것 같다.

그나저나, 언데드의 인상을 근본부터 뒤집는 녀석이다. 기마병 리빙 아머의 스피드에 인간처럼 세세한 움직임을 추가했을 뿐인데 이렇게나 성가실 줄이야.

그러나…….

"아무래도 어둠마법을 건 내 검이 더 위인 모양이야."

"——!"

자신의 검에 자존심이 있는지, 투구 속에 있는 붉은 빛이 강하게 빛난 느낌이 들었다.

그와 동시에, 플로어 보스가 나를 향해 대각선 베기를 날리려는 자세로 달려왔다.

그 정도쯤…… 빈스나 에미와의 모의전에서 몇 번이고 막아왔어.

나는 참격을 흘려내는 방향으로 상대의 손을 응시했고— 놓쳐버렸다.

"……어?"

곧바로 적이 페인트를 걸었다는 걸 깨달았다.

그러나 재빠른 공격을 펼치는 이 플로어 보스 상대로는 그 찰나의 1초가 목숨의 위기다.

놀라서 양손으로 검을 든 직후……!

"—《스톤 월》!"

내 바로 뒤에서 굉음이 울렸고, 후방에서 내 머리 위를 통과하며 정면의 벽을 날려버리는 금색의 잔상이 눈에 비쳤다.

플로어 보스는 새된 소리로 벽을 양발과 한 손으로 짚고는,

마치 벽면에 착지한 듯한 포즈를 잡더니 그대로 벽을 박차며 지면에 내려와 우뚝 섰다.

"멍하니 있지 마! 굉장히 빠른 사이드 스텝으로 배후를 점하고, 다음에는 백스텝으로 도움닫기를 하고 있어!"

뒤를 확인하자, 보라색의 네모난 벽이 뒤에 보였다. 그건 틀림없이 스톤 월 마법의 흔적.

그런가……. 시빌라는 전체를 부감할 수 있는 위치에 서서 내가 뒤에서 공격을 당하는 타이밍에 그 플로어 보스를 **위로 보내버린** 건가.

너무나도 정확한 컨트롤과 타이밍……! 역시, 정말 믿음직하다.

"미안, 고맙다!"

나는 시빌라에게 대답하면서 검을 들었다.

—응?

순간 위화감이 들었지만, 바로 정면에 있는 플로어 보스의 움직임을 감지하고 눈앞에 집중했다.

그나저나, 어떻게 대처해야 할까…….

내가 망설이는 도중, 놀랍게도 시빌라가 계단을 내려왔다. 초조해진 나를 제쳐놓은 시빌라는 나와 금색 갑옷이 선 위치, 즉 플로어 보스의 공격이 닿는 곳에 와버렸다.

서둘러 시빌라가 향한 스톤 월의 흔적으로 가서 합류했다.

"위험해!"

"너도 나도 술사잖아. 차이는 없어."

시빌라는 놀라는 나를 제쳐놓고 억지로 나와 보스 사이에 끼어들었다.

나 대신 저 플로어 보스의 표적이 되는 위치다.

"괜찮은 거냐, 저 녀석은 강하다고?!"

"러셀."

"뭐냐!"

갑작스러운 행동에 초조감을 감추지 못한 나와는 대조적으로, 시빌라는 신기하게도 냉정했다.

그리고 시빌라는 차분한 음색으로, 돌아보지 않은 채 말했다.

"재빠른 적은…… 벌써 잊어버렸어?"

―앗!

상대의 강함에 완전히 홀려서 머리에 피가 몰리고 있었다.

그래, 잊고 있었다.

회피율이 발군으로 뛰어난 상대가 내구력도 발군으로 뛰어나다는 건 있을 수 없다. 그렇기에 나는 시빌라에게 사전에 배웠다.

나는 자신의 방어를 시빌라가 만든 돌벽에 의지했다. 아아…… 이게 파티를, 파트너를 신뢰하는 힘이라는 건가.

플로어 보스전에서도 이 녀석은 냉정하고 숙련된 선배다. 정말로 든든하다.

양팔을 좌우로 벌렸다. 그리고 숨을 들이쉬고는…… 그 마법을 날렸다.

"《다크 스피어》, 《다크 스피어》…………."

'…………《다크 스피어》, 《다크 스피어》.'

교대로 날린 마법은 아무것도 없는 곳에 떨어져 폭발했다. 언뜻 아무 의미도 없는, 지면을 공격하기만 한 헛수고 마법.

그러나…… 그 마법의 폭풍에는 빈틈이 없다.

폭풍이 만들어내는 벽이 조금씩 좁아지자, 겨우 상대도 이쪽의 의도를 파악한 모양이었다.

그리고 이 상황을 타개하고자 플레어 보스는 시빌라를 향해 일직선으로 검을 들었고—!

"《플레어 소드》!"

—시빌라의 고위력 단거리 마법에 맞은 갑옷이 관통됐다.

"비장의 수단은 제일 좋은 순간까지 감춰두는 거야. 내가 돌마법 전문이라고 생각한 시점에서 너의 패배."

그리고 최대의 무기인 자신의 다리가 손상된 플로어 보스는 내 어둠마법을 피하지 못하고 모든 공격을 맞았다. 몇 방 얻어맞자 갑옷은 곧바로 움직이지 못하게 되었다.

머릿속에서 소리가 들렸다.

"해냈네!"

"그래, 고맙다. 믿음직했어."

"이번만큼은 러셀도 시빌라 누나에게 헤롱헤롱이네— 꺄앙!"

"우쭐대지 마. ……나 참, 그 언동만 없다면……."

프레데리카 말고는 그 호칭을 허락할 생각이 없다. 특히 시빌라에게는.

왠지 최근에는 해주기를 바라는 게 아닌가 싶을 정도로 우쭐대는 시빌라에게 이미 익숙해진 손날치기를 날리고, 머리를 감싸며 쪼그려 앉은 시빌라의 뒤에 보이는 무너진 지면을 슬쩍 바라봤다.

내가 그러는 사이…… 갑자기 시빌라가 일어나서 이쪽을 바라봤다.

진지한 표정이 내 얼굴에 바짝 접근했다. ……뭐, 뭐야 갑자기.

그리고 그녀는 내 귀에 키스하듯이 닿고는— 작고도 작게 중얼거렸다.

"러셀, 플랜 두 번째."

나는 그 목소리를 확인하고는 크게 심호흡하며 주저앉았다.

그리고, 소매로 이마를 닦으면서 계단을 올려다봤다.

문에는, 마력의 벽이 있었다.

"……이런 곳에 있을 줄이야."

나는, 목소리가 난 곳으로 고개를 돌렸다.

그곳에는, 그때 봤던 마왕이 플로어 보스였던 갑옷 옆에 서 있었다.

지면에 주저앉은 나는 그 검은 실루엣을 바라봤다.

나와 비슷한 키를 가진, 모습이 확실하게 보이지 않는 수수께끼의 인물. 어딘가 불안정한 목소리를 가진 이질적인 존재.

틀림없다. 아드리아 던전의 던전 메이커이자— 마왕이다.

“소비 마력이 큰 대신 파괴력도 큰 어둠마법을 사용하는, 제작자 몰살단(메이커 머더러)『서약자【어스름의 마경】』이 틀림없어 보이는데. 숙련자가 많다고 듣기는 했지만…… 흠흠, 역시 그만한 어둠마법을 날렸으니 상당히 지쳤겠지?”

“…….”

“대답할 여유도 없나. 후후후…….”

내 모습을 확인한 마왕이 기쁜 듯 어깨를 떨며 웃었다. 문득 발밑에 있는 금색 갑옷의 잔해로 손을 들었다. 그 순간, 플로어 보스의 시체— 금색 갑옷이 사라졌다. 저걸 회수한 건가?

“흠, 『망각뢰(忘却牢)의 리빙 아머』의 체력은 바닥났군. 이야기대로, 어둠마법이라는 건 정말 무서운걸…….”

“……이야기대로? 누군가에게 들은 거냐?”

“그럼, 그럼. 기운이 났으면 나와 대화라도 하자고. 이런 시추에이션이 된 단계에서 나의 승리는 확정됐으니까. 결판은 바로 나겠지. 그럼 재미가 없잖아.”

마왕은 뭔가 여유로운 소리를 하면서 공격할 기색도 없이 대화를 시작했다.

……자, 지금부터다.

“먼저 이 던전에 온 계기는, 나의 친구에게 추천을 받았거든.”

“친구의 추천…… 그렇다면, 너희 마왕은 던전을 만들기 전에 모이는 건가.”

“마왕……. 별로 익숙한 호칭은 아니지만 좋아. 바로 그거야. 우리 메이커는 모두 같은 곳에 살고 있지. 그리고 이쪽의 동향을 살피면서 누가 갈지 상담하는 거야."

……놀랍군. 마왕은 한곳에 모여서 우리에 대해 상담하며 능동적으로 던전을 만드는 건가.

그리고 이번에는 그 모임 중에 이 녀석이 온 건가.

여기를 고른 이유는, 고아원 파괴 및 주민의 살육.

목적은, 성기사— 에미의 정신을 꺾는 것.

"……후후후. 설마 내가 바로 나올 줄은 몰랐겠지? 보스의 연전은 있을 수 없어. 하지만 그걸 가능하게 만드는 룰이 있거든."

마왕은 천천히, 시빌라가 만든 돌벽까지 걸어왔다. 그 돌벽을 파괴하자, 붉은 지면에 보라색 파편이 퍼지면서 얼룩무늬를 만들었다.

—그래. 그렇게 된 거였나.

리빙 아머 플로어 보스……『망각뢰의 리빙 아머』였나. 그 녀석과 싸우고 있을 때, 재빠른 판단을 해야 해서 초조하던 나는 곧바로 떠올리지 못했지만, 지금이라면 무엇이 이상했는지 조금만 생각해도 알 수 있다.

상층은 일반적인 흙이나 바위색. 중층은 푸른색이고 하층은 붉은색.

그럼 왜 시빌라가 사용한 스톤 월에 보라색 바위가 출현했는가— 그 해답은 하나밖에 없다.

"너, 이 지면을 색칠한 건가."

"정답!"

녀석은 무척이나 기쁜 듯이 손가락을 튕겼다. 눈앞에서 던전의 벽이 움직이며 붉은 벽 사이에서 보라색 벽이 나타났다. 그렇군. 이게 『던전 메이크』라는 건가.

그리고 플로어 보스의 방에 들어왔을 때, 그 거창한 알현실 같은 계단은 무엇이었던가. 보스와 싸울 때 우리가 계단 위에 진을 치게 되면 보스에게 불리해진다.

까놓고 말해서 의미가 없다. 하지만…… 그 계단의 길이를 냉정하게 생각해보면, 이해할 수 있다. 상당히 오래 내려왔으니까. 그렇다…… 마침 **한 계층** 정도.

"그렇고말고. 이 지면은 모두 내가 너희를 속이기 위해 처음부터 하층이라고 생각하도록 색칠한 거다!"

……그렇군. 즉, 우리는 처음부터 그 『망각뢰의 리빙 아머』라는 최하층 플로어 보스와 싸우고 있었던 거다.

어쩐지 강하다 했다. 날아갔는데도 천장 근처 벽을 박차고 착지하는 경쾌한 보스라니, 일반적인 검사라면 아무리 용을 써도 싸울 수 없다.

그러나, 그렇기에— 그 목소리.

"……그건 그렇고, 자네도 힘들겠어."

"뭐가 말이냐."

"아니아니, 설마 뒤에 있는 여자가 아군이라고 생각해?"

뒤에서, 한 걸음 움직이는 소리가 났다. 침을 삼키는 소리도 들린 것 같다.

나는, 시빌라를 돌아보지 않고 마왕을 노려보며 턱짓으로 다음 말을 재촉했다.

"애초에 소재를 회수하더라도 고블린 토벌 부위는 아무 도움도 안 돼. 길드도 지불금을 내기 힘들겠지? 어디에서 돈이 나오는 것 같아?"

……이 녀석, 뭐지? 시빌라를 의심하라는 것처럼 말을 꺼내자마자 인간 사회 공부 이야기를 시작했잖아? 우리 같은 녀석이 그런 걸 생각하고 움직일 리가 없잖아.

"자네는, 저기 있는…… 여신의 심부름꾼으로 살아도 괜찮은 건가? 잘 생각해보라고."

"……."

"이봐. 어차피 메이커…… 마왕이었던가? 우리를 죽이라고 유도당한 거잖아. 알고 있다고? 자네처럼 『여신의 서약』을 받아들인 인간은 동시에 『여신의 제약』을 받지. 가까이 있을수록 영향이 강해."

"……."

"자네에게는 이미 마법이 있어. 강대한 그 마법이 있다면, 굳이 우리를 죽이지 않아도 여유롭게 생활할 수 있다고. 위험도 없고, 중층에서 여유롭게 무쌍을 벌이며 고기를 먹고, 술을 마시고, 여자를 안고, 그 모든 것을 즐기면서, 아무리 돈을 잃더라도 다시 시작할 수 있어. 무일푼이 되더라도 노후까지 여유롭게 현역이겠지."

"……."

"…………이봐, 뭔가 말이라도 해보는 게 어때? 설마 내 지금 이야기를 듣고도, 자네는…… 너는, 고개를 끄덕이지 않는 건가?"

…….

"—아, 그런가."

갑자기, 마왕의 분위기가 변했다

"재미없어. 역시 너희 서약자는 완전히 미쳤다고."

대화는 끝인가. 나는 일어나서 시빌라를 바라봤다.

시빌라는, 무표정하게 나를 보고 있었다.

—그래, 알고 있어.

"자, 물러나 있어."

"응."

시빌라가 떨어지는 걸 확인하고, 검을 다시 쥐었다.

"《인첸트 다크》."

'《인첸트 다크》.'

미스릴 코팅 용아검이 어둡게 빛났다.

"후후, 마력을 잃은 술사가 고육지책으로 인첸트만 쓰는 건가! 이거라면『펫』을 데려오지 않아도 문제없어 보이네."

순간 뒤쪽에서 공기 소리가 났다. ……이봐, 참으라고? 아직 기다려.

"그럼…… 나의 진짜 모습을 마지막으로 보여주마!"

검은 실루엣이 마왕 자신에게서 뿜어져 나온 바람으로 인해 확 날아갔다. 그 안에서 나타난 것은…… 미지의 모습.

실루엣 때는 보이지 않았던 얼굴은 젊은 남자지만 눈썹이 없고 울퉁불퉁하다.

마치 이야기로 전해지는 데몬과 같다. ……아니, 데몬에다 마왕이긴 하지.

피부는 모두 보라색. 눈은 조금 혈관이 떠올라 있기는 하지만, 새하얗다. 마왕은 눈동자가 없는 건가. 저러고도 용케 볼 수 있군.

"후후후. 놀라서 목소리도 나오지 않나."

뭐, 확실히 처음 봤으니까 놀랍기는 한데…….

내가 침묵하자, 마왕은 한 손을 들어서 내게 겨눴다.

"먼저 가볍게 가볼까! 《파이어 볼》!"

그렇게 말하면서 입에 담은 것은 약한 불마법.

그 공격을 검 측면에 대서 날려버렸다.

"언제까지 버틸 수 있을까!"

그 모습을 보면서, 나는 넓은 검 뒤에서…… 입꼬리를 들어 올렸다.

자, 그럼— 승리하러 가볼까.

◇

마왕의 첫수는 파이어 볼이라는 간단한 마법.

정말로 문자 그대로, 놀이 감각으로 온 모양이다.

“《파이어 볼》. ……후후후, 그래도 검으로 막기만 해서는 못 이길 텐데?”

멀리 떨어진 곳에서 묵묵히 마법을 날린다. 당황하지 않고, 한 손을 내게 겨누면서 천천히 걷고 있다.

그건 물론, 강자로서의 여유. 이 아드리아 던전을 다스리는 던전 메이커다운 자신감의 표현이다.

나는 공격을 계속해서 막았다. 상당히 얕보고 있는지, 막기만 하는 거라면 아직 여유가 있다.

“흠, 버티네. 그럼 이거라면 어때? 《파이어 불릿》.”

시빌라가 사용하지 않은 불마법을 사용했기에, 경계하면서 허리를 낮췄다. 다음 순간, 마왕의 손에 나타난 것은 작은 파이어 볼.

그러나 약해 보이는 그것이 흩어져서 퍼지며 일제히 나를 덮쳐왔다.

“—칫.”

“후후후…….”

나는 들리지 않게 혀를 차면서 내 얼굴을 막았다. 작은 불덩이가 로브를 건드리자, 뭔가 닿은 감촉이 전해진다. 결과는…… 멀쩡했다.

시빌라가 파이어 드래곤의 피로 물든 흑연색 로브를 『이게 완성형』이라고 했던 이유를 잘 알 수 있었다.

아무리 약한 마법을 작게 퍼뜨린 마법이라고 하지만, 마왕의 마법 공격을 맞았는데 그을리지도 않았다. 불도마뱀의 최상위종이 가진 피를 여전히 얕보고 있었던 모양이다.

이거라면 아직 괜찮을 것 같다.

"……호오. 그렇군. 너는 그 샐러맨더를 자기 장비로 이용했나. 그러면 불마법에 강한 것도 납득이 가네."

"그래. 다가와서 근접전을 할 생각이 들었나?"

"하하, 설마. 안전하게 깎아내야지. 그래도 그 로브가 얼마나 튼튼한지는 보고 싶네."

양어깨를 장난스럽게 으쓱하고는, 내 로브를 바라보면서 얇은 입꼬리를 든 보라색 남자는 다시 오른손을 내게 겨눴다.

"《플레임 스트라이크》!"

……명백하게 상위 마법을 날렸다! 나는 시선으로 공격을 확인하고는 다시 손에 든 검으로 내 얼굴을 지켰다.

내 마력을 부여한 미스릴 코팅 용아검은 마왕의 마법을 격파했다. 오히려 검으로 막은 바로 뒤에 있는 내 얼굴이 더 위험하다. 눈을 감고 잠시 숨을 멈췄지만, 들이쉰 순간 몸속이 타버릴 수도 있다.

아니, 실제로 조금 들이쉬고 말았다. 목이 타면 보통 마법을 쓸 수 없다. 목소리가 나오지 않기 때문이다. 그리고 당연히, 이 교활한 마왕이 그걸 모를 리가 없다.

"……으……."

나는 신음하면서 붉은 바닥에 무릎을 꿇었다. ……흠, 근처에서 보니 무척 조잡한 도색이다. 냉정했다면 색칠했다는 걸 바로 알 수 있었을 텐데.

아드리아의 마왕이 억누르지 못한 듯 웃음을 터뜨렸다.

"지금 그건 충격도 주는 고위력 마법이었는데…… 크크크, 크크크크큭……! 그 마법에도 전혀 타지 않은 로브는 훌륭하지만, 너 자신의 몸은 파이어 드래곤만큼 강하지 않았던 것 같네! 하하하하하!"

일어나서 휘청거리며 마왕을 피하듯이 옆으로 걸었다.

양손에 검을 겨눈 채로, 뒤로 슬금슬금 움직였다.

"아니아니, 그런 걸로 막을 수 있겠어? 똑같은 충격을, 지금의 네가 얼마나 버틸 수 있을까?"

"……칫……."

"크크큭…… 실로 좋은 반응이야…… 그 반응을 보고 싶었어."

마왕이 한 손을 들어서 내게 손바닥을 내밀었다—.

"《스톤 재블린》!"

—그 순간, 마왕의 옆머리를 향해 돌창이 고속으로 날아왔다!

시빌라가 조금 전까지 전투를 방관하고 있었기 때문인지 아니면 여신이 인간을 도울 리가 없다고 생각했는지, 전혀 예상하지 못한 방향에서 날아온 공격을 피하지 못해서 목이 크게 옆으로 꺾였다.

머리에서 보라색 피를 뿜어낸 마왕은 표정을 지우고 시빌라를 향해 고개를 빙글 돌렸다.

그대로 흐르는 피도 아랑곳하지 않은 채 고개를 좌우로 기울였다.

"이거야 원, 이번 여신은 찬물을 끼얹어주는군……."

시빌라의 공격마법에 맞은 마왕은 눈썹이 없는 미간에 주름을 잡으며 노출된 흰자위를 가늘게 떴다. 원거리 공격으로 일방적으로 나를 가지고 놀았는데, 원거리 공격이 가능한 적이 나타나자 단숨에 기분이 상한 모양이다.

"《플레임 스트라이크》."

조금 전과는 달리 감정을 읽을 수 없는 표정으로, 내 얼굴을 보지 않은 채 손만 들어서 고위력 공격마법을 날렸다. 그 충격에 검을 떨어뜨렸고, 검이 땡그랑 하고 떨어지는 소리가 났다.

남은 건 나의 신음뿐.

"흥, 이제 일어날 수 없겠지. 뒤에서 베일 염려는 없겠어. ……하지만, 여신. 너는 성가셔."

"……."

"서약자를 쓰는 여신 따위 남에게 떠넘기기만 하는 어중간한 녀석이라고 생각해왔는데, 너는 꽤 가지고 놀 보람이 있어 보이네."

마왕이 시빌라를 적으로 인식하며 발을 옮겼다.

시빌라는 팔에 단 작은 방패로 자신을 지키면서 마왕을 노려봤다.

마왕이 시빌라 쪽으로 한 손을 들었다—.

—지금이다.

"크아아아아아아아아악—!"

나는 방심하고 있는 마왕의 등 한가운데에 있는 붉은 보석 같은 것에 다크 스피어를 무영창으로 꽂아 넣었다.

그리고 맞은 순간, 이제 숨길 필요가 없기에 일어나서 양손을 들어 마법을 날렸다.

"《다크 재블린》."

'《다크 재블린》.'

주변의 빛을 빨아들이는 강력한 어둠의 창이 몸을 돌린 마왕에게 고속으로 꽂혔다.

계속 추격하려고 했지만, 마왕도 나를 경계하면서 백스텝으로 이탈했다.

"나, 나, 나나, 나…… 나나나나나나나나나나의, 나의, 나의나의, 『던전 코어』가아아아아아아아아?!"

피투성이의 마왕은 경악한 표정으로 왼손을 뒤로 돌려서 긁으며 바쁘게 움직였다.

머리에서 흐르는 피는 조금도 염두에 두지 않고, 계속에서 등만 신경 쓰고 있다.

"과연, 역시 그게 이 던전을 유지하는 보석이었나."

"어…… 어째서…… 어째서…… 어째서……."

"어째서냐니, 너 말이야. 나는 【성자】라고. 회복마법을 쓰지 못할 리가 없잖아, 바보냐?"

"바, 바보?! 이 지략에 뛰어난, 나를, 나를, 이 몸을, 바보라고, 바…… 아니, 잠깐. 너. 이봐. 지금, 뭐라고?"

"성자다. 나는 원래 회복술사란 말이다."

"서, 성자가, 용사 파티에 없다고? 회복술사가, 단독(솔로)으로, 회복마법과 어둠마법을…… 이, 있을 수 없어…… 이런 건…… 예상 밖이야……."

"있을 수 없나."

나는 바닥에 떨어진 검을 주웠다. ……이거야 원, 지는 흉내도 힘들군.

내가 무사한 건 별것 아니다.

'《엑스트라 힐》.'

목이 아무리 타더라도, 시빌라에게 배운 무영창이라면 회복마법도 쓸 수 있다. 결과적으로 술사의 목을 태우는 것은 이미 아무 의미도 없다.

마왕은 내가 회복마법을 언제 썼는지도 몰랐을 거다.

"예상 밖. 그러고 보니, 이 보스 전용 플로어를 최하층으로 삼은 것도 우리에게는 예상 밖의 사태……로 만들 작정이었겠지?"

"……당, 연하, 다……."

"예상했다, 고 말한다면?"

"一뭐?"

예상했다는 것을 전혀 예상하지 못한 모양이다.

무척이나 얼빠진 표정을 보이는군. 뭐, 나도 싸우는 도중에는 몰랐지만…… 이 보스 플로어에 들어오기 전에 예상한 녀석이 있다. 말할 것도 없이, 위험 예측에 뛰어난 모험가 선배다.

"시빌라가 사전에 플로어 보스와 마왕이 연전으로 덮칠 가능성을 제시했지. 그리고 나는 시빌라의 지시대로 플랜을 수행한 것에 지나지 않아."

"플랜, 이라고……."

"그래. 플로어 보스 입구에 있는 마력벽이 유지된 채로 나갈 수 없을 경우, 숨을 헐떡이며 주저앉으라는 지시다."

그 순간, 확실히 『망각뢰의 리빙 아머』를 향해 마법을 날리는 건 힘들었다. 힘들었지만…… 그래도 고작 그뿐이었다.

내 마력은 무진하다. 아무리 어둠마법을 사용해도 좀처럼 바닥을 보이지 않는다.

평범하게 지쳐서, 이제 마법도 쓸 수 없다고 생각했겠지. 성자인 내가 어둠마법 적성이 최고라니 대체 뭔가 싶긴 하지만. 태양의 여신을 만난다면 캐묻고 싶을 정도다.

뭐, 그런 『상식』에 사로잡힌 결과.

그리고 이겼다는 『방심』에 사로잡힌 결과.

지금, 시빌라에게 사전에 들은 마왕— 던전 메이커가 가진 던전 유지를 위한 마석 『던전 코어』를 파괴하는 작전을 막을 수 없었다.

"몸 어딘가에 붙어있다고 들었는데, 그렇게 노리기 쉬운 위치에 있을 줄이야. 정면에서 싸웠다면 성가셨겠지만, 그렇게 등을 보이는 바보가 어디 있냐."

"……크……."

"요컨대."

나는 오른손으로 검을 들어 다시 어둠마법을 부여했다.

검은 목숨을 깎아내는 빛을 발했고, 나는 그 끝을 마왕에게 겨눴다.

"너는 처음부터 끝까지, 『예상 밖의 일을 전부 예상한』 시빌라의 손바닥 위에서 놀아난 거다. 내 승리의 여신을 추월하는 건, 네 두뇌로는 100년 일렀어. 삼류!"

"네…… 이…… 놈……!"

"잘 들어라. 그 고아원은 【성기사】 에미의 소중한 곳인 동시에 【성자】인 내가 자란 곳이기도 하다. 그런 것도 모르고 내 앞에서 나불나불 떠들어댄 시점에서…… 그래. 내가 있는 곳에 손을 댄 시점에서, 너는 어떻게든 없애버릴 생각이었다."

그 검을 쥐고, 한 손을 상대에게 겨눴다.

그때는, 회복마법밖에 쓰지 못했다.

도망치는 데 필사적이었다.

그러나, 지금의 내게는 시빌라라는 세계 제일의 교활한 승리의 여신이 붙어있다.

그 여신에게 받은 힘이 있다.

지금의 나라면, 이길 수 있다.

"자— 지금부터는 『흑연의 성자』의 차례다."

10 마왕과의 싸움, 자신의 본심, 그리고 변화

내 손에서 기습적인 다크 스피어가 날아갔다.

폭풍만으로도 대미지를 입는다는 건 상대도 알고 있는지, 마왕은 왼쪽— 상대 방향에서는 오른쪽에 착탄한 다크 스피어를 피하듯이 움직였다.

"크……!"

그리고 마왕은 내게 팔을 살짝 베여서 다시 피를 흘렸다.

여기에 오기 전, 시빌라에게 배운 것 중 하나다.

『다크 스피어, 직격이 아니고 네 눈앞 지면에 떨어지면 어떨 것 같아?』

『……뒤로 피하겠지? 당연하잖아.』

『그렇지? —그러니까 그 마법은 성가셔.』

폭풍은 위력은 작지만 마법 공격이다. 게다가 어둠마법은 방어 무시. 그러니 적은 이 공격의 위력이 아무리 작더라도 그걸 무시할 수가 없다.

그 결과, 상대가 어느 쪽으로 회피할지를 어느 정도 내가 조종할 수 있다. 페인트라는 걸 알아챘다 해도, 폭풍에 맞으면 당연히 대미지를 입는다.

다크 스피어……. 내가 쓰고 있긴 하지만, 정말로 무시무시하고 성가신 마법이다. 이런 마법을 쓰는 상대와는 싸우고 싶지 않다.

그럼, 한 방 더.

'《다크 스피어》.'

"큭……!"

마왕은 내가 쏜 다크 스피어를 피하면서, 이번에는 내게서 떨어지듯이 도망쳤다. 그때, 그 도망친 곳보다 더 안쪽으로 다크 스피어를 날렸다.

직격은 아니지만, 당연히 대미지는 들어간다.

거의 미약하지만…… 그러면서도 가장 무서운 대미지가.

『다크 스피어가 페인트라는 걸 알면서도 피하지 않을 수 없어. 왜냐하면 페인트가 아니라 대미지고, 직격하면 웃을 수 없는 대미지를 먹으니까.』

그러니 다크 스피어의 공격은 완전히 회피할 수밖에 없다.

나는 시빌라에게 들은 설명을 떠올렸다.

『……보통은, 유효한 전법이 아니야.』

느린 마법이고, 소비 마력도 많다. 보통은 이런 쓸데없는 전략은 세우지 않는다.

그러나, 나라면.

『러셀 한정이라면, 이 전법을 살릴 수 있어.』

다음 다크 스피어를 연발하면서 오른손의 검으로 항상 상대의 움직임을 쫓았다.

역시 이 인첸트 다크를 건 용아검 가까이 다가오고 싶지는 않았는지 계속 뒤로 피하면서 폭풍을 얻어맞았다.

그런 공방이 이어지면, 상대도 깨닫겠지. 시빌라가 고안한 이 공격 방법이 얼마나 무시무시한지.

『작디작은 대미지…… 그래, 천천히 목을 옭아매는 듯한, 정말로 약한 공격. 하지만 무시해도 되는 대미지에 대응할 수가 없는데, 이런 지속 대미지가 끝나지 않는다고 깨닫는 순간, 반드시 초초함이 생겨나. 상대의 머리가 좋을수록 정신에 대미지를 가하는 전법이지.』

……변함없이 악랄한 생각을 하는 여자다. 정말로 여신인가 의심스러울 정도다.

그러나 이런 공격적인 부분도 포함해서 나는 그 녀석이 마음에 든다. 적을 쓰러뜨리는 것. 효율적이고, 안전하고, 그리고 철저하게. 그걸 위해 최강의 공격력과 방어력을 최속으로 내게 제안해준다.

그 이유는 하나. 내가 이기리라 믿고 있으니까.

분명…… 그렇다. 나를 인정하고 있는 거다.

러셀이라면 성공할 거다.

러셀이라면 맡겨도 된다.

러셀은— 언제나 찾아주니까.

……순간, 그리운 기억이 떠올랐다. 아니, 지금은 옛날 추억에 잠기는 건 그만두자.

즉, 나는【성자】가 된 나의 힘으로 항상 도움이 되고 싶었던 거다.

그러니 용사 파티에서 마물 토벌을 하지 못하더라도, 브렌다의 어머니를 치유한 것으로 조금은 만족했던 거겠지.

그런 나의 본심도 포함해서【성자】가 된 걸까.

누군가를 치료하고 싶었던 건 아닌데 말이지…… 도움만 되는 거라면 그냥 공격마법이 더 나았을 테니까.

뭐, 그런 세세한 인간관계까지는 태양의 여신도 알 바 아니었을 테지만— 하나만 말할 게 있다면.

시빌라과 서약한 지금의 나는 그 양쪽이 다 가능하다는 것이다.

"건방, 떨지 마라! 이걸로 죽어! 《포이즌 미스트》!"

마왕이 팔을 휘둘러 손에서 피의 색과 똑같은 안개를 뿜어냈다. 이건 피를 흘린 건 아니겠지? 그런 생각을 하는 사이에 마법의 효과가 내 몸에 나타나기 시작했다.

그나저나…… 기사회생처럼 사용한 마법이 이건가? 들이쉬기만 해도 몸에 침입해 체력을 빼앗는 마법. 꽤 강한 맹독인 모양이다.

이런 마법을 쓴다는 건—.

"—역시 너 바보지?"

"또, 말했겠다……! 이, 이, 이 몸을 향해서어어어어!"

"이거, 독이잖아."

"허세를 부려봤자, 말하기만 해도 네 몸에는 독이!"

"아니, 그러니까 난【성자】라고 했잖아."

"……아, 아……."

'《큐어》, 《엑스트라 힐》.'

"무영창으로 회복하는 건, 공격마법을 쓰는 것보다 여유롭다고."

완전히 피투성이가 된 마왕은 아연실색한 얼굴로 내 말을 들은 건지 듣지 않은 건지 고개를 부르르 좌우로 흔들어댔다.

정말로 몰랐던 모양이다. 어둠마법에 비하면 회복마법과 함께한 시간이 반년 정도 길거든. 머릿속으로 사용하는 정도는 전혀 어렵지 않다.

"후…… 후후후……."

내가 검을 들이밀자, 마왕은 갑자기 웃기 시작했다. 뭐지, 마왕도 현실도피하고 싶어지는 나이인가?

"그렇게, 여신의 말만 따르며 무기를 휘두르는, 가……."

……아무래도 이 녀석, 내가 시빌라를 따르는 게 마음에 안 드는 모양이다. 시빌라에게 이후의 지시는 받지 않았다— 그렇다면.

"이봐, 너는 왜 그렇게 여신을 미워하는 거지? 그리고 용사도 그렇고."

뒤에서 움직이는 기척이 났다. ……이런 건 역시 예상하지 못했겠지.

아니, 의외로 예상하고 있었을지도? 시빌라가 어느 정도까지 생각하고 있는지는 나도 잘 모르니까.

"어째서, 어째서라고? 너, 이봐, 이봐. 나는 이렇게 모처럼 용사를 죽이기 위해 여기까지 왔는데 말이지. 지금의 나는 이런 꼴이다."

"……그런 대답을 듣고 싶었던 건 아닌데."

"이봐, 너도 머릿속에서 레벨 업 소리를 듣잖아? 우리가 모르는, 마물들도 모르는, 아까 그 갑옷도, 아무도 들은 적 없는, 그 목소리를."

"뭐, 그렇지."

"교회에서 모시는 여신의 목소리라고, 생각하는 거냐?"

아닌가? 이런 상황에서 적당한 소리를 늘어놔봤자 믿을 수 없는데…… 시간 벌기라고밖에 생각할 수 없다.

……아니, 이 녀석이 그런 소리를 할까? 꽤 여러 정보를 나불나불 떠들어댔는데. 지금 말을 봐서는, 의외로 사실일지도 모른다.

"너는 누구인지 아는 거냐?"

"아니? 그저 레벨 업 때 목소리가 들린다고 떠들어댔으니까……."

떠들어댔다? 그것도 동업자의 정보인가 보다. 하지만…… 지금 정보는 얼마 전 떠들어댄 내용을 포함하면 조금 위화감이 있다.

나는 마왕을 바라보면서, 문득 머릿속에서 조금 전 대화를 떠올리며 생각에 잠겼다.

눈앞에는 휘청거리는 마왕.

"나 참……."

뭔가 중얼거리더니, 머리를 두르던 손바닥을 바로 내게 겨누며 눈을 크게 떴다.

"방심하지 마라 바보 자식아아아!"

마왕은 내가 고민에 잠긴 틈을 타서 마법을 내게 날렸다.

"《플레임 스트—》끄아아아아아아아악?!"

그러나 다음 순간, 마왕의 머리에 또 하나의 보라색 분수가 생겼다.

그걸 저지른 건, 가장 교활하고 믿음직한 나의 파트너. 스톤 재블린을 무영창으로 뒤에서 날려 마왕의 머리를 맞춘 것이다.

나는 겨우 깨달았다. 조금 전 스톤 재블린을 **일부러 외친 건** 이 상황을 만들기 위해서였나. 여기까지 읽고 움직이다니, 정말로 무시무시한 여자다…….

"무영창을 러셀이 쓰는데, 내가 쓰지 못할 리가 없잖아? 『비장의 수단은 마지막까지 감춰두는 것』이라고 말했는데, 그대로 엿들었으면 학습했어야지, 바보네."

"크으으으으으으으?! 여신 주제에에에에?!"

"바보인 네게 가르쳐줄게. 『잘 떠드는 녀석은 대부분 바보』야. 공부가 됐지?"

"네 이 녀어어어어어어어언—!"

마왕이 격양하고, 시빌라가 입꼬리를 들었다. 그리고……나를 향해 한쪽 눈을 감았다.

여기까지 유도한 건가. 역시— 너는 최고의 파트너야!

"《어비스 네일》!"

'《어비스 네일》!'

검보라색으로 빛나는 마력 기둥이 지면에서 생겨났다. 완전히 방심하던 마왕은 지면에서 조금 시간이 지난 뒤에 생겨난 그 마법을 피하지 못하고 커다란 대미지를 입었다.

그렇다. 내가 『망각뢰의 리빙 아머』 토벌과 함께 익힌 마법이다.

"최하층에 강한 플로어 보스를 놔둬서 고맙다. 【어스름의 마경】 레벨 10을 알리던 목소리가 누구인지는 모르겠지만…… 내 도움이 된다면, 그리고 고아원을 공격하려는 너를 죽일 수 있다면, 신이든 악마든 지금은 상관없어. ……그래, 확실히 『비장의 수단은 마지막까지 감춰두는 것』이군. 네가 우쭐대던 탓에 맞아버린 어둠마법의 위력은 어떠냐?"

"……."

압도적인 공격에 직격당한 마왕은 이제 대답도 하지 못하게 되었다.

◇

나는 마왕이 쓰러지는 모습을 확인하고 시빌라를 바라봤다.

활짝 웃으며 허리에 손을 대고는 나를 보며 고개를 끄덕이고 있었다.

"이야~, 이중 영창 어비스 네일은 처음 봤는데 못 참겠네. 마왕을 일격에 이렇게 만들다니, 나의 기나긴 삶에서도 『흑연의 성자』뿐이야. 너 정말 어떻게 된 거야?"

"아니, 기회를 만들어주지 않았다면 두 번은 맞지 않을 공격이었는데……. 그쪽이야말로, 무영창을 그런 타이밍에 쓸 줄은 몰랐어. 마왕을 속여 넘기다니, 역시 교활해."

시빌라는 나에게. 나는 시빌라에게. 각자의 행동에 대해 비뚤어진 감상을 남겼다. 서로 진지하게 마주 보고는…… 누구부터랄 것도 없이 조용히 웃었다.

그리고 시빌라는 가죽 장갑을 벗기고 오른손을 들어서 그 병적일 정도로 하얀 손바닥을 겨눴다. 나는 지략의 마왕을 머리부터 발끝까지 완전히 손바닥 위에 가지고 놀았다고는 보이지 않는 그 얇고 아름다운 손에 자신감을 가지고 손바닥을 부딪쳤다.

"아야얏!"

시빌라는 손목을 휘두르면서 조금 빨갛게 달아오른 손에 숨을 후후 불어넣었다.

……아니아니, 보통 그렇게 아파하나? 정말 한심한 녀석이라니까……. 뭐, 그래도 이런 긴장감 없는 모습이 시빌라인 걸지도 모른다.

어떤 위기라도 옆에 있기만 하면 넘어설 수 있을 것 같은 승리의 여신.

내가 얼마나 강한지는 나 자신도 확실히 알 수 없지만, 이 녀석이 이긴다고 단언한다면 이길 수 있을 것 같다. 그게 시빌라라는 여자다.

"자기가 장갑을 벗어놓고 그건 좀 아니지. 《엑스트라 힐》."

"으으, 넌 조금 더 여자아이를 배려해주는 게 좋아…… 나 말고 다른 애였다면 울었을 거야."

"괜찮아. 시빌라 말고는 때리지 않으니까."

"너무해?! 아니, 이건 혹시 신뢰의 증표……? 노골적인 호의의 표시?! 그래, 그야말로 이건 나 한정이고, 부부 만담을 할 생각이 있는 러셀의 애정을 은연중에 보여주는꺄앙!"

지금, 내 팔이 당연한 듯이 손날치기를 날렸다……. 그나저나, 어떻게 해야 이런 묘한 방향을 연상하는지 신기할 정도다.

뭐랄까, 용케 이렇게 포지티브해질 수 있구나 싶다. 처음에 파티에서 제명당하고 비뚤어졌던 나도 이런 쓸데없이 긍정적인 사고는 본받아야 했나…….

……아니, 이 녀석의 포지티브한 모습을 흉내 냈다가는 본격적으로 그냥 천하태평한 놈이 되겠지.

"들리거든!"

"들리라고 혼잣말을 한 거다."

"왜 넌 그렇게 나한테만 노골적으로 말하는 거야…… 다른 고아원 여자들은 오랫동안 같이 있었는데도 전혀 그렇지 않았잖아……."

한숨을 내쉬며 고개를 풀썩 수그린 시빌라를 보면서, 문득 그 별것 아닌 한마디로 새삼 깨달았다.

확실히, 이 녀석과는 완전히 거리가 줄어들었다. 줄어들었다기보다는, 솔직히 저쪽에서 좁혀왔다고 봐야겠지만.

그래도 파티에 있을 무렵에는 나도 조금 더 얌전했다. 적어도 에미 상대라도 이렇게 하고 싶은 말을 다 하는 사이는 아니었다.

……뭐, 에미에게 그렇게 말했다가는 바로 눈물을 흘릴 것 같아서 도저히 그럴 수 없었지만…….

그러나 전혀 경험한 적이 없는 여자와의 거리감을 어떻게 생각하느냐면…… 나쁘지는 않았다. 시빌라와 농담 따먹기를 하는 건 기분이 좋다. 처음 있는 경험인데 마치 언제나 그랬던 것 같은 느낌이 든다.

열 받게도 — 정! 말로 열 받게도 — 아무래도 나는 이 녀석과의 신기한 거리감이 꽤 마음에 든 것 같다.

의문형인 건, 나도 정확하게 아는 건 아니니까.

"……뭐~ 됐어. 너는 정말로 잘해줬어. 【어스름의 마경】으로 직업을 바꾼 지 사흘밖에 안 됐는데 마왕 토벌이라니, 이건 나에게도 신기록이야."

"시빌라가 말한다면 그렇겠지. 나쁜 마음은 안 드네."

"최고 평가야. 나 참, 내가 봐도 참 터무니없는 걸 만들었다니까."

나 참, 정말로 이런 걸 성공하다니. 내가 【성자】인 채 【어스름의 마경】으로 레벨 업했다는 감각은 여전히 신기하다.

그리고 무엇보다…… 내 마력의 수수께끼도.

대체 내 몸은 어떻게 된 거지? 소비 마력이 높은 어둠마법을 아무리 써도 전혀 고갈될 기색이 없다. 그러면서도 마법은 제대로 나간다.

……어느 의미로는 성자가 된 것이나 어둠마법사가 된 것보다 훨씬 커다란 수수께끼다.

"나 참, 그나저나 마왕도 러셀을 잘 알지도 못하고 『펫』을 데려오는 걸 까먹어버렸네."

"……너, 그러고 보니 없다는 걸 알자마자 코웃음 쳤었지. 방심시킨다고 했던 건 너였으면서."

『펫』…… 그건 시빌라가 전에 말했던 마왕의 전투 보좌 마물.

마왕은 이 녀석들 데리고 나타나는 경우가 종종 있다고 한다.

"윽, 뭐…… 그렇지. 너무 웃겨서 웃어버렸지 뭐야. ……플로어 보스는 기본적으로 다수전만큼 무서운 게 없으니까. 강한 보스 하나를 파티가 연계해서 두들기는 게 기본이고, 만약 혼자서 다수의 보스와 근접전을 하는 상황이었다면 이기는 건 절망적이었을 거야."

그렇군. 그 마물에게 근접 전투가 가능한 부하가 있었다면 단숨에 승산이 줄어들겠지…….

왠지 그 마왕은 싸우는 것이 전문적이라는 분위기는 아니었다. 그 이름대로 왕답게 뭔가 만드는 기술에 관해서는 타의 추종을 불허하겠지.

그런데도 내가 검이나 로브로 공격마법을 막았지만 두 번의 강력한 마법으로 검을 떨어뜨렸을 만큼 마법을 날리는 마왕은 강했다.

"다수전은 말이지. 기본적으로 이기지 못한다고 생각하면 바로 도망쳐야 해. 그게 무리라면 계단이나 좁은 길을 이용해서, 예를 들어 그 녀석이—."

시빌라가 시선을 움직인 순간, 그 눈이 경악하며 크게 뜨였다. 그 순간, 맹렬하게 불길한 예감이 들어서 나도 바로 몸을 돌렸다.

마왕이 쓰러져있던 그곳에는, 아무것도 없었다.

"—크, 크큭……."

그러고 보니…… 이곳의 플로어 보스로 던전이 끝나는 건 아니다. 플로어 보스를 쓰러뜨리면 반드시 다음 문이 열리니까.

바로 마왕이 나타났기에 신경 쓰지 못했지만…… 안쪽을 보니, 지금까지 닫혀있던 건너편 방이 밝게 빛나고 있었다.

"저, 저 녀석……!"

시빌라의 초조함과는 상관없이, 마왕은 만신창이면서도 여유롭게 웃었다. ……허세가 아니라면, 정말로 뭔가 정신적 여유를 찾았거나…… 아니면 조금 망가졌나.

"시체의 잔상을 남긴 이동이지…… 하하하……! 또 만나자고, 어스름의 마경…… 아니, 『흑연의 성자』였나……!"

"당했어! 러셀, 도망치자!"

시빌라가 외친 동시에, 나는 급하게 계단을 올라갔다.

플로어 보스의 문에 마력의 벽은 없고, 방에서 바로 탈출할 수는 있었다…… 그러나.

“『비장의 수단은 마지막까지 감춰둔다』. 좋은 경험이었다……. 이런 것도, 하나의 재미겠지…….”

그 마지막 말이, 무척이나 머리에서 떨어지지 않았다.

제2층에는 이미 마물의 모습은 없고, 눈앞에는 똑바로 길이 있을 뿐.

시빌라는 망설임 없이 왼쪽으로 꺾어서 달렸다. 그러고 보니 이 여신, 던전의 모든 지도를 머릿속에 만들어놨다고 했나.

시빌라는 전방을 달리면서 짜증난 듯 외쳤다.

“그 바보 마왕, 자멸마법을 썼어!”

마왕이 사용한 『자멸마법』이라는 것. 뭔지는 모르지만 그 이름만으로도 어떤 것인지, 그리고 지금이 얼마나 위험한 상황인지는 알 수 있다.

“슬슬 1층! 러셀, 회복!”

“알았다!”

머릿속으로 《엑스트라 힐 링크》를 써서 스태미나 차지를 겸한 마법으로 체력을 회복했다. 아직 전력 질주를 멈출 수는 없다.

1층 부분까지 올라온 나는 문득 멈춰 서서 시빌라의 팔을 잡고 외쳤다.

“《윈드 배리어》!”

‘《윈드 배리어》.’

시빌라가 의아한 표정을 지은 직후, 벽에 화살이 닿는 소리가 들렸다. 놀란 시빌라를 제쳐놓은 채, 나는《다크 스피어》를 꽂아 넣어 모든 검은 고블린을 침묵시켰다.

"어째서 알아챘어?"

"아니, 지금 이건 정말로 왠지 모르게 예감이 들었어. 나도 너무나도 위험한 상황이라 위기감이 오히려 없어져서 냉정해진 걸지도 몰라."

"믿음직한 건지 아닌 건지! 그래도 지금 너는 나를 두뇌를 넘어섰어. 나쁘지 않아!"

이럴 때지만 칭찬받은 건 나쁜 기분이 아니다. 시빌라가 두뇌로 칭찬해준 거라면 자신감을 가져도 되겠지. 사양하지 않고 받아들이자.

우리는 던전을 나와서 멈추지 않고 달리며 뒤를 돌아봤다.

"러셀, 부숴!"

"《어비스 네일》!"

'《어비스 네일》!'

던전 입구에 마법을 날리자, 커다란 마력의 손톱이 입구 부분을 무너뜨렸다.

그러나…… 입구를 막은 정도로는 저 자멸마법을 억누를 수 없는지 빛이 바위틈에서 새어 나와 주변을 태웠다.

"……어, 쩌지…… 이거, 못 막겠어……."

"큭, 아직이다!"

내가 여기서 포기할 수는 없다……! 이대로 가면 마을까지 통째로 삼켜버릴 정도의 마력 파괴 공격이 일어나 아드리아가 파멸한다. 여기서 막아야 해……!

마을 주변까지 물러난 내가 각오를 다지고 눈앞의 빛에 대항하려던 순간—!

"《매직 코팅》!"

—그리운 목소리가, 들렸다.

눈앞이 새하얘지고, 열인지 뭔지 알 수 없는 것이 몰려왔다. 그러나 신기하게도, 충격은 전혀 닿지 않았다.

이윽고 빛이 줄어들었고, 내가 눈을 뜨자 눈앞에 있던 산은 사라졌고…….

……품에는, 몸이 거의 너덜너덜하게 붕괴된, 가까스로 소꿉친구라는 걸 알아볼 수 있는 모습이 내게 안겨있었다.

에미는, 격통에 시달리면서도 어째서 그렇게 다정한 눈을 보일 수 있나 궁금할 정도로 평온하게 눈을 가늘게 뜨며 나와 눈을 마주 봤고…….

"——."

말을 형성하지 못한 숨결 스치는 소리, 목에서 뭔가 꿀럭꿀럭 솟아나는 소리를 내며, 그대로 눈을 감았다.

내 양팔에, 힘없이 쓰러진 몸의 무게가 전해졌다.

막간 에미 : 자신의 마음속 부담의 경감, 믿음직한 친구의 고찰, 그리고…… 선의라는 이름의……

자넷과 잠시 대화를 나눈, 다음 날 아침.

평소의 나른한 아침의 감각은 없고, 묘하게 머리가 바로 깨어났다. 덮고 있던 모포를 걷자, 창문에서 내리쬐는 빛은 푸르고 어두컴컴하다. 순간 아직 밤인가 싶을 정도다.

그저께는 왠지 여러모로 고민하다가 두통이 멎지 않았었다. 회복(힐)마법은 이럴 때는 의외로 효과가 없네……. 어쩌면 자넷에게 큐어를 부탁하는 게 나았을지도.

악몽에 시달린 기분이 든다. 뭐, 꿈은 기억하지 못하니까 어떤 꿈이었는지는 전혀 모르겠지만…….

어제도 고민은 했었지만, 그래도 바로 잠들었다. 분명 자넷에게 상담했기 때문이다. 내가 담아두던 고민 같은 걸 자넷과 공유하게 되어 부담이 줄어든 것 같다.

누군가와 이렇게 생각을 공유하는 것이 이렇게 편해질 줄은 몰랐다. 특히 머리가 좋은 자넷이라면 조금 바보인 내가 모르는 부분까지 확실하게 고민해줄 테니까. ……공유인 만큼, 자넷이 내 몫까지 고민해준다는 부분에 관해서는 정말로 미안하게 생각하지만…….

그나저나, 정말로 이른 아침이다. 어제 늦잠을 잔 것과는 너무 다르다.

왠지 기분이 개운하다.

……그나저나, 뭐였더라. 이 어두운 하늘을 표현하는 말이 있었는데……. 자넷이 멋진 이름을 가르쳐줬던 것 같은데…….

……어둠? 어스름이라든가, 그런 거였던 느낌이 든다. 응, 어스름이다. 그래, 스름스름.

“새벽이야.”

“엥?”

입 밖으로 꺼냈었나?

옆을 보니, 나와 마찬가지로 침대에서 일어난 여자아이가 있었다.

반쯤 뜬 익숙한 눈초리로 나를 몇 초간 빤히 바라보더니, 어이없다는 듯이 한숨을 내쉬었다.

“땅거미, 박모(薄暮), 황혼은 저녁. 아침은 새벽, 동틀녘, 여명. ……벌써 잘 거야?”

“아, 아하하…….”

일어나자마자 갑자기 내 하루가 끝나버렸나. 고, 곤란하네……. 완전히 멍청한 소리를 하고 말았다. 그리고 내 착각도 지적해주는, 머리 좋고 다정한 최고의 친구.

“좋은 아침, 자넷.”

“응, 좋은 아침.”

약간 졸린 건지, 자넷은 손으로 눈을 비비면서 좌우로 휘청휘청 움직였다.

"어머, 빠르시네요—."

또 하나의 소리가 들리자 나와 자넷은 펄쩍 뛰면서 돌아봤다.

"—어, 어라? 저기, 죄송해요. 그렇게 놀라게 할 생각은……."

머리를 긁적이며 모포 속에서 고개를 내민 금발 여성.

자넷에게 일부 패배감을 느끼고 있던 예전의 나를 시야 좁은 시골뜨기라고 깨닫게 만든, 진짜 완벽미인.

"아, 아하하, 죄송해요. 좋은 아침이에요, 케이티 씨."

"네에, 좋은 아침이에요. 에미 씨!"

역시 케이티 씨의 저 모습은 매력이 가득해서, 수상함 같은 건 조금도 없는 싱글벙글 웃는 얼굴이다. 아니, 의심하는 내가 오히려 성격이 나쁜 게 아닌가 하고 점점 시무룩해질 정도다.

케이티 씨가 다음으로 시선을 옮긴 곳은 물론 자넷. 그런데…… 자넷은 전혀 말을 걸지 않는다. 거북한 건지, 케이티 씨가 나와 자넷에게 계속 시선을 왕복하면서 눈을 깜빡였다. 우와~, 속눈썹 길다~.

이게 아니고, 자넷. 왜 입을 다물고 있는 걸까. ……서, 설마 어제 내가 상담한 바람에 이미 케이티 씨를 의심하고 있는 걸까?! 그건 좀 빠르지 않아?!

긴장한 나와 케이티 씨가 동향을 지켜보는 가운데, 자넷이 일어났다.

자, 잠깐만—!

"……갈아입을 옷, 방에 없는데요……."

—어?

자넷이 케이티 씨의 모포를 걷자…… 뭐랄까, 굉장히 섹시한 옷이었다. 가슴과 엉덩이만 천이 두껍고, 남은 부분은 반투명한 커튼처럼 다 비쳐서…… 아니, 저거 엉덩이 같은 부분 보이지 않나……?

"케이티 씨의 갈아입을 옷이 방에 없는데…… 설마, 그 네글리제 차림으로 아침부터 욕조에 가실 건가요……?"

"저기, 위험한가요?"

"남자가 똑바로 걸을 수 없게 되니까, 그만두세요……. 그보다 어제 그 차림새로 돌아다녔죠? 하아…… 제가 망토 빌려드릴 테니까, 욕실에 갈 때는 꼭 입으세요."

"어, 어머나 그것 참……! 자넷 씨, 일부러 그걸? 후후, 배려심이 많은 근사한 여자아이네요!"

케이티 씨는 싱글벙글 웃으며 자넷을 끌어안고는 푸른 머리를 쓰다듬었다. 자넷은 「그만두세요……」라고 조금 싫어하며 몸을 틀었지만, 쑥스러움을 숨기는 건지 그리 심각하게 막지는 않았다.

……안심했다. 아니, 나조차도 묻는 건 곤란하다는 걸 알고 있었으니까, 자넷이 그런 섣부른 일을 할 리가 없지…….

"그럼, 가볼게요."

그리고 망토를 걸친 케이티 씨가 아침부터 욕조로 갔다. 온수가 있을까……. 그런 생각이 들었지만, 저 사람이라면 목욕물 끓이는 것 정도는 여유롭게 하겠지.

케이티 씨를 배웅한 자넷이 나를 돌아봤다.

"놀랐어. 뭔가 물을 줄 알았는데."

"아무리 그래도 그런 짓을 하지는 않나. 그래도, 보고 있었어."

"어, 뭘? 네글리제 문양?"

"……에잇."

자넷이 손날치기를 날려왔다. 전혀 아프지 않다. 오히려 귀엽다.

"그 사람의 눈. 예쁘다고 생각하긴 했지만, 이 주변에서는 거의 볼 수 없는 눈이라서."

"눈? 아~, 예쁘긴 하지."

"응. 그런 예쁜 눈, 거의 볼 수 없어. 그야말로…… 왜 저렇게 눈에 띄는 아름다움을 가진 솔로 모험가가 권유 상대의 소문조차 나지 않았는지 모를 정도로. 이 주변에 금색 눈을 가진 사람이 프레데리카 씨 말고도 있었다니……."

……역시 자넷, 멍청한 나하고는 전혀 다르게 굉장히 많은 생각을 하고 있구나. 역시 나의 절친, 무척 믿음직하다.

"케이티 씨의 수수께끼는 제쳐놓고, 우리도 슬슬 갈아입자."

"그러게."

나와 자넷은 갈아입고 방에서 대화를 나눴다. 오랜만에 거리낌 없이 떠들면서 여러모로 서로가 익힌 마법 정보 교환 같은 걸 했다.

도중에 목욕탕에서 나온 케이티 씨가 와서 우리 대화에 끼어들었다.

케이티 씨도 단숨에 레벨이 올라서 그런지 믿음직한 마법을 익혔다.

자넷과 케이티 씨는 마도사로서 공격마법 정보 교환을 하고, 서로 사용감 등을 상의하고 있다. ……맞다. 예전에 들은 게 있었다.

"저, 프로텍션하고 매직 코팅, 드디어 쓸 수 있게 됐어요."

"어머, 그건 근사하네요~! 그리고, 좀 더 활약할 수 있는 비책도 있어요!"

"그런가요? 그건 기대되네요."

"그럼요 그럼요! 지금부터가【성기사】에미 씨의 진가가 발휘되는 거죠!"

……응, 역시 지나친 생각은 좋지 않다.

케이티 씨가 좀 신기한 사람인 건 지금 시작된 게 아니니까……. 응응, 괜찮아 괜찮아. 이 사람에게는 적의가 없으니까.

아직 아침은 길다.

우리는 빈스가 일어날 때까지 느긋하게 셋이서 여자다운 대화를 즐겼다.

그리고, 어어~. 여명이었던가? 그게 지난 무렵에 여관 주변도 떠들썩해져서 모두 함께 아침을 먹었다.

너무 피하는 것도 이상하니까, 오늘은 빈스 옆자리에 앉아서 묵묵히 먹었다. 빈스가 이쪽을 바라봤지만, 가볍게 아침 인사를 하고 이후에는 무시.

"……두 분, 대화는 많이 하지 않으시는 편인가요?"

"응? 아…… 뭐, 익숙하니까."

"익숙한 건가요. 후후, 그런 농익은 관계도 좋네요."

빈스가 케이티 시와 대화를 나누고 있다. 왠지 이상한 착각까지 곁들여서. 그러자 케이티 씨는 빈스가 아니라 나를 빤히 바라봤다.

"……저기요?"

"아뇨아뇨. 대화에 끼고 싶다고 생각하시지 않나요?"

"딱히 그렇지는…… 뭐, 언제나 함께 있으니까요."

"언제나 함께!"

그 말이 뭔가 기쁜 건지, 케이티 씨는 싱글벙글 웃으면서 나와 빈스를 보고 있었다. ……역시 신기하네, 케이티 씨. 잘 모르겠다.

식후에는 방으로 돌아가서 오늘도 던전에 들어갈지 상의했다.

케이티 씨는 드래곤 갑옷이 필요하다고 했으니 무리해서 가지 않을까 싶었지만, 바로 휴식이 결정됐다.

"피로는 축적돼요. 반드시 쉬어야 해요."

"으음, 케이티는 경험이 풍부해 보이니까, 그런 거라면 상관없어. 나도 연전은 오랜만이었으니까."

케이티 씨의 판단은 믿을 수 있고, 빈스도 경험자로서 그 의견을 귀중하게 여긴 모양이었다.

뭐, 그게 아니더라도 빈스가 케이티 씨의 판단을 부정할 것 같지는 않았지만.

그 빈스는 오늘 하루는 거리로 나가서 이것저것 보고 오겠다고 했다. ……놀러 가는 걸지도 모르지만, 돈은 낭비하면 안 돼?

용무도 끝난 빈스는 나가기 전에 「따라올래?」라고 물어봤지만, 나는…… 물론 거부.

세세한 언동 하나하나, 그것들이 전부 축적된 결과다.

나도 솔직히 빈스의 생각은 알아채고 있었다. 게다가, 여자아이는 남자의 시선에는 민감하니까. 이건 머리가 좋고 나쁘고와는 상관없다.

지금은 러셀을 내쫓은 빈스의 얼굴을 어떻게 봐야 좋을지 모르겠다.

솔직히, 별로 좋은 감정은 없다.

결국 빈스가 나가는 걸 적당히 배웅하고, 다시 침대가 있는 방으로 아무 생각 없이 돌아오자, 안에는 케이티 씨가 혼자 앉아있었다.

"케이티 씨, 자넷은요?"

"말을 걸어봤는데, 용건이 있다고 해서 지금은 밖으로 나간 모양이에요. ……앗! 마침 잘됐으니까 에미 씨에게 드릴 말이 있어요. 어떤가요?"

나는 딱히 깊은 생각 없이 그 말에 수긍했다. 그리고, 대비도 하지 않고 수락한 자신에게 후회하게 된다.

……이러니까, 나는 안 되는 거다.

케이티 씨와 대화한 내용은…… 나의 운명을 좌우하는 정보.

"앞으로 용사 파티에게 도움이 될 최강의 방어마법 프로텍션을 최대한으로 활용할 비밀을 가르쳐드릴게요."

"비밀, 인가요?"

"네! 분명 에미 씨라면 쓰실 수 있을 거예요! 어제 시험해봤을 때는 안 됐지만, 오늘 아침 에미 씨를 보니까 괜찮을 것 같아서요!"

그리고 나는, 기쁜 듯이 텐션을 올린 케이티 씨에게서, 모든 진실을 들었다.

그것은, 아무리 내 머리가 바보라고 해도, 스스로가 지금까지 해왔던 모든 것을 이해하기에는 충분한 내용이었다.

나는, 모든 걸 이해했다.

자신의, 업보를.

최강의 방어력을 가진 【성기사】라는 직업.

용사 파티가 보유한, 방어력의 핵심.

그 정신(마음)을 부수는 데는—.

"【성기사】에게는 특수한 스킬이 있거든요. 발동하면 방패가 빛나면서 어떤 강한 상대라도 굉장한 힘으로 튕겨내는 강력한 기술이 있어요! 발동 조건은, 바로 좋아하는 상대를 의식한 순간! 꺄아! 사랑의 힘이네요~!"

—선의 하나면 충분.

◇

나는, 아무도 없는 산속에 있었다.

케이티 씨에게 이야기를 들었다.

그로부터 나는…… 자신도 어떻게 했는지는 모르겠지만, 표면상으로는 아무 일도 없다는 듯이 케이티 씨에게서 떨어졌다. 무슨 말을 했는지도 모르겠다.

나는, 혼자가 되고 나서 종이에 아무 생각 없이 글을 썼다. 내용은, 자신이 해온 일들. 그리고, 자신이 앞으로 어떻게 할지에 대한 것.

감정의 문을 엄중하게 닫은 것처럼, 놀랄 만큼 냉정하게 글을 다 쓸 수 있었다.

뭘 적었는지조차 기억나지 않는다.

맡길 상대는…… 맡길 수 있는 상대는, 한 명밖에 없었다.

"에미……? 왜 그래……?"

찾아보니, 자넷은 포션 판매소에 있었다. 자넷은 매직 포션을 빈번하게 쓴다. 지금은 공격마법도 회복마법도 자넷이 제일 많이 쓰니까.

솔직히, 과로하는 게 아닌가 싶을 정도다.

하지만, 지금은 그런·생각을 느긋하게 할 여유가 없었다.

자넷에게, 말없이 접은 종이를 건넸다.

"이거, 누구도 보지 않는 곳에서 읽어줘."

내 입에서, 내가 한 것처럼 보이지 않는 무감정한 목소리가 흘러나왔다.

"저기, 정말로, 무슨……."

"읽은 뒤에는 태워줘. 자넷이라면 말하지 않아도 그러겠지만."

정말이지, 지금 이 입으로 술술 떠들고 있는 사람은 누구일까. 정말로 나일까?

"저, 저기……? 일단 진정하자? 에미는 지금……."

……안 돼. 그건 안 돼. 지금은…… 움직이고 있으니까, 버틸 수 있어. 냉정해지면…… 아마…… 나는…….

……그러니까.

"자넷."

"……기, 기다려……!"

이제 돌아보지 않았다.

"—잘 있어."

나는 다리에 힘을 주고, 자넷의 손이 닿지 않는 가게 지붕 위로 뛰어올랐다.

"에미——!"

……뭐야, 자넷도 그런 소리를 낼 수 있구나. 힘내야 해. 소극적인 내 절친.

나는 그 목소리에 전혀 반응하지 않은 채, 지붕을 타고 도시를 나왔다.

그리고 지금, 도시에서 마을로 이어지는 길에서 일부러 멀리 떨어진 산속에 혼자 있다. 무기와 방패와 돈. 가진 건 그것 정도.

산에는 때때로 던전에서 흘러나온 마물이 그대로 도망쳐오기도 하고, 완전 미발견 던전이 있다는 이야기도 있다. 길에는 나타나지 않지만, 산에는 빈번하게 나타난다. 그래서 보통 산길을 걷는 사람은 없다.

누구의 목소리도 들리지 않고, 벌레 소리도 들리지 않는다. 바람도 불지 않는다. 소리다운 소리가 전혀 없다.

아아, 안 돼. 이렇게 아무것도 없으면.

—냉정해지고 말아.

마침 그때, 내 눈앞에 검은 털을 한 늑대 같은 이빨이 큰 짐승이 나타났다. 몸길이는, 일어서면 나와 비슷할 정도로 대형이다.

틀림없이 던전에서 흘러나온 마물. 상당한 숫자다.

마침 생각하던 참에 나타났다.

마침.

마침 잘 됐다.

"—아아아아아아아아아아아아아아아!"

나는 검을 들고 마물 무리를 향해 뛰어들었다. 방패는…… 등에 멘 채, 쓰지 않는다.

"아아아아아아아아아아아!"

양손에 든 검이 일격에 마물을 등뼈째로 절단했다.

틀림없이 【성기사】라는 직업의 가호를 얻고, 레벨에 따른 능력치가 더해진 위력.

평범한 여자아이는 절대로 가질 수 없는 위력.

"아아아아! 아아아아아아아아—!"

우리 중에서 검을 들면 제일 강했던 러셀이, 도저히 얻을 수 없었던 위력.

혼자서 돌진한 나를 보자, 감정이 있는지 없는지 모를 마물이 일제히 뛰어들어서 어제 막 씻은 옷이나 피부를 물어뜯었다. 그걸 방어하지도 않고, 몸에 이빨이 박히든 말든 무시하고 차례차례 눈앞의 마물을 베어버렸다.

아픔은, 있을지도 모른다. 없을지도 모른다. 솔직히 잘 모르겠다.

"아아아아아아! 아아아아아아아아!"

귀여운 여자아이가 되고 싶었다.

옛날부터 공주님이 되고 싶었다. 단 한 명을 위한, 공주님이 되고 싶었다.

되고 싶었어요.

"아아아아아아아아아아아아아아아—!"

남은 마물이 두 마리가 되었을 때, 검이 피로 미끄러져서 손에서 떨어졌다.

나를 향해 몸을 낮추고는 힘차게 뛰어오른 마물의 입에, 자기 양손을 쑤셔 넣었다.

—그건, 러셀이 아직 아홉 살이었을 때다.

우리 중에서도 모두를 소중히 여기고, 조금 어른스러운 구석이 있던 러셀은 그날 프레데리카에게 부탁했다.

『요리를 돕고 싶어요…….』

그런 귀여운 『부탁』을 들은 프레데리카 씨는 무척 기뻐했고, 러셀은 부엌에서 프레데리카 씨와 나란히 서서 채소를 썰기 시작했다.

아직 서툴고, 위태로웠던 어린 러셀. 하지만 둘이 나란히 선 모습이 모자(母子)라기보다는 좀 더 다른 관계로 보여서, 무척 부러웠던 기억이 난다.

그러나 러셀은 채소를 자르던 중에 키친 나이프를 떨어뜨리고는, 깜짝 놀라며 자기 입가에 손가락을 가져갔다.

『어머, 큰일이네!』

프레데리카가 손을 잡은 러셀의 손가락에서는 피가 흐르고 있었다.

나는 그 순간— 맹렬하게 무서워졌다.

러셀이 피를 흘리고 있다. 저 피가 멈추지 않으면 어쩌지.

지금이야 바보 같은 애들 생각이라며 웃어넘길 수 있지만, 그 시절의 나는 진심으로 러셀이 그대로 죽어버리는 게 아닌가 생각했다. 그리고 러셀 뒤에서 큰소리로 엉엉 울음을 터뜨려서 오히려 러셀보다 걱정을 끼치고 말았다.

……아니, 지금 이건 거짓말이다.

지금도 그 시절의 일을 웃어넘길 수 없다. 러셀의 손가락에

아주 조금이라도 상처가 난다면, 나는 무섭고 슬퍼서 어린 시절처럼 울 것 같으니까.

러셀의 손가락이 베일 바에는, 내 팔이 대신 잘리는 게 낫다고 생각할 정도다.

—아아, 그런가. 그래서 나는 【성기사】가 된 거구나.

세계 최고봉의 방어력. 최상위직으로서의 은총. 그것들은 모두 『러셀이 다치는 걸 바라지 않으니까』, 여신님이 내게 내려주신 거다.

러셀의 레벨이 오르지 않았던 건 당연하다. 검보다 지팡이를 들었으니까 전위에서는 싸울 수 없다고 생각했다. 내가 마물을 통과시키지 않으면 러셀은 다치지 않는다. 그래서 나는 러셀이 싸우지 않도록 하려고, 앞으로 나오지 않게 하려고 후위로 밀어낸 거다.

러셀의 레벨이 낮았던 건, 나 때문이다.

—눈앞에 있는 마물의 턱이, 뜯겨나갔다.

아아, 연약하네. 좀 더…… 좀 더 나를, 아프게 해주면 좋겠는데.

"……아아아……."

몸속에 쌓여있던 자신의 검은 감정을 토해내듯이 외치던 소리도, 정신이 들자 무척 쉬어버렸다. 그리고 나는, 이렇게 마구잡이로 싸웠는데도 쓰러져버린 마물들에게 방심해서, 어느새 뒤에서 뛰어든 마물을 깨닫는 게 늦었다.

"아—."

그것은 주마등이었을까. 순간 러셀의 그리운 웃음이 떠올랐다.

그 순간, 내가 들려던 방패가 발광하면서 마물이 아득한 저편으로 날아가 버렸다.

나무에 충돌한 마물의 머리가 충격으로 찌그러졌다. 어마어마한 위력이었다. 마물은 어떤 검보다도 강력한 일격을 맞고 절명했다.

지금의 기술은, 본 적이 있었다.

"아…… 아아……."

나는, 모든 것을 이해했다.

자신의, 업보를.

"미안해요…… 미안해요……."

나는…… 나는 전부 가지고 있었다.

남자아이 옆에 서도 부자연스럽지 않은 평범한 용모도.

남자아이를 다치지 않게 하기 위한, 세계 제일의 직업도.

좋아하는 남자아이를 지키기 위한, 세계 제일의 기술도.

나는, 전부, 가지고 있었다.

"미안해요, 미안해요, 미안해요미안…… 으…… 훌쩍……."

말을 걸 계기를 만들려고 들었던 검으로, 러셀보다 잘 싸울 수 있는 힘을 얻어버렸다.

결과적으로, 러셀의 레벨이 오르지 못하게 만들고 말았다.

그리고, 러셀을 도와주기 위해 얻은 힘으로…… 러셀만 상처입히고 말았다.

전부……. 선부, 내가, 망가뜨렸어…….

내게, 빈스를 책망할 자격은 없다.

케이티 씨를 의심할 자격도 없다.

자넷의 절친이라고 말할 자격이 있을 리가 없다.

……나는—.

"《힐》."

—뭘까. 조금 냉정해졌다. 손에 든 방패를 보자, 반짝이고 있기는 해도 뭔가 검어진 것 같다. 자신을 구성하던 무언가가 달라진 듯한…….

이유는 모르겠지만…… 그래도 냉정해지자, 지금 자신이 뭘 해야 하는지도 확실히 알게 되었다.

러셀에게, 사과하자. 당장에라도. 그리고, 러셀의 방패가 되자.

나는 이미, 러셀에게 사랑받을 권리가 있는 여자아이가 아니다.

같이 있기만 할 뿐, 전혀 대화가 없더라도 좋다.

나의 소망은 하나.

러셀의 방패가 되어서 죽자.

—문득, 기억 속에서 흑발의 작은 아이의 모습이 나타났다.

그 아이는 조심조심, 엉엉 우는 내게 다가왔다.

그리고, 머리 위에 정말 좋아했던 무게가 돌아왔다.

그렇게나 좋아했지만, 잃어버렸던 장난감 티아라. 그 아이는 그걸 찾아서 내 머리에 올려줬다.

다시 훌쩍인 내게, 추억 속 소년은 말했다.

『에미는, 그게…… 말이지. 귀…… 귀여우, 니까…… 공주님이, 될 수, 있다고, 생각……하거든?』

완전히 울음을 그친 데다, 얼굴이 뜨거워져서 참을 수가 없었다.

그래도, 그런 말을 한 남자아이도, 나에게 지지 않을 만큼 새빨개서.

그런, 가장 소중했는데도 지금까지 잊고 있었던 기억을 떠올리자— 완전히 얼어붙었던 내 마음에 미약한 균열이 가고, 자신이 말없이 눈물을 흘리고 있었다는 것도 깨닫지 못했다.

11 오늘이 우리가, 재출발하는 날

자신의 품속에 있는, 변해버린 소녀.

아니, 소녀라고 말하기에는 너무 성장한, 말괄량이에 울보였던 소꿉친구.

머릿속이 새하얘지면서도 가까스로 떨리는 목소리로 중얼거렸다.

"《엑스트라 힐》."

'《엑스트라 힐》.'

겉모습은 완전히 깨끗해졌다.

"《큐어》."

'《큐어》.'

옷의 더러움도 사라졌다. 그러나…… 눈을 뜨지 않는다.

이상하다.

내【성자】의 마법은 모든 마법을 내포하고 있는 게 아니었던가?

이중 영창을 했다. 피로가 완전히 날아가고, 불치병도 완치되고…… 잠에서 깨어나고…… 그런 게, 아니었나……?

이봐, 야. 왜 가만히 있는 거야.

"《엑스트라 힐》."

'《엑스트라 힐》.'

"—러셀!"

갑자기 짜악 하는 커다란 소리가 귓가에 울렸다.

……아니, 그게 아니다. 내가 얻어맞은 건가.

"두 번째 완전 회복마법에 의미는 없어. 정신 똑바로 차려! 너한테는 내가 있잖아!"

"……시빌라……."

"괜찮아, 진정해. 이 시빌라 님이 가진 지식을 총동원하고, 가능한 수단을 전부 써서 어떻게든 해줄게! 이런 곳에서…… 이런 곳에서 이 아이가 끝나게 두지는 않아! 끝나게 둘 것 같아!"

조금 현실 도피하고 있던 나와는 달리, 시빌라는 또렷한 눈으로 외쳤다. 그것은, 나의 어디로 가야 할지 갈피를 잡지 못하는 눈과는 다른, 반드시 구하겠다는 강한 의지의 눈.

시빌라의, 지식.

그건 아무것도 모르는 지금의 내게는 틀림없이 무엇보다 든든한 것이다.

—아아, 이게 파트너인가.

정말 든든하다.

"미안하다, 시빌라. 멍하니 있었어."

"어쩔 수 없지. 계속 함께였으니까. 게다가 지금 이 아이는 무척 위험한 상태야. 생명력이라는 게 없고…… 게다가."

"게다가, 뭐냐?"

시빌라의 발언을 한 단어, 한 구절도 놓치지 않고 듣기 위해 집중했다.

"……뭐지, 마치…… 살아갈 생각이, 없는 듯한……."

"살아갈 생각이, 없다고……?!"

나는 일어나지 않는 에미의 얼굴을 봤다.

말이 없는 말괄량이 여자아이는, 정말로 공주님 같아서…….

……아아, 젠장. 하필이면 이럴 때 떠오르다니…….

"게다가, 성기사로서 가진 생명력의 가호가 엄청나게 혼탁해…… 어…… 뭐야 이거, 성(聖)이 아니라, 어둠…… 자력으로 어둠을……? 어마어마하게 깊은, 깊은 절망…… 대체 어떻게 해야 마음이 이렇게 무참하게 망가지는 거야……?"

"에미는, 그렇게나 무서운 경험을 한 거냐?!"

"이 자리에 너를 구하러 왔다는 걸 고려하면, 무슨 일을 겪었다기보다는…… 십중팔구 너 관련일 거야. 하지만, 그래도 이렇게나 새까매질 리가 없어. 누군가가 망가트렸다? 아니, 누군가가 깨닫게 했나……?"

시빌라는 잠시 고민하듯이 턱에 손을 댔지만, 바로 고개를 내저으며 자신의 두 뺨을 힘껏 두드렸다.

"아무튼, 이대로 가면 에미는 깨어나지 않아. 본인도 깨어날 생각이 없어. 그렇다면……."

시빌라는 에미의 눈꺼풀을 만지며 눈을 확인했다.

그리고는 손을 떼고는 팔짱을 끼며 선언했다.

"싫어하더라도, 네가 억지로 깨울 수밖에 없겠네."

그건 대체 무슨 소리지…… 내가 그렇게 질문하기 전에, 시빌라가 거듭 말을 이었다.

"방금 스킬, 【성기사】의 스킬이었을 거야. 방패가 빛나며 눈앞에 있는 것을 날려버리는 최강의 기술."

"……그래."

나는 그 빛을 기억한다. 틀림없이 파티에서 쫓겨난 날, 에미가 내게 무의식적으로 사용했던 그것이다.

"그 스킬은, 제대로 발동하지 않았어."

"……그런가?"

"응. 이런 상대의 공격이 크면 클수록 적의 공격을 전부 튕겨내니까, 진짜 방패의 빛은 자폭마법을 포함해서 산을 통째로 날려버릴 정도로 강해."

에미가 사용한 건 그런 스킬이었나. 나는 에미에게 일격에 기절해버린 자신이 한심하다고 생각했지만, 지금은 용케 죽지 않았구나 싶다…….

어느 의미로는, 그 사실을 내게 가르쳐준 시빌라에게 구원받은 걸지도 모른다.

"그래도, 스킬에는 발동 조건이 있어. 이번에는 뭘까?"

"발동 조건? 그러고 보니 예전에도 발동했었지."

"……그때의 일을 물어봐도 될까? 힌트가 있을 거야."

나는 고개를 끄덕이며 그날 에미와 방패에 검을 휘둘렀던 걸 이야기했다. 방패에 검을 내리치고, 그대로 밀어붙이면서 에미의 얼굴이 눈앞에 오게 된 뒤…… 그래. 에미의 얼굴을 보다가 방패가 빛난 걸 깨달은 직후에 기절했다.

그러나, 그 정보에서 뭘 알 수 있는 거지?

"……그거, 틀림없지? 그렇다면…… 아마, 짐작은, 가는데……."

나는 고개를 끄덕이며 다음 말을 재촉했다. 그러나 시빌라는 좀처럼 다음 말을 하지 않고 복잡한 표정으로 고개를 수그렸다.

"이봐, 빨리 해. 시간이 없잖아?!"

"……그러네."

어째서인지 말을 흐린 시빌라에게 짜증을 내면서 조금 거칠게 외쳤다.

시빌라는 복잡한 표정으로, 겨우 고개를 들었다.

"이걸 내가 말하는 건 사실은 안 되는 거겠지만. 그래도 지금은 긴급 사태니까. 각오해."

시빌라의 낌새가 달라지면서 지근거리에서 내 눈을 꿰뚫었다.

그 심상치 않은 변화에 침을 삼키며 고개를 끄덕이자…… 얼굴을 떼어놓은 시빌라는 한숨을 내쉬었다.

"호의, 야."

"……뭐?"

잘못 들은 건가?

"아니, 잘못 들은 게 아니야. 호의에 의해 발동…… 좋아하는 상대를 생각하면 사랑의 힘~ 같은 게 나와서 파워 업하는, 싸구려 영웅담에나 나올 법한 기술. 에미가 사용한 건 그거야. ……그래서 말하고 싶지 않았던 거라고."

……에미가, 그걸 썼다고? 좋아하는 상대를 생각하면 쓸 수 있는 기술을?

얼마 전, 접수대 남자가 말했던 『에미가 나를 눈으로 좇고 있었다』는 내용을 떠올렸다. 지금 사용한 스킬. 그리고…… 내게 사용했던 것.

확실히 그날, 오랜만에 지근거리에서 본 에미의 얼굴이 무척 달라졌다고 생각했는데…….

……아아, 그런가. 나는 대체 왜 그렇게 얼빠졌던 걸까.

내가 지근거리에서 에미의 얼굴을 봤으니, 에미도 내 얼굴을 봤을 텐데.

그 결과가…… 그 스킬이었다. 그리고 지금의 나를 지킨 스킬이기도 하다.

"러셀."

"그래."

"너는 지금 알게 됐어. 이 아이가 어떤 마음으로 지금의 스킬을 사용했는지. 어떤 마음으로 파티에서 이탈했는지."

"그래."

"틀림없이, 원래 있던 용사 파티와 원만하게 헤어지지는 않았을 거야. 멋대로 찾아온 거겠지. 너를 위해…… 네게 목숨을 바치기 위해서!"

"……그래."

"그러니까, 이 자리에 한해서 나는, 한 가지를 허락할게."

시빌라는 그렇게 말하며 다시 팔짱을 끼고는 내게서 떨어져서 나를 똑바로 바라봤다.

"네가 이 나, 최강 귀여운 시빌라에게 홀딱 반했다는 것, 시

흑연의 성자 12
© MasamiT/OVERLAP
Illustration icomochi
[NOT FOR SALE]

NOVEL

빌라가 제일이라는 순위를 지금만 바꾸는 걸 허가할게."

"처음부터 제일이 아니었으니까 안심해."

"그리고—."

시빌라는 내 지적에 전혀 반응하지 않았다.

……이건, 정말로 시빌라의 본심이군.

내가 직업을 바꿨을 때 이상의, 지금까지 중에서 최고의 진심이다.

"—너는, 성녀가 되어줘야겠어."

"성녀? 성자가 아니라?"

"가깝지만 달라. 네가 참고할 건 『성녀 전설, 한결같은 사랑의 장』이야."

"한결같은, 사랑……."

"그래. 『애모(愛慕)의 성녀』야."

성녀 전설, 한결같은 사랑의 장. 그 이름도 애모의 성녀.

그건 수많은 성녀 전설 중에서도 가장 유명한, 모험가 모두가 동경하는 성녀의 이야기.

마왕 토벌을 나간 용사 파티는 최강의 마왕과 사투를 펼쳤다.

동료는 상처받아 재기 불능이 되었고, 용사와 성녀도 아슬아슬한 싸움에 몰렸다.

드디어 서로가 한계를 맞이했을 때, 마왕이 성녀를 표적으로 삼았다는 걸 깨달은 용사는 성녀를 감싸고 마왕과 서로를 찌르며 쓰러졌다.

성녀는 한탄하고, 슬퍼하며 기도를 바쳤다.

자신은 어떻게 되어도 좋다. 하지만 사랑하는 이만이라도 되살려주기를 바란다.

그렇게 기도한 성녀에게 기적이 내려왔다. 성녀가 받은 기적의 마법이 용사를 죽음의 세계에서 불러들인 것이다.

두 사람의 사랑이 마왕에게 승리한 순간이었다—.

"—그런 건 없어! 기적 같은 건 없어!"

시빌라는 세상에서 제일 유명한 이야기를 단호하게 잘라버렸다.

"진위는 불명이라도, 그런 전설도 괜찮겠다고 생각해왔지만…… 그래도 아냐!"

팔짱을 풀고는 손가락을 내게 내밀었다.

"러셀이 『여신을 향한 기도의 장』을 해명했잖아! 즉, 성녀의 전설은 모두 【성녀】라는 직업의 능력에 지나지 않아!"

거기까지 듣자, 겨우 나도 시빌라가 무슨 말을 하려는지 알아챘다. 성녀의 전설이 기적이 아니라면. 『여신을 향한 기도의 장』과 마찬가지로 나도 쓸 수 있다면……!

"그래! 에미가 태양의 가호 스킬을 사용했듯이, 너도…… 【어스름의 마경】만이 아니라 『흑연의 【성자】』도 유지하고 있는 너라면, 쓸 수 있어!"

그리고 시빌라는 그 이름을 선언했다.

"애모의 성녀, 마지막 마법은— 리저렉션! 러셀, 네가 에미를 소중하게 생각하고…… 에미의 짓밟히고, 닳아버린 마음의 상처를 진심으로 보듬어준다면, 반드시 쓸 수 있을 거야!"

시빌라의 말이 마음속에 스며들었다.

……그런, 가. 나는 정말로 자기만 생각해왔구나.

다소는 상처받았으리라 생각했다. 그러나 고작 그런 수준이 아니었다.

복수심에 불타던 옛【어스름의 마경】과 마찬가지로, 에미는 어둠의 세계에 모든 것을 내던질 정도의 절망을 맛보고 있었다.

내게는 시빌라가 있었다. 에미는…… 자넷만으로는 의지가 되지 않았던 건가. 나는 도저히 그렇게 생각할 수 없다. 아니면 빈스나, 어쩌면 다른 누군가가…… 깨지 않는 꿈으로…… 아니, 지금 생각하는 건 그만두자. 지금은 에미다.

품속에 안은 소꿉친구의 얼굴을 봤다. ……지근거리에서 나를 보고, 무의식적으로 스킬을 발동한 건가. 그건, 다시 말하면, 그게…… 그런, 거겠지?

아아, 이미 뒤늦은 일이지만…… 정말이지, 내가 봐도 어이가 없을 만큼 뒤늦은 일이지만…….

아마, 그때의 나는…… 분명…… 에미와…….

『공주님이, 될 수, 있다고, 생각…… 하거든?』

사실은, 공주님이 되기를 원한 건 아니었다.

공주님이 되면, 멀어지고 마니까.

나는 왕자님이 아니니까, 에미의 곁에는 있을 수 없다.

—그 이유는.

……그런가……. 나도…… 벌써 옛날에…….

"《리서렉션》."

자연스레, 말이 나왔다.

시빌라에게 배우기도 했지만, 마치 모르는데도 말이 자연스럽게 나온 게 아닌가 싶을 만큼, 내 입에서 마법의 이름이 튀어나왔다.

그렇다면, 여신은…… 내게 이 마법을 준 건가.

사과하려는 건가? 이제 그렇게까지 싫어하지는 않는데.

그래…… 시빌라. 역시 기적이라는 건 있을지도 몰라.

"으…… 으응……."

나의 품에서 작은 목소리. 그리운 목소리다.

내가 에미의 지근거리까지 얼굴을 가져가자, 그녀는 조금씩 눈을 떴다.

"너무 늦잠 자고 있잖아. 깨우러 왔다."

내가 말을 걸자, 에미는 눈을 크게 뜨고는 반사적으로 내게서 떨어졌다.

꽤 강한 힘으로 안고 있었는데, 어깨가 빠질 듯한 힘으로 팔을 떼고는 단숨에 뿌리쳐버렸다. ……역시 성기사는 신체 능력이 무지막지하게 높다니까.

"좋은 아침."

"……아, 아……."

"아침 인사도 잊어버린 거냐? 아아, 그래. 이제 아침은 아니지."

내가 가볍게 말하자, 점점 상황을 받아들이게 되었는지 에미가 자신의 몸을 확인했다.

"치료했어. 옷이나 갑옷도 내 회복마법으로 고칠 수 있으니까."

"……."

조금 전부터 내게 뭐라 말해야 좋을지 모르겠다는 듯이 말하지 않는다.

"……에미는, 이제 나와 이야기하고 싶지 않은 거야?"

"그렇지 않아!"

이번에는 완전히 노 타임으로 외치면서 내 말을 부정했다.

"아……."

"그런가. 그걸 들으니 안심이 되네."

에미는 조심조심 내게 다가왔다.

예쁜 얼굴이지만…… 고작 며칠 재회하지 않은 사이에 어딘가 나이에 안 맞게 어른스러운 그림자가 드리워진 것 같다.

……이렇게나 변해버릴 만큼 몰려있던 건가.

"러, 러셀……."

"러셀 말고 다른 사람으로 보이나? 뭐, 인상이 달라졌다는 말은 자주 들었지만…… 나는 영 와닿지 않아서 말이야."

"아아, 러셀, 러셀이다……."

겨우 내 앞까지 도달한 에미가 내 몸에 닿았다. 그래도 로브 속에 갑옷을 입고 있긴 하지만.

"저기, 나, 심한 일을…… 러셀을, 레벨이 낮은 채로 뒤로 밀어내서…… 그때도, 반격하지 않으려고 했는데, 스킬을 써서, 정말로 죽을 수도 있는 공격으로, 러셀을—."

"신경 쓰지 않아."

"—어."

에미가 자기혐오에 빠지려고 할 때 독백을 끊었다.

"신경 쓰지 않는다고 했어. 나는 네가 싫어하더라도 억지로 혼자라도 레벨을 올려서 제대로 활동했어야 했어. 그리고 네 마음도 감안해서…… 알아챘어야 했지. 모든 게 잘못이었어. 네가 생각하는 것 이상으로, 나 자신이 내가 문제라고 생각하고 있었으니까."

에미는, 어딘가 멍한 표정으로 내 독백을 들었다.

"지금은, 모험가 선배인 마도사와 함께하고 있어. 거기서 알아챘지. 서로 돕는 게 아니라 그저 의지하기만 하는 건 좋은 파티가 아니고…… 파트너도 아니라는 걸."

에미는 그 말을 듣자 슬쩍 시빌라를 보고는 내게 시선을 돌렸다. 뭔가 쓸데없는 생각을 하기 전에, 나는 에미의 의식을 집중시키기 위해 다음 행동에 나섰다.

나는 에미의 두 뺨을 내 양손으로 감쌌다.

"에미."

"히약……?!"

나는 갑작스러운 행동에 놀란 에미에게 확실하게 자신의 의사를 전했다.

"그런데 저 녀석도 나도 술사라서 말이지. 오늘 같은 일이 벌어지면 바로 위기에 빠질 불완전한 파티야. 그러니, 너도 내 파티에 들어오지 않겠어?"

그 말의 의미를 이해했는지, 눈을 천천히 감은 에미가 목소리를 쥐어 짜냈다.

"……괘, 괜찮아? 나, 다시, 러셀과 함께해도, 돼?"

"내가 함께해줬으면 하는 거야. 지금의 나는 회복마법도 공격마법도 검도 쓸 수 있어. 하지만, 방어력만큼은 불안하거든. 그보다, 아까도 솔직히 위험했어, 정말 고맙다. 그래……. 그걸 커버할 능력은, 온 세상을 뒤져도 네가 최고일 거야."

확실하게 고백했지만, 에미는 아직 마음이 다른 곳에 가버린 모습이었다.

"……이봐, 에미."

나는, 한 발짝 떨어져서 오른손을 내밀었다.

"한 번 더, 소꿉친구를 다시 시작하지 않겠어?"

"……소꿉친구를?"

"그래."

소꿉친구. 그것은 나와 에미에게는 원점이다.

그로부터 수많은 일에 말려들어서, 숙명을 짊어지고…… 짧은 기간 동안 무척 멀리 와버리고 말았다. 하지만 돌이켜보면, 순수하게 놀던 그 시절이 제일 귀한 시간이었다는 걸, 지금에서야 깨닫게 되었다.

해답은 언제나, 자신 안에 있었던 거다.

파티보다도, 파트너보다도.

"왠지, 우리는…… 교회의 기대를 모으는 별이니, 세계를 구할 용사 파티 같은…… 그런 건 이제 지쳤잖아? 그러니, 소꿉친구."

에미는 내 오른손을 멍하니 보더니…….

"나, 나도…… 러셀, 하고…… 한 번 더, 소꿉친구…… 하고, 싶어요……!"

살짝 인사하고 끝낼 생각이었던 내 손을, 에미는 소중하게 양손으로 감쌌다. 그렇기에 에미는 눈물을 닦지도 못한 채, 나를 바라보고는 울면서 웃는 표정을 지었다.

그것은, 최근에 익숙하던 서먹서먹한 표정과는 다른, 꾸밈없는 본심에서 우러나온 표정.

나는…… 그런 에미가 지금까지 중에서 제일 아름답게 보였다.

막간 자넷 : 악의를 경계하며 막아내는 사람은 있어도, 선의를 경계하고 막아내는 사람은 없다

말하는 게 익숙하지 않은 목은, 익숙한 사람과는 달리 아프기 쉽다. 나도 그렇다. 평소에는 목청을 높이지 않는다. 그야말로 마법을 사용할 때 정도다.

배에서 목소리를 내는 방법도 제대로 모르는 몸으로, 익숙하지 않은 외침을 내지른 목에 아픔이 찾아오면서 바로 막혀버렸다. 닿았는지도 알 수 없는 목소리와, 돌아보지 않는 절친의 등. 자신의 모습이 너무 우스꽝스러워서 내심 심한 욕설이 나왔다. ……아니다, 이게 아니다. 이건 자학하면서 마음의 보신을 꾀하는 행동에 지나지 않는다.

퇴폐적인 일상의 소란과는 어울리지 않은, 긴박한 절규. 추문의 냄새를 맡은 기이한 시선이 바늘처럼 꽂힌다. 하지만 그런 사소한 걸 신경 쓸 정신적 여유는 없다.

자신의 전력으로 낸 목소리에 소꿉친구를 돌아보게 할 힘이 없었다는 것에 한심함과 짜증이 뒤섞였고, 콜록콜록 기침하면서 인파를 누비며 달렸다.

아아, 매직 포션을 사지 못했다. 아니. 지금은 아무래도 좋다.

눈꺼풀 속에 갑자기 밀려오는 이물감…… 아아, 아니야. 이건 아니야. 이러면 안 돼.

—지금은, 둑이 터진 듯이 펑펑 울고 있을 때가 아니다.

애초에 그녀의 곁에 있지 못한 내게 그런 자격이 있을 리가 없다.

"……하아, 하아……."

한심하지만, 원래부터 체력이 있는 편은 아니다. 인적이 드문 민가 사이에 몸을 숨기고는, 벽에 기댄 채 주르륵 미끄러져서 차가운 지면에 주저앉았다.

숨을 가다듬었다. 진정해, 진정하자…….

이 헐떡임은 신체적인 피로일까, 아니면 정신적인 긴장감일까…….

—각오를 다지고, 움켜쥐고 있던 에미의 편지를 열었다. 그곳에 적혀있는 내용은, 도저히 에미가 쓴 것처럼 보이지 않았다. 차분한 문체, 사실을 덤덤히 적은 문면.

하지만, 그 내용은…….

"에미……."

나는, 소꿉친구의 마음이 담긴 물품인 그 편지를 망설임 없이 태웠다. 다음으로, 남아버린 검은 재도 원형을 알지 못하게 바람마법으로 날려버려서 흔적도 없이 흩어버렸다.

보여줄 수는 없다. 특히 그 여자에게는.

에미가 【성기사】가 되었을 때, 나는 에미에게 왠지 딱 맞아 보였달까……. 성기사가 되지 않을까 생각했었다.

대단한 말괄량이 공주님이었지만, 그래도 친구가 다치면 울 정도로 다정하고…… 정말, 동갑으로서 조금 풀죽을 정도로 귀여운 공주님이었다.

친밀한 친구. 내게는 없는 것을 넘쳐날 만큼 가지고 있던, 순수한 소꿉친구.

—에미가 그렇게 된 건 그래서였을까.

그날, 그 순간…… 에미는 제일 지키고 싶었던 것을 자기 손으로 망가뜨리고 말았다. 그 사실을 알고서 느꼈을 심리적 부담과 가책을 상상하기만 해도 구토가 나올 것 같다.

……케이티. 내 안에서 지금 가장 무서운 여자다.

나는 옛날부터 책을 읽는 걸 좋아했다.

지식을 얻는 것이 무엇보다 즐거웠고, 게다가 — 내가 생각해도 성격이 나쁘다는 생각이 들지만 — 우월감도 역시 지식욕 중 하나에 포함되어 있었다.

용사의 이야기, 성녀의 이야기, 그리고…… 던전 이야기.

난이도가 오르면 오를수록 그 정보는 돈이 된다. 그래서 상급자는 섣불리 바깥에 누설하지 않고, 과거의 용사 파티는 거의 아무것도 남기지 않았다.

그들의 활약은 용사의 『영웅담』과 성녀의 『성녀 전설』이라는, 화려하게 활약한 것만 선전하는 이야기로밖에 나돌지 않는다.

그들은 공략에 관한 정보를 남기지 않은 거다.

그걸 전부 포함해서 말하자. 케이티 씨가 말하는 내용은 명백하게 서적에 기록된 내용이 아니다.

그 사람은, 지금까지 어디에 있었지?

그 사람은, 어째서 화제가 된 적이 없지?

그 사람은, 어째서 그 호색한 빈스가 도시를 돌아다니면서 한 번도 만난 적이 없지?

무엇보다, 낮에 그렇게나 금실 같은 머리를 반짝이면서 당당하게 밖을 돌아다니던, 귀족 영애조차 흐릿해질 정도인 여자가 어떻게 누구의 주목도 받지 않고 우리와 접촉했지?

그리고…… 어째서 우리에게 접촉했지?

아무것도, 모른다.

……나는 옛날부터 책을 읽는 걸 좋아했다.

지식이 없는 상태에서 새로운 일을 겪는 게 불안했고, 게다가— 내가 생각해도 성격이 나쁘다는 생각이 들지만 — 열등감도 역시 지식욕 중 하나에 포함되어 있었기 때문이다.

케이티 씨는 틀림없이 나보다 지식이 풍부하다. 그 사람이 가진 지식은 아마 책에는 없다.

최악의 성격을 자부하는 내가, 자신의 본심을 말하자면.

그 사람의, 흐림 한 점 없는 자애로 가득한, 흐릿해진다는 걸 상상조차 할 수 없는 황금의 눈동자가…… 어딘가 나를 깔아보는 것 같아서, 그저 무서웠다.

지붕 틈에서 고개를 내민 어두운 구름이 오늘 밤에도 눈물을 흘리며 도시를 적시리라는 걸 알려준다. 멍하니 있을 때가 아니다……. 지금부터 어떻게 해야 할까.

먼저 빈스와 말을 맞춰야 한다. 얼마 전에 들은 용린 입하 이야기를 생각하면 무기라도 보러 돌아다니지 않나 싶었지만, 문득 생각을 고쳐서 음식을 파는 노점으로 발을 옮겼다.

직감으로 그렇지 않을까 생각한 그대로, 빈스는 꼬치구이 가게 근처에서 발견했다.

"빈스."

"응? 자넷이냐. 왜 그래?"

먹는 것 자체는 미안한 척도 하지 않는 걸 보면, 역시 거물이다. 물론 나쁜 의미로.

"지금부터 케이티 씨를 만나러 갈 거야. 빈스도 와."

"무슨 일 있었어?"

"있었어. 그 전에 하나…… 빈스는 내 두뇌를 믿고 있어?"

"당연하지. 우리는 옛날부터 자넷이 없으면 위험한 국면밖에 없었다고."

응, 신용해주고 있다는 건 나쁘지 않다. 역시 지식을 가지고 머리를 굴리며 파티의 도움이 되는 건 기쁘다. 게다가…… 평소의 신뢰는 이런 국면에서 활용할 수 있으니까.

"그걸 듣고 안심했어. 알겠지. 무조건 나를 믿고 입 다물고 있어줘. 나를 믿고 있으면 전부 잘 풀릴 테니까."

"어, 어어…… 알았어."

당혹스러워하던 빈스를 억지로 수긍하게 하고, 케이티 씨가 기다리는 여관으로 발을 옮겼다.

"어라, 어서 오세요."

"오, 케이티. 돌아왔어."

방 중심에는 창밖의 흐린 하늘조차 아랑곳하지 않는 태양 같은 미녀가 앉아있다.

빈스는 사전에 말한 대로 인사를 하고 나서는 뒤에 대기하고 있다.

"지금 돌아왔어요. 그리고 케이티 씨, 할 말이 있는데요."

"네? 새삼 어쩐 일이시죠?"

나는 케이티 씨에게 에미에 대해 이야기했다.

"에미에게는『딱히 아무 특별한 점 없는』남자 쪽 친구가 있었어요."

빈스가 뒤에서 목을 꿀꺽했다. ……입 다물고 있어, 부탁이니까.

케이티 씨는 경악해서 눈을 크게 뜨고는 입을 손으로 가렸다. 틀림없다. 지금 이 말로 알아챘다. 역시 이 사람, 머리 회전이 꽤 빠르다.

"그리고, 에미는…… 자기 탓에 소꿉친구 남자아이가 다쳤다고 말하고는, 사과해야 한다며 절박한 모습으로 탈퇴해버렸어요……."

"그런…… 저, 그렇게 심한 말을……!"

그것만으로도 내가 하고 싶은 말을 전부 깨달은 케이티 씨는 눈물을 흘렸다.

무례하고 거리낌 없지만, 그런 그녀를 응시했다. 눈물을 흘리는 것조차 그림이 되는 모습. ……틀림없이 진심으로 울고 있다. 어느 파티의 여도적이 가짜로 울던 걸 봤으니까, 진심으로 우는 것과의 차이점은 알 수 있다.

조언은, 선의였겠지. 그래서 나는…… 더더욱 케이티 씨가 무서워졌다.

적대한다는 걸 아는 상대가 있다면, 누구나 사전에 경계한다.

갑옷을 입고, 공격을 방패로 막는다. 그러면 아무리 강한 공격도 경감할 수 있다.

그러나, 만약 우호적인 상대에게 기습을 당한다면.

자신의 내장 속에서 나이프를 든 손이 튀어나오면 어떻게 막지?

……케이티 씨는, 그런 여자다.

100퍼센트의 완전한 선의만으로 상대를 찢어버린다.

이건 에미도 생각했겠지만, 나도 케이티 씨를『남자를 홀리는 파티 크래셔』라고 생각했었다— 그 정도로밖에 생각하지 않았다.

……내 지식과 지능과 고찰이 부족했다. 너무 선불렀다.

이 사람은 남녀 상관없이 무자각으로 파티를 부숴버리는,

진정한 파괴자다.

이건 너무 앞서나간 말이라고 할 수도 있지만, 그래도 내게는 에미에게 들은 『케이티 씨의 혼잣말』이라는 게 있다.

그건 그야말로 『미지에 대한 공포』 그 자체다.

우리 『용사 파티』가 앞으로 어떻게 될지는 모른다.

하지만.

에미가 가르쳐준 정보, 그리고 에미의 심신에 일어난 일.

그것들을 머릿속에서 정리해보자, 내가 해야만 하는 의무를 알게 되었다.

소꿉친구(에미)를 위해서라도—.

—이 사람을, 러셀과 만나게 해서는 안 돼!

12 시빌라와 에미의 첫 대면, 그리고 앞으로 우리가 향하는 곳은

내 표정이 별로 바뀌지 않게 되었다지만, 아무리 그래도 이렇게 어린애처럼 우는 에미를 보고 있으면 뺨의 힘도 조금은 풀어진다.

나는 쓴웃음을 지으며 에미의 머리를 쓰다듬으려고 손을 떼어…… 아니, 손이 전혀 안 움직이잖아……?

아, 그러고 보니 이 녀석 【성기사】였지. 술사인 나로는 아무리 애써도 근력으로는 못 이기던가.

앞선 말은 철회하자. 역시 태양의 여신은 싫다.

누가 공주님 같은 여자아이에게 손도 발도 내밀지 못하는 직업을 고맙게 여기겠냐, 바보야!

……이런이런, 시빌라의 말투가 옮았나…….

"으…… 으에엥, 훌쩍……."

"이봐, 이제 슬슬 손을 좀 놔줬으면 하는데……."

"싫어……. 떨어지잖아아……."

"그런 의미가 아닌데……."

곤란한데……. 아무리 그래도 이대로 있기는 좀 그렇다. 그냥 눈물을 그칠 때까지 기다려도 되겠지만…….

머리를 긁적이면서 잠시 시선을 돌리자— 눈앞에는, 굉장히 음흉하게 히죽히죽 웃으며 이쪽을 바라보는, 『여신』이라는 사실에서 눈을 돌리고 싶어지는 절세의 은발 구경꾼 미녀.

"이봐, 뭘 보는 거야."

"별로오~~? 그저, 러셀은 소꿉친구 상대로는 그~렇게, 그~렇게 그~~렇게 부드러운 표정도 지을 수 있구나~ 생각했을 뿐이거든~."

"대놓고 말하고 있잖아! 한 방 맞아라!"

"그 소꿉친구를 떼어놓을 수 있다면 말이지!"

젠장, 내가 움직이지 못하는 걸 알고서 말하는 건가! 아아, 반격하지 못하는 게 열 받아!

너, 나중에 두고…… 우왓, 갑자기 몸이 자유로워져서 발을 헛디뎠다. 바라보니까, 에미가 완전히 눈물을 그치고 시빌라를 빤히 바라보고 있었다.

아, 그야 그런가. 시빌라는 우리 파티를 관찰하고 있었지만, 에미는 시빌라를 전혀 모르니까.

"에미, 소개하지. 이 녀석은 시빌라. 지금 나와 파티를 맺고 있는 녀석이야."

"어, 어……?"

"참고로 던전이 마을 바로 근처에 나타났을 때, 나보다 먼저 고아원을 지켜주려고 하몬드에서 여기 아드리아까지 온 사람이기도 해."

"어?! 아, 저기 그게, 고맙습니다."

에미는 처음에는 곤혹스러워했지만, 시빌라가 고아원의 은인이라는 걸 알자 바로 자세를 고쳐서 고개를 몇 번씩 숙이며 고마워했다.

시빌라는 팔짱을 끼고 에미를 말없이 살펴보고는…… 아니, 그 태도는 대체 뭐야?

"에미, 라고 했지?"

"네, 넷!"

"당신은 지금, 러셀에게 파트너로, 파티원으로 인정을 받았어. 그리고 소꿉친구로도 되돌아왔지. 여기까지는 확실히 이해하고 있지?"

"네…… 저 같은 애가."

"스토~옵!"

"넷?!"

에미가 자학하면서 말을 잇던 도중에, 시빌라가 갑자기 말을 끊었다.

"러셀은 소꿉친구라고 해서 쉽게 아군으로 끌어들이는 녀석이 아니야. 에미가 약했다면, 틀림없이 술사인 자기가 앞에 설 녀석이거든. 내가 본 바로는 무조건 그럴 거야. 하지만……."

한 호흡 뒤, 팔짱을 풀고 에미를 향해 손가락을 내밀었다.

"여자아이에게 자신의 방패가 되어달라고 부탁했다는 건, 러셀은 에미가 『자기보다 강하다』고 인정했기 때문이야. 그런 판단을 내리는 건, 남자로서 무척 용기가 필요한 일이야."

그리고, 그 내민 손가락을 펼쳐서 손바닥으로 에미의 머리를 토닥토닥 두드렸다.

"그러니까. 에미는, 러셀이 인정해준 특별한 에미인 거야. 『저 **따위**』라는 말은 절대로 하면 안 돼. 에미는 자신에게 좀 더 자신감을 가져야겠는걸? 이 무뚝뚝하게 변해버린 폭력 성자 새까만 러셀을 따라가려면 앞으로 100배는 뻔뻔해져야 겨우 어울릴— 꺄앙!"

"이봐, 그건 무슨 뜻이야."

"이런 뜻이야! 전조도 없이 여자아이에게 폭력을 휘두르지 말라고!"

"지금까지 시빌라 말고는 때려도 괜찮겠다고 생각한 여자가 없으니까 안심해."

"어째서?! 시빌라는 세상에서 제일 귀엽잖아?! 어째서?!"

나와 시빌라가 투닥거리던 와중에, 갑자기 누가 소매를 잡고는 확 잡아끌렸다.

뭔가 말하려는 듯이 눈을 살짝 치켜든 에미와 눈이 마주쳤다.

"저, 저기. 러셀."

"응? 왜?"

"나도 그 손날치기, 해줬으면 좋겠는데."

……어째서?

그런 나의 의문에 대답하려는 듯이, 시빌라가 언젠가 했던 대답을 했다.

"친애의 증표처럼 보이니까 그렇지. 내가 말했잖아."

"진짜냐……."

"자, 어서 해줘. 아마 해주지 않으면 또 울어버릴 거야."

왠지 납득이 안 가지만, 에미가 괜찮다면 어쩔 수 없지.

나는 긴장하면서, 에미의 머리에 처음으로 손날치기를 날렸다.

이럴 때는 봐주지 않고, 시빌라에게 했던 것과 똑같은 위력으로.

"……에헤헤. 러셀에게 손날치기 받았네. 이걸로 시빌라 씨하고 똑같아."

나름대로 아픈 나의 손날치기를 맞았는데도 에미는 오히려 헤실헤실 웃었다.

……그래. 너의 진가는 여신의 가호로 얻은 방어력이었지.

"이거야 원. 지금 이걸로 그 반응이라니, 정말이지 너는……완전히 믿음직한 녀석이 되었어."

"물론! 이제 러셀이 조금도 다치지 않게 할 테니까, 방어는 맡겨줘!"

그 말을 듣자, 나……는 아니고 시빌라가 에미의 머리를 마구 헝클기 시작했다.

물론 에미는 갑작스러운 사태에 놀랐다.

"으햑……?!"

"응응, 에미도 좋은 얼굴이 되었네. 난 그저 순종하기만 하는 게 아닌 한결같은 여자아이를 응원해주고 싶거든. 하지만 아까운 건—."

시빌라는 에미를 보면서 몇 발짝 물러나고는 허리에 손을 대면서 자기 얼굴을 엄지로 척 가리키며 거만한 시선으로 씨익 웃었다.

"—라이벌이 바로 나, 러셀이 홀딱 반해버린 세계 제일 미녀! 여신 시빌라니까 말이지!"

"이제 『반하지 않았다』고 말하지 않더라도 너 자신이 반했다는 자각이 없을 테니까, 굳이 지적하지는 않겠어."

"……점점 엄격한 수준도 레벨 업하고 있는 거, 애정을 반영한 거지……?"

아무리 그래도 이런 대화가 많으니까. 넘어가는 베리에이션을 찾는 것도 피곤하다.

우리의 대화를 본 에미는 양손을 쥐고 앞으로 나왔다. ……뭐지?

"저, 저도…… 저기, 그게, 여러모로 안 질 테니까요……!"

"오, 좋네. 그렇게 나와야지! 응원할게!"

"으으~, 승자의 여유~……."

어째서 그렇게 되는 거지…… 딱히 대항하지 않아도 되는데?

그리고 시빌라도 부추기지 마. 손날치기 한 방 늘리는 게 나을까?

"뭐, 우리에 대한 건 나중에 이야기한다 치고…… 먼저 이 마을이 평화로워진 축하라도 하자."

"그래. 역시 좀 지쳤어."

"응. 천천히 이야기하는 건 내일 하기로 하고, 오늘은 휴식하는 게 좋아."

"그러기로 할까……."

그리고 나는 고아원으로 돌아와 젬마 할머니나 프레데리카에게 이런저런 사정을 설명했다.

프레데리카는 에미를 본 순간 화를 내려고 해서 놀랐지만, 내가 어떻게든 사정을 설명하자 마지못해 납득하며 물러섰다.

그리고 그 모습을 보고는『누나한테도 사랑받고 있네 러셀~』이라며 우쭐대는 소리를 해서 역시 손날치기가 한 방 늘어났다.

연회가 시작되고, 다시 시빌라가 선두에 섰다.

축하 자리라면서 내게 수많은 음식이 돌아왔고, 완전히 만복이 되고 말았다. 배가 부풀면 아무래도 졸음이 찾아온다…….

오늘은 많이 일했으니까 자서 살이 찔 일도 없겠지…….

연회 목소리를 배경 삼아서, 주역인 나는 한발 먼저 빠져나왔다.

창밖은 푸르고 어둡다. ……아, 그래. 이게 어스름의 색인가.

침대에 눕자, 바로 자신의 내부에서 피로가 샘솟는 감각이 덮쳐왔다. 이런 정신적인 피로는 역시 성자의 마법으로도 낫지 않나.

아니, 내 마음은 나의 것이다. 지금은 이 닳아버린 정신력조차 기분 좋은 피로라고 생각한다.

……여러 일이 있었지만, 마침내 나는 해냈다. 자력으로 마왕 토벌을 이뤄낸 것이다.

틀림없이, 빈스보다 먼저 쓰러뜨렸다.

"……아니…… 그건 아닌, 가……."

커다란 피로 탓에 완전히 몽롱해져서, 지금 자신의 상황을 재인식했다.

알고 있다. 모두 다 시빌라 덕분이다.

검을 다시 들 수 있게 된 것도, 어둠마법을 쓸 수 있게 된 것도.

이 정도의 레벨 업 효율과 최상급의 무구도.

그리고…… 차가워졌던 소꿉친구를 구해낸 진정한 기적도.

나는 아무것도 잃지 않았다.

시빌라…… 정말로 너는 여신일지도 몰라…….

……그래, 화내지 마. 화내지 말라고…… 너는 진짜 여신이었지…….

다음 날에 눈을 뜨자, 완전히 아침이었다.

"……아침, 인가."

"아침이야~. 좋은 아침, 러셀."

"응?"

어깨 쪽을 보자, 에미가 이쪽을 보고 있었다.

"……굉장히 타이밍 좋게 있는 것 같은데."

"어?! 아, 그게, 우연!"

당황하는 에미의 표정은 뭐, 아무래도 좋고.

떨어져 있던 건 고작 며칠이었을 텐데, 무척 그리워진 아침 인사를 나눴다.

"—좋은 아침. 에미."

"응!"

오랜만에 가까이서 본 소녀의 작은 웃음은 내가 눈치채지 못한 사이에 완전히 어른 같은 기색을 보이고 있었다. 정면에서 과거의 잘못과 마주해서 그런가. 현재 에미의 진짜 모습을 내 마음이 겨우 인식하게 된 것처럼 느껴진다.

오늘부터 다시 나와 에미의 『소꿉친구』가 시작된다…… 그래, 나쁘지 않은 기분이다.

식당으로 가자, 당연한 권리라는 듯이 시빌라가 고기를 잔뜩 먹고 있었다. 거침없이 먹는 모습과, 거침없는 아침의 첫 목소리.

"일찍 자고 늦게 일어나다니! 참 잘나셨어~!"

"때린다. 좋은 아침."

"응, 좋은 아침."

아침부터 참 얼빠진 대화지만, 나와 시빌라의 거리감은 이 정도가 좋다.

"어제는 모두 모여서 향후의 일을 포함해서 이것저것 이야기했어. 여자회, 즐겁더라!"

"……설마 그게 노림수였나?"

"반대로 이번이 두 번째인데 그러지 않으리라 생각한 너의 부주의한 모습이 시빌라는 조금 걱정되네. 역시 너는 내가 없으면 안 되겠어."

큭…… 확실히 그렇다. 내 옆에 시빌라가 없으면 나도 안심할 수 없다.

나 참, 정말로 믿음직하다니까. ……그렇게 생각하게 된 원인이 이 녀석의 자유분방한 행동 덕분이라는 건 지금은 눈을 감기로 하자.

"그리고, 향후 이야기를 나눈 결과는? 뭔가 하고 싶은 거라도 생긴 거냐?"

"넌 뭘 하고 싶은데?"

내가 본론을 재촉하자, 반대로 되묻고 말았다. 그런가, 지금은 내가 『어스름의 서약』의 리더다. 그러나 나 자신은 지금, 무엇을 바라는가?

"—다른 마왕을 토벌하러 가자."

그 대답은, 자연스레 입에서 나왔다.

"언제 마왕의 군세가 나올지 모르는 던전이 있다면, 내가 먼저 마왕을 쓰러뜨리겠어. 지금의 내게는 그러기 위한 힘이 있으니까."

어둠마법. 그리고…… 마왕과 충분히 싸울 수 있는 성자. 나의…… 『흑연의 성자』 러셀의 힘.

나의 그 대답을 듣자, 시빌라는 무척 멋진 얼굴로 씨익 웃었다.

그래, 알고 있어. 시빌라와 아주 잘 어울리는 그 표정은 틀림없이 장난칠 때의 얼굴이다. 그런 정면의 장난꾸러기 여신에게 각오를 다지고, 마음속으로 한숨을 내쉬었다.

"그렇게 말할 줄 알고, 이미 몇몇 마왕이 있는 다른 도시를 픽업해놨지!"

진짜냐. 준비가 너무 좋잖아. 아니, 이 녀석의 높은 예측력과 세심한 준비는 어제오늘 시작된 게 아니었지. ……그렇다면 시빌라도 내가 마왕 토벌을 계속하리라 믿고 있었던 건가. 그럼 사양하지 않고, 다음 마왕이 있는 목적지를 고르도록 할까.

브렌다를 다시 만나러 가자. 산다고 말했었는데 떨어지게 돼서 조금 미안한 마음이 들지만, 그 아이라면 분명 괜찮을 거다. 왜냐하면, 피가 이어진 가족이 있으니까.

한 번은 포기했던, 마왕을 쓰러뜨릴 힘. 주역의 길을 걷기 위한 마법.

곁에는 기적의 힘으로 돌아온, 이제 회복할 수 없을 줄 알았던 소꿉친구의 밝은 얼굴.

그리고 반대쪽에는, 그 양쪽을 내게 준 여신의 장난스러운 웃음.

만난 지 얼마 되지 않았건만, 이 녀석과 함께 있으면 뭐든 할 수 있다는 생각이 드는 게 참 신기하다. 절대로 말할 생각은 없지만. ……이봐, 멋대로 내 내면을 읽고 히죽히죽 웃지 마. 때린다.

이거야 원……. 질릴 염려는 없어 보여서 기대되네!

■작가 후기

처음 뵙겠습니다. 저자인 마사미티입니다. 먼저 무엇보다, 이 책을 선택해주신 것을 기쁘게 생각합니다. 갑작스럽지만, 저는 예전에 소설 집필을 계속해야 하나 고민하던 시기가 있었습니다.

이제 그만둘까 생각했을 때…… 그래도 쓰고 싶은 이야기를 떠올려서 다시 만감의 마음으로 투고한 것이 『흑연의 성자』입니다. 결과적으로 이 작품은 감사하게도 제6회 오버랩 WEB 소설 대상에서 제일 큰 대상을 수상할 수 있었습니다.

이 작품의 테마는 『재기』입니다. 그걸 느끼실 수 있으셨다면 다행입니다.

지금부터는 감사의 멘트를. 담당 Y님, 제가 제멋대로 늘어놓은 요구를 세세하게 고민해주셔서 감사합니다. 일러스트레이터 이코모치 님, 제 상상을 월등히 뛰어넘는 매력적인 캐릭터를 형태로 만들어주셔서 감사합니다. 새로운 그림을 볼 때마다 감동했습니다.

그리고 무엇보다 웹판 독자 여러분. 저는 북마크가 열 개 늘어나면 화면 앞에서 열 번 "감사합니다."라고 말하고 있었습니다. 언제나 점수를 숫자 덩어리가 아니라 한 사람 한 사람의 판단으로 고른 결과라는 것을 의식하고 있습니다. 여러분 전원이 제게는 주역입니다. 감사합니다.

러셀 일행의 이야기는 계속되므로, 꼭 다음 권도 지켜봐 주세요.

■역자 후기

안녕하세요. 불초 역자입니다.

어둠마법을 구사하는 힐러라니 처음에는 뭔가 암흑사제 생각이 나서 "빛은 날 배신했다!" 같은 전개가 되지 않나 싶었습니다만 그렇지는 않았습니다. 러셀은 오랜 홀대를 당해서 비뚤어지나 싶다가도 바로 마음 다잡고 정의감 투철하고 헌신적인 주인공다운 모습을 보이니까요. 히로인인 시빌라도 어둠의 여신, 아니 어스름의 여신이라기에는 활달하고 장난기 넘치는 성격이고요. 두 사람을 지켜보니 죽이 잘 맞는 것이 무척 좋은 콤비였습니다.

근데 마지막에 에미가 바로 합류하게 된 건 조금 의외였네요. 보통 이런 후회하는 히로인은 1권에서 바로 들어오지 않고 좀 시간이 지났다가 들어오기 마련이던데…… 그래도 짧은 시간 안에 멘탈이 완전히 터져버리는 가혹한 경험을 한 이상 더 불행하지 않게 바로바로 갈등을 해결한 건 좋았던 것 같습니다. 시빌라와 타입이 다른 히로인인 만큼 앞으로의 3인조 파티가 기대되네요. 반면 용사 파티에 남은 자넷이 굉장히 고

생할 게 눈에 선해서 좀 안타깝긴 하지만요. 힘내라 자넷, 용사 파티에는 너밖에 없어…….

그럼 후기는 이쯤 하고, 다음 권에서 뵙겠습니다.

흑연의 성자 1

초판 1쇄 발행 2021년 10월 10일

지은이_ MasamiT
일러스트_ icomochi
옮긴이_ 이경인

발행인_ 신현호
편집부장_ 윤영천
편집진행_ 김기준 · 김승신 · 원현선 · 권세라
편집디자인_ 양우연
관리 · 영업_ 김민원 · 조인희

펴낸곳_ (주)디앤씨미디어
등록_ 2002년 4월 25일 제20-260호
주소_ 서울시 구로구 디지털로 26길 111 JnK디지털타워 503호
전화_ 02-333-2513(대표)
팩시밀리_ 02-333-2514
이메일_ lnovelpiya@naver.com
L노벨 공식 카페_ http://cafe.naver.com/lnovel11

ISBN 979-11-278-6229-9 04830
ISBN 979-11-278-6228-2 (세트)

값 7,800원